ÚLTIMA LLAMADA

polar

ÚLTIMA LLAMADA

Vuelo WC7064

Laura Falcó Lara

edhasa

Consulte nuestra página web: www.edhasa.es
En ella encontrará el catálogo completo de Edhasa comentado.

Diseño de la cubierta: Salva Ardid Asociados
Diseño de la colección: Pepe Far

Primera edición: marzo de 2016

Avda. Diagonal, 519-521
08029 Barcelona
Tel. 93 494 97 20
España
E-mail: info@edhasa.es

ISBN: 978-84-350-1097-9

Impreso por Liberdúplex

Depósito legal: B. 2572-2016

Impreso en España

A Ainara y Alex,
para que los años no les quiten
la imaginación y las ganas de soñar.

A Jose, por compartir mi camino.

Agradecimientos

A Alfonso Contreras, por ayudarme con sus conocimientos de aviación.

A Daniel Hareg, por haber creído en mí.

A José López Jara, por poder contar siempre con sus sabios consejos de editor y amigo.

A Lorenzo Fernández, por su amistad y por compartir conmigo sus experiencias en la selva peruana.

A Manel Loureiro, por su inestimable *feedback* como escritor.

A Déborah Albardonedo, por acompañarme en esta nueva aventura.

A Daniel Fernández y a Penélope Acero, por apostar por esta novela.

Capítulo 1
Una voz en la noche

El programa había empezado a las doce en punto, como cada noche. En los casi diez años que llevaban en antena jamás habían comenzado con retraso. Daniel tenía muchos defectos, pero su sentido de la puntualidad era impecable. Primero, su ya clásica entrada hablando de algún que otro tema de actualidad; después, las secciones de cada uno de los contertulios, y, por último, la mesa redonda donde los oyentes podían entrar en directo y contar sus experiencias o preguntar sobre cualquiera de los temas que se tocaban en el programa.

—Y ahora, desde Radio México FM, les damos paso a ustedes, los oyentes. Son las dos y media de la madrugada, y abrimos una vez más su sección. Llamen y cuéntenos sus experiencias, les escuchamos. Leyendas, fantasmas, misterios, premoniciones, casas embrujadas, visiones…, todo tiene cabida en «Al filo de lo real».

Mientras la sintonía del programa sonaba una vez más, Daniel había aprovechado para beber un par de sorbos de agua fresca y estirar un poco las piernas. Tantas horas frente al micrófono terminaban por entumecer y secar la garganta de cualquiera. Los años y las canas le empezaban a pesar, y lo que antes era un *hobby* bien remunerado ahora que rozaba los cincuenta le parecía un trabajo gratificante pero con unos horarios insufribles y un sueldo algo escaso. Trabajar por las noches tenía sus ventajas, pero ir al revés del resto del mundo no era para nada fácil; de hecho, aquellos horarios le habían costado su matrimonio y buena parte de su vida social. En cualquier caso, su carácter independiente y su falta de adaptabilidad tampoco lo hacían idóneo para vivir en familia; en el fondo, era más feliz estando solo. Tras dar un par de vueltas por la sala Daniel volvió a sentarse en su sitio. Mientras, en la mesa, los colaboradores habituales, Luis Enrique, José y Javier, esperaban atentos a que les pasaran las primeras preguntas de los oyentes.

José era el más veterano y el más serio de los tres. Había empezado a trabajar en la emisora al mismo tiempo que Daniel, aunque en diferente franja horaria. No fue hasta dos años más tarde, tras triunfar con un deplorable programa de entretenimiento para adolescentes descerebrados, cuando Daniel se fijó en él y lo fichó para el suyo. Para José aquello fue su tabla de salvación, tener que estar lidiando con un programa juvenil no era el sueño de un licenciado en periodismo. José era un hombre de piel cetrina, algo rechoncho, no demasiado alto y, a juzgar por sus rasgos, de raíces indígenas. Sus cejas, oscuras y bastante pobladas, se unían de forma desordenada sobre aquella nariz aguileña haciéndola, si cabe, destacar todavía más. Aunque a primera vista podía parecer un hombre afable, reposado y más bien tranquilo, José tenía un genio digno de mención. Los que lo conocían sabían que era preferible no estar cerca cuando tenía un mal día. En apariencia, Daniel era, sin lugar a dudas, su claro contrapunto. Fruto del mestizaje de razas, los ojos claros, su piel rosada y aquella barbilla tan marcada no eran en apariencia herencia de su padre, mexicano de la cabeza a los pies; ahí los genes de su madre, de origen alemán, habían dejado huella. Sin embargo, su carácter era a todas luces latino. Impulsivo, espontáneo, vehemente o a veces incluso un poco irascible, su manera de ser se alejaba de forma drástica de la frialdad y el autocontrol de los germanos.

Luis Enrique, el más joven y parlanchín del equipo, a sus treinta años recién cumplidos aún fantaseaba con ciudades perdidas o misterios inexpugnables. Como todo buen explorador, huía de las relaciones serias, la tumba de cualquier aventurero. Su fama de solterón de oro era de sobra conocida entre las féminas, en especial entre las seguidoras del programa, que le acosaban cada vez que hacían algún acto público. Aquel hombre de cuerpo atlético y penetrantes ojos oscuros siempre terminaba por meterse en líos de faldas. Por último estaba Javier, que en teoría había venido a México de visita desde España pero que nunca regresó a su país. A sus casi cincuenta años, era el miembro más analítico y escéptico del grupo. Con su barba de tres días, las gafas de cerca y unas incipientes canas matizando su pelo moreno reforzaba todavía más ese aspecto de intelectual algo distraído y bohemio que tanto le gustaba a su mujer.

Emilio, el técnico de sonido, levantó la pizarra desde la cabina de control con el nombre de la primera oyente.

–Tenemos al aparato a Gabriela, que nos llama desde Ciudad Juárez. Buenas noches, Gabriela, y bienvenida a nuestra casa. ¿Cuál es el motivo de tu llamada?

–Buenas noches a todos. Primero quería felicitarles por su programa; está muy padre, son todos maravillosos.

–Gracias, Gabriela. ¿Y qué quieres contarnos?

–Pues verán, hace unos días estaba con mi chico paseando por una zona ajardinada cercana a mi casa cuando vimos a lo lejos una extraña luz en el cielo que...

De pronto, se oyó un chasquido fuerte y seco que les sobresaltó a todos, obligándolos a retirarse ligeramente los cascos. Aquello sonó como si se hubiese fundido algo eléctrico en la cabina. Después, tras una breve pausa, una serie de ruidos inusuales y múltiples interferencias cortaron por completo la comunicación. Parecía como si otra emisora se hubiera acoplado a la suya, o como si alguna frecuencia eléctrica se hubiese colado en antena. Todos miraron a la cabina buscando respuestas. Extrañado, Emilio, que no paraba de comprobar uno por uno todos los aparatos eléctricos de la sala de sonido, se limitó a encoger los hombros dando a entender que él no había hecho nada.

–Parece que tenemos problemas técnicos. Gabriela, ¿puedes oírnos? –dijo Daniel tratando de disimular aquella interrupción y ganar tiempo. Este tipo de incidentes eran lo que le hacía odiar el directo.

Sin más, las interferencias cesaron de golpe y se creó un silencio espeso, intenso.

–¿Hola? –insistió Daniel mientras el resto se miraban intrigados.

Entonces, entre aquel inesperado mutismo, una voz aguda, llorosa y conocida por los allí presentes irrumpió en antena haciéndoles estremecer.

–¿Papi?... ¡Papá, estoy aquí!... No fue un accidente, sigo viva... ¡Ayúdame, por favor, tengo miedo!

Todos se quedaron congelados. Por unos instantes pareció como si el tiempo se hubiese detenido entre aquellas cuatro paredes. Atónitos, paralizados por lo imposible de aquella desconcertante comunicación, miraron a Javier. Ninguno sabía cómo reaccionar o qué decir. La tensión y el nerviosismo inundaban toda la sala cortando incluso el aire, que se hizo casi irrespirable. Emilio, desde el otro lado del cristal, observaba la escena inmóvil y sin saber qué hacer; el cigarrillo que sostenía entre sus labios se le cayó sobre los pantalones. Sobresaltado, se levantó y se sacudió la ceniza de encima mientras tras el cristal todos salvo Javier guardaban un respetuoso e incómodo silencio. Daniel, que se sentía responsable de cualquier eventualidad que ocurriese en la emisora, se levantó de su silla y empezó a andar de una punta a otra de la habitación tratando de tranquilizarse, tratando de hallar una explicación lógica a aquella locura. Mientras, Javier, que con la mirada perdida en el suelo del estudio parecía estar en trance, levantó la cabeza y con terror a la posible respuesta musitó:

–Me… ¿Melanie? –susurró con voz entrecortada y sintiendo un punzante dolor en el pecho–. ¿Eres tú, mi amor?… ¿Melanie?

Las palabras se ahogaban agónicas en su garganta mientras sus ojos cristalinos contenían las lágrimas. Pero sólo había silencio al otro lado de la línea.

Una extraña parálisis se apoderó de la estancia. Nadie osaba pronunciar ni una sola palabra, nadie parecía tener el valor de romper aquel momento. Daniel, que al igual que los demás no salía de su asombro, respiró hondo intentando mantener la calma, decidido a solventar aquella tensa situación y a continuar la emisión con la mayor naturalidad posible. Tras agarrar con ternura a Javier por el hombro, tratando de sacarlo del *shock* en que parecía hallarse sumido, se sentó de nuevo frente al micrófono y conteniendo la debacle de sensaciones en su interior que pugnaban por paralizarlo intentó reanudar el programa. Él era el máximo responsable y no podía, no debía dejarse llevar por la situación. Nervioso, se pasó la mano por la frente para retirarse hacia atrás el cabello y, tratando de poner algo de sentido común a aquella descabellada situación, se dispuso a hablar.

–Parece que ha habido una interferencia, ahorita seguimos con las llamadas aquí, en «Al filo de lo real»... No cambien de emisora –dijo haciendo una señal para que el técnico pusiese la sintonía del programa. En cuanto se supo en privado miró a sus compañeros, todavía conmocionados por esa voz llegada de lo imposible, y preguntó–: ¿Qué fue eso, güey?

–¿Una broma? –especuló José, que todavía no salía de su asombro.

–¿Qué hijo de la chingada hace una broma así? –exclamó Luis Enrique, que todavía recordaba como si fuera ayer el día en que Javier recibió la llamada del colegio de la pequeña Melanie anunciándole que el avión en que viajaba su hija con toda la clase se había estrellado en mitad del Amazonas.

–¿Tenemos el número desde el que se realizó la llamada? –preguntó José al técnico de sonido.

Este giró lentamente la cabeza a lado y lado dando a entender que no.

–Llamaron desde un número oculto –replicó.

Mientras todos trataban de serenarse y comprender lo sucedido, Javier, que parecía haber enmudecido, seguía pensativo, ausente. Era difícil imaginar lo que podía estar pasando por su cabeza. Daniel, que presumía de conocerlo bastante bien, le miraba con inquietud, temiendo cuál podría ser su reacción. Tras unos minutos que parecieron horas, Javier se incorporó con la mirada perdida y, agarrando su abrigo, se dispuso a salir del estudio.

–Creo que me voy a casa –murmuró con ojos llorosos y sin apenas levantar la vista del suelo.

–¿Estás bien? –preguntó Daniel preocupado–. ¿Necesitas algo? ¿Quieres que te acompañe alguno de nosotros?

–Estoy bien, de verdad –respondió con un hilo de voz apenas audible–. Sólo necesito respirar aire fresco.

–De acuerdo. Pero si necesitas algo llámame –le pidió Daniel.

–Nos vemos mañana, Javier, y tranquilo, que seguro que ha sido una broma de mal gusto –añadió José tratando de suavizar el tema.

–¿Seguro que no quieres que te acompañemos? –insistió Luis Enrique.

–No, gracias, no es necesario.

–¿Te sientes en condiciones de conducir? –se preocupó Daniel.

–Sí, sí, de verdad que sí –musitó Javier antes de abandonar el estudio.

Abatido, se dirigió al garaje. Andaba como sonámbulo, sin ni siquiera percatarse de con quién se cruzaba en su camino. No sabía cómo procesar lo que acababa de suceder. De hecho, para su mente, habitualmente analítica, muy racional, aquello no era posible. Ya en el coche, no cesaba de escuchar una y otra vez en su cabeza, casi retumbando, la frase que había oído hacía unos minutos en la emisora: «¿Papi?... ¡Papá, estoy aquí!... No fue un accidente, sigo viva... ¡Ayúdame, por favor, tengo miedo!»

Era ella, era su voz, sin lugar a dudas. ¿Cómo era eso posible? Melanie estaba muerta. Los recuerdos de la tragedia regresaron a su cabeza como una pesadilla. Con las manos sobre el volante, y tras poner el vehículo en marcha pero sin atreverse a avanzar, su vista empezó a nublarse y sintió como su pecho y su estómago se encogían vaticinando un abismo en su interior. Las lágrimas empezaron a brotar sin control y rodaron por sus mejillas, trazando una senda de tristeza, de agonía. Era tanto el dolor que mantenerse sereno resultaba muy difícil. Destrozado, dejó que la desesperación que le oprimía el pecho saliese de una vez por todas; estaba deshecho. Golpeó el volante varias veces con ambas manos, lleno de rabia, tratando de liberar aquella tensión. De su boca salió un grito agónico, un grito que provenía del fondo de su alma y que inundó todo el aparcamiento. Apagó el motor y reclinó su cabeza cerrando sus ojos.

Tan sólo hacía seis meses que Melanie había muerto. Javier había intentado enterrar el recuerdo de los días posteriores al accidente aéreo en lo más hondo de sus entrañas, pero ahora aquella angustia, aquel horror que creía apaciguado, resurgía de nuevo con toda su fuerza. El hecho de que en su momento no se pudiesen recuperar los cuerpos de las víctimas no ayudaba en nada. Era como no poder asumir la muerte ni cerrar las heridas de una vez por todas; era como seguir alimentando una falsa y descorazonadora esperanza. Aunque tal y como le aconsejó el psicólogo celebró un funeral en honor a su hija, el no tener un cuerpo al que enterrar era algo para lo que él no estaba preparado. Y ahora, ese absurdo episodio amenazaba con atormentarlo, con quebrar esa falsa paz que creía haber logrado, porque le hacía pensar que quizá su hija todavía podía seguir viva en algún lugar. Porque, ¿y si de algún modo había sobrevivido? ¿Era aquello posible? Su cabeza le decía que no, que Melanie había muerto en aquel accidente. Pero su interior luchaba desesperadamente por creer lo contrario.

* * *

Ocurrió un verano, catorce años atrás. Javier llegó a México para impartir un ciclo de conferencias sobre las misteriosas esferas de piedra de Ahualuleo, pero nunca imaginó que aquel viaje cambiaría su vida. La idea era pasar diez días por la zona dando charlas y, de paso, aprovechar para seguir investigando sobre el asunto con algunos técnicos locales. Sin embargo, el destino le tenía preparado algo muy distinto.

Los primeros días transcurrieron tal y como tenía planificado, pero dos días antes de su regreso conoció a la mujer por la que cambiaría todos los planes. Allí, entre los oyentes de su última conferencia, estaba María Helena, una bella estudiante de periodismo que hizo que Javier perdiese su vuelo de regreso a España. Aquellos profundos y misteriosos ojos negros le sedujeron desde el primer instante. Javier no sólo perdió el vuelo, sino que, pasado un mes, se olvidó de su país y de su amado Madrid, y decidió instalarse en México D. F. Fue un flechazo en toda regla y él, acostumbrado a ser un hombre centrado y planificador, se sintió al principio bastante desorientado. Sin embargo, tal intenso fue el volcán que María Helena despertó en él que tan sólo tardó cuatro meses en pedirle a aquella chica de tez morena y ondulado cabello negro que se convirtiese en su esposa. Un año más tarde nacía su hija Melanie, el centro de todo su universo. Aquella fue la época más hermosa y feliz de toda su vida. Ahora recordaba aquel periodo como si de un espejismo se tratase, todo le parecía irreal, tan triste y lejano…

Cuando dos años atrás un cáncer de páncreas fulminante se llevó a María Helena de su lado creyó morir. No pudo soportar perderla, y menos de la noche a la mañana. Sin embargo, su hija de diez años le necesitaba más que nunca y tuvo que sacar fuerzas de donde no las tenía para seguir adelante. Aunque adoraba a su niña, no estaba acostumbrado a llevar a solas el peso de ser padre, y compaginar su vida laboral y personal fue para él muy difícil. Tuvo que cambiar todas sus prioridades y centrarse en su pequeña. Durante aquel tiempo hizo de Melanie el núcleo de su realidad, la razón por la que levantarse cada mañana y seguir luchando. Era una niña tan dulce, tan cariñosa, tan fácil de llevar… Recordó entonces cuando antes de dormirse le miraba con aquellos ojitos color miel y esa sonrisa tan pícara deseando que la arropase y le diera su beso de buenas noches.

Pero la muerte no conoce la piedad, y vino de nuevo a golpearlo para llevarse a su hija igual que ocurrió con la madre: de modo inesperado y repentino. Ahora un enorme vacío lo estaba devorando, ya no tenía motivos para querer seguir viviendo. Al principio, justo después de la tragedia, sus amigos no le dejaban estar solo, temían que hiciese cualquier locura; pero seis meses más tarde, todos habían vuelto a la normalidad de sus vidas menos él. Javier había dejado de ser aquel hombre divertido, alegre y decidido para pasarse horas y horas encerrado entre sus recuerdos, sin salir de casa. Todavía no se había atrevido a recoger las cosas que Melanie dejó sobre el escritorio de su habitación antes de marcharse al aeropuerto para coger aquel avión, ya condenado. De hecho, durante los primeros meses la custodió como si de un santuario se tratase. Y es que había llegado un momento en que tan sólo abandonaba la casa para ir a la radio o, como mucho, para realizar la compra del mes. Ni tan siquiera aquellos locos y fantásticos viajes de aventura que solía realizar un par de veces al año con sus compañeros de la emisora le apetecían lo más mínimo. Sus estudios y proyectos, aquellos por los que había perdido innumerables horas de sueño, estaban ahora llenos de polvo, abandonados en las estanterías de su despacho. Ni tan siquiera había seguido impartiendo sus clases de arqueología en la universidad, porque cuando todo aquello ocurrió decidió pedir una excedencia. Ya no sentía emoción por nada, ni por nadie. Había dejado de disfrutar de la vida para pasar a ser un mero espectador. Durante aquel último mes se había incluso planteado la posibilidad de regresar a España; ya no había nada que le atara a México, salvo aquellos recuerdos que le perforaban el alma. En Madrid, al menos, aún tenía familia, alguien con quien compartir su dolor.

* * *

Se secó las lágrimas, respiró hondo y trató de serenarse. Llorar no iba a devolverle a su niña y tampoco iba a hacer que se sintiera mejor; había llorado tanto que lo raro es que aún le quedasen lágrimas en aquel cuerpo casi yermo de emociones. La cabeza le iba a estallar, necesitaba racionalizar lo que había ocurrido: esa voz era la de Melanie, no tenía ninguna duda... Entonces, ¿cabía la posibilidad, ni que fuera ínfima, de que su hija estuviera con vida, quizá perdida en algún rincón de Sudamérica? Era la única opción lógica, la única. Las dudas lo abrumaban, el dolor hacía el resto. Él no creía en fantasmas, a pesar de que participara en un programa en el que se hablaba de ellos, y necesitaba creer. Como mínimo, le quedaba la duda, y con la duda no podía vivir, nadie puede vivir. Se aferró a esa idea tan frágil, Melanie viva, como un náufrago que nadara hacia una luz perfilada en el horizonte, con desesperación. La incertidumbre y el miedo dejaron entonces paso a la esperanza, y una energía que hacía mucho parecía haber muerto en su interior hizo brillar su mirada por primera vez en muchos meses.

Encendió de nuevo el auto y salió lentamente del garaje. No había avanzado ni doscientos metros cuando, arrimándose al arcén, volvió a parar el vehículo. Tenía que hacer algo, actuar, caminar hacia algún lugar. No podía quedarse indiferente ante lo que acababa de ocurrir. Algo más calmado y con las ideas más claras, tomó el teléfono móvil de la guantera del coche y llamó a la emisora.

–¿Bueno?

–Emilio, soy yo, Javier. ¿Puedo hablar un minuto con Daniel? –preguntó al técnico sabiendo que era posible que los pillara en plena mesa redonda.

–Ahorita te lo paso, aguántame un segundo.

Tras unos minutos de espera Daniel se puso al teléfono.

–¿Alo?

–Daniel, soy Javier. Verás… que he decidido que voy a estar una temporada fuera.

–¿Fuera?

–Sí, me voy a Perú, a buscar a mi hija.

–¿Cómo? Pero, Javier, creo que deberíamos hablar de esto con más calma. No creo que estés en tu sano juicio, esto no es una buena idea. ¿Lo sabes, no? Es una locura. ¿Qué esperas encontrar en Perú? Melanie está muerta, y créeme que lo siento en el alma, amigo. Pero ahondar en la herida no te va a ayudar. Por no saber, no sabes ni por dónde empezar a buscar.

–Daniel, está decidido. Esa voz viene de algún lugar, y es la de mi hija, de eso no tengo ninguna duda. ¿Y si no está muerta? Tengo que saber qué le pasó, qué ocurrió con su cuerpo… Nunca me dieron su cuerpo. No puedo quedarme con esta incertidumbre, y menos después de la llamada. Era su voz, era su voz…

Daniel le conocía bien. Demasiado bien. Sabía que nada ni nadie le harían cambiar de opinión. Javier era terco como una mula.

–¿Puedo convencerte de lo contrario? –preguntó en un último e infructuoso esfuerzo.

–No –dijo Javier con aquella seguridad que le caracterizaba.

–¿Serviría de algo que te lo prohibiese?

–¿Tú qué crees…?

–Ya veo. Bien, si eso te va a hacer sentirte mejor, lo respeto. ¿Quieres que al menos vaya alguien contigo? –insistió Daniel.

–No, no hace falta, sé cuidarme. Sólo averiguad de dónde vino esa llamada. Localizadla por mí, por favor.

–Está bien, pero vete con cuidado y mantennos informados. No hagas que tengamos que ir a buscarte.

–Descuida, lo haré.

Colgó el teléfono móvil y sacó un cigarrillo del paquete que todavía le quedaba en la guantera. Aunque llevaba mucho tiempo intentándolo, no era el mejor momento para dejar de fumar. Abrió la ventanilla y prendió el cigarrillo con el mechero del coche. Se apoyó en el marco de la ventana pensativo mientras la brisa de la noche jugaba con su pelo cano haciéndolo ondear suavemente. Sus ojos, enrojecidos por las lágrimas, apenas mostraban aquellos verdes destellos que un día enamoraron a María Helena. Por primera vez en toda su existencia se sentía mayor, cansado, falto de energía y de ganas de vivir. Las dudas volvían a asediarle… ¿Y si se estaba agarrando a un imposible? ¿Y si Melanie estaba realmente muerta? ¿Qué sentido tenía su vida sin ellas? ¿Qué iba a hacer de ahora en adelante? Era tal la tensión acumulada que le dolían todas las articulaciones, se sentía como si le hubiesen dado una paliza. Tras unos segundos, abrió la puerta del coche y aprovechó para estirar un poco las piernas y desentumecerse antes de retomar la marcha. Hacía una noche preciosa y la temperatura, suave, invitaba a estar en el exterior. Sin haber consumido más que la mitad de aquel cigarrillo, Javier lo tiró al suelo y, tras pisarlo, subió de nuevo al vehículo. Ajustó un poco la ventana, respiró hondo y lo puso en marcha. Aunque nadie le esperaba y no tenía prisa alguna, se dispuso a ir a casa. Tenía muchas cosas que hacer antes de irse de viaje y quería partir cuanto antes. Al menos ahora tenía un proyecto entre manos, algo por lo que seguir adelante. Si su hija seguía allí, viva o muerta, él la encontraría. La lógica le decía que Melanie estaba muerta y que aquello tan sólo había sido una broma de mal gusto. Pero el corazón, su corazón deseaba aferrarse a lo que fuese, aunque fuera una esperanza sin sentido. En cualquier caso, lo que no podía era seguir con aquella angustiosa duda. Y menos después de haber oído la vocecita de su hija muerta.

Capítulo 2
La vida sin Natalie

Debían de ser las seis y media de la mañana, y fuera el amanecer parecía resistirse a hacer acto de presencia. Tan sólo el canto de algún pajarillo madrugador perturbaba el silencio de la estancia. Erik trató de aguantar un poco más en la cama, estaba cansado y no tenía ninguna necesidad de madrugar. Sin embargo, su cabeza no cesaba de pensar y parecía ir por un camino distinto al que le dictaba su cuerpo. Ya había olvidado lo que era dormir una noche entera sin levantarse de madrugada, sin despertarse antes de tiempo. Pasaron diez minutos, un cuarto de hora a lo sumo, y una vez más se incorporó sobre la cama, sobresaltado, nervioso, con aquella desagradable sensación de vacío que le carcomía las entrañas. Ya no podía aguantar más allí tumbado. Desde que dormía solo, la cama se le atojaba enorme e inhóspita. Al principio, no quiso ni lavar las sábanas para no perder para siempre su olor. Se dormía llorando pegado a su almohada, aspirando cada rastro de su acaramelado aroma. Pero al cabo de un mes, aquellas sábanas ya no olían a nada y apenas lo hacía el resto de su ropa. Cada noche Erik recorría el colchón buscándola desesperadamente, recordando cada centímetro de su piel. Al abrir los ojos esperaba verla todavía allí, a su lado, con su hermosa melena esparcida sobre la almohada. Esperaba ver, como cada mañana, que aquellos grandes ojos negros se abrían de par en par para darle los buenos días. ¡Cuánto la echaba de menos! La vida sin ella se había vuelto insoportable.

Erik era todavía joven y muy atractivo. La buena herencia genética, su metro noventa de altura y las horas de gimnasio hacían que las mujeres lo admirasen. Su cabello, tan rubio, la barbilla angulosa y los ojos color canela rara vez pasaban inadvertidos. Además, como a la mayoría de pilotos, le resultaba muy fácil hallar compañía allí a donde fuese. Los uniformes parecían ejercer una especie de extraño influjo sobre algunas mujeres. Era de esperar que tarde o temprano encontrase a alguien que pudiera llenar el vacío que sentía; pero él estaba convencido de que Natalie había sido la mujer de su vida y, aunque el futuro le deparase a alguien más, nunca iba a ser lo mismo. Tras la tragedia, el psicólogo de la empresa le concedió la baja por depresión y estuvo casi tres meses fuera de servicio. No era para nada aconsejable, dadas las características de su trabajo, que se reincorporara antes de tiempo. Para él aquel retiro fue como estar fuera del mundo, en una especie de paréntesis, en una burbuja donde los días transcurrían sin aliciente alguno. Al principio, los sedantes apenas le dejaban pensar y, posiblemente, había sido lo mejor. Luego empezó a salir, a emborracharse, a no dormir, a no comer, aunque por suerte los amigos no tardaron en rescatarlo y hacerle entrar en razón. Quién sabe a dónde le hubiera llevado aquella desesperación de haberse visto solo. Ahora, aunque el dolor seguía anclado en su interior y no parecía querer remitir, era capaz de gestionar su vida con serenidad y algo de entereza.

Sentado sobre aquel tatami que un día escogió Natalie y que a él le destrozaba la espalda, bostezó y pasó sus manos por el rostro, como desperezándose. Fuera, la ciudad todavía se mostraba en calma. Desde aquel privilegiado ático dúplex con vistas a Central Park, todo parecía hermoso, perfecto, aunque hacía tiempo que la perfección había desaparecido de su vida.

Cualquiera que le hubiese visto en ese momento habría jurado que parecía un náufrago. Sus alborotados cabellos y la incipiente barba le daban un aspecto algo descuidado. Aunque le faltaban horas de sueño sabía que no iba a conseguir dormirse de nuevo, así que se dirigió al baño dispuesto a darse una ducha de agua templada. ¡Cuánto echaba de menos tener que mover el termostato después de que se duchase Natalie! A ella le gustaba el agua muy caliente, tanto que cuando él entraba en el baño aquello parecía la niebla de Londres. Entró en la ducha y dejó que el agua cayese sobre sus anchos hombros mientras, pensativo, repasaba una vez más todo lo referente a aquel maldito accidente. No podía evitar preguntarse si llegaría el día en que no destinase ni un segundo de su tiempo a recordar aquel suceso que le había partido la vida. La sola idea de que el tiempo le llevara a olvidarse de Natalie le hacía sentirse culpable. Apoyando su cabeza y sus manos contra las baldosas azules de la pared, sintió que la impotencia le invadía y que el dolor, aunque controlado, no iba a despegarse de él fácilmente.

* * *

Hacía un par de meses que Erik no sabía nada de Jason, desde que se retiró del servicio activo debido a aquella angina de pecho. Por suerte, una gran parte de los pilotos que debían retirarse prematuramente del servicio activo por problemas médicos eran reubicados, dependiendo de su formación, o bien en servicios de tierra o bien en la Administración Federal de Aviación, la FAA. Jason, que tenía un currículum espectacular, había ingresado en la FAA de forma casi inmediata.

Cuando este le llamó aquella mañana para darle el pésame, tras conocer la muerte de Natalie, nada le hubiese hecho presagiar que quince días más tarde le volvería a llamar para comentarle las anomalías que se estaban dando en la investigación del accidente. Fue entonces cuando supo que todo era una gran mentira, que estaban ocultando algo. Jason, que se ocupaba ahora de temas de asesoramiento y de la gestión de diversos expedientes en la agencia, tenía casi pleno acceso a la información clasificada, y las carpetas de aquel caso fueron a aterrizar de forma casual sobre su mesa. Las fotografías que él vio no correspondían para nada con el informe final. Aquello parecía un montaje. Según le había comentado, las fotografías eran muy claras: las marcas que el avión había dejado en el suelo dejaban entrever que el piloto había intentado aterrizar y, a juzgar por aquellas imágenes, nada hacía suponer que había habido una explosión y un incendio posterior que hiciese imposible el reconocimiento y recuperación de los cadáveres, tal como sostenía la versión oficial. Alguien había redactado un informe falso, un informe que en apariencia pretendía encubrir algún error, o algo que no debía haber pasado. ¿Por qué alguien se empeñaba en hacerles creer que el aparato se había precipitado al vacío sin control alguno para luego estrellarse y terminar ardiendo?, ¿qué intentaban ocultar? Las palabras de Jason hicieron salir a Erik de su letargo y le dieron un motivo para revivir: la búsqueda de la verdad de lo ocurrido con ese avión en el que viajaba Natalie que se precipitó en algún rincón perdido de la selva amazónica.

Conocía muy bien a Jason Chase y su opinión le merecía un enorme respeto. Había coincidido con él en el ejército años atrás, una experiencia que los unió muchísimo, y luego la casualidad quiso que ambos acabasen fichando a la vez por la misma compañía aérea, la American Air. Eso fortaleció todavía más los fuertes lazos ya existentes. Erik sabía que podía confiar plenamente en Jason, este había sido como un hermano para él. Fue Jason quien un día, casi por casualidad, le presentó a Natalie mientras hacían una escala en el aeropuerto de Chile, en la primavera de 2007. Ella era azafata y ambos habían volado juntos durante un año en la Caribean Way, justo antes de que Jason cambiase de compañía y fichase por la de Erik. Este se fijó en ella desde el primer momento en que la vio. Era difícil no fijarse en aquella mujer escultural. Esa misma noche las tripulaciones de ambos vuelos cenaron juntas y el tiempo compartido fue suficiente para saber que ella era la mujer que andaba buscando.

* * *

Todavía mojado y con una toalla anudada a la cintura, pasó un paño por el espejo para quitar el exceso de vaho y se dispuso a afeitarse, como solía hacer cada mañana antes del accidente. Las actividades rutinarias que antes hacía de forma natural ahora le parecían una tediosa obligación. Si no fuera por las exigencias de su trabajo tendría muchos números de terminar adoptando un aspecto desaliñado. Era como si Natalie se hubiese llevado con ella todas sus ganas de vivir. ¿Para qué arreglarse si la persona a la que quieres agradar ya no está a tu lado?

Mientras terminaba de afeitarse sonó el teléfono. Aclaró con rapidez la espuma que todavía quedaba en su rostro y salió del baño dispuesto a cogerlo.

–¿Erik? –oyó al otro lado.

–Sí, soy yo.

–Buenos días, soy Jason. Espero no pillarte mal.

–Tranquilo, sólo estaba terminando de asearme. Dime, ¿has averiguado algo más? –dijo secándose el rostro con la toalla.

–Me temo que no, esto se está complicando. Aquí hay algo que no pinta nada bien. Parece más gordo de lo que imaginaba.

–¿Gordo en qué sentido? –De repente se puso en alerta.

–Creo que hay gente muy importante involucrada en el asunto. De hecho, nos han quitado a todos de en medio. Ayer vino uno de los jefazos y dijo que este caso lo iban a llevar directamente desde arriba y nos obligaron a borrar cualquier registro al respecto de nuestros ordenadores. ¿Extraño, no te parece? Esconden algo, hay verdades a medias y muchas mentiras en todo este asunto.

–¿Pero quién y por qué? Tengo que hacer algo... esto... yo... No puedo ver cómo entierran una gran mentira en mis narices y quedarme indiferente.

–Lo sé, pero... ¿Qué puedes hacer? Está todo en manos de los altos cargos.

Pensativo, Erik comenzó a dar vueltas por el salón como si de un gato encerrado se tratase. Era un hombre resolutivo y práctico, habituado a solventar los temas con rapidez y efectividad. El hecho de que ahora algo tan personal e importante se le resistiese le revolvía el estómago.

–Voy a tratar de cambiar días de vacaciones con mis compañeros y quizá podría aprovechar e ir a Perú... Puede que estando allí, en el lugar de los hechos, averigüe algo más...

–¿A Perú?, ¿crees que todavía quedará algún rastro? Además, ¿qué crees que vas a hacer allí? Erik, siento decirte que sólo perderás el tiempo. Y, por otra parte, necesitas recuperar tu vida de una vez y seguir adelante. ¿Acaso crees que Natalie hubiera querido verte así?

–Es posible que no quede nada, es muy probable, después de todo han pasado muchos meses, pero no me perdonaría el no haberlo intentado. Y sé que tienes razón, que tengo que seguir con mi vida, y agradezco que te preocupes por mí, pero siento que se lo debo, ¿sabes? Si no lo hago me sentiré en deuda con ella para siempre.

–Te entiendo más de lo que crees, sólo es que me da miedo que sufras todavía más. Si puedo ayudarte en algo no dudes en decírmelo. Natalie era una muy buena amiga –dijo Jason con la voz entrecortada.

–Ella también te quería mucho.

Tras un sentido silencio, Jason, que no acababa de ver claro todo aquello, le preguntó:

–¿Estás seguro de lo que vas a hacer?

–Sí, estoy decidido.

–Pero si no soportas ni el campo..., ¿cómo vas a apañártelas en la selva?

–No sé, pero tengo que ir.

–¿Y cuándo piensas irte?

–Tan pronto como pueda.

–Espero que no te equivoques con esto, me parece todo tan precipitado.

–Da igual cuando me vaya, nunca sería un buen momento.

–Supongo que no..., pero me preocupo por ti, ¿sabes?

–Lo sé y lo agradezco.

–Si necesitas algo ya sabes dónde estoy.

–Gracias, amigo.

Tras un tenso y emotivo silencio Jason respondió:

–Ve con mucho cuidado, el Amazonas no es una zona precisamente accesible y tú no eres demasiado aventurero.

–Lo haré. Gracias por todo.

Colgó el teléfono y miró la hora en el despertador que tenía sobre la mesilla. Si llamaba ahora a Stewart todavía lo pillaría en casa. Stew era el único con el que siempre podía contar. Tras varios tonos este respondió:

–¿Sí, diga?

–Hola, Stew. Soy Erik.

–Buenos días, Erik. ¿Por qué me llamas tan temprano?, ¿ha pasado algo?

–No, no, tranquilo. Disculpa por llamarte a estas horas, pero ya me conoces, la impaciencia me mata. Te llamaba porque me preguntaba si podrías cambiarme algunos días de vacaciones. Me ha surgido un imprevisto importante y necesitaría tener al menos diez días seguidos.

–Bien, lo vemos esta noche con más calma, pero en principio cuenta con ello, no creo que haya problema –respondió.

–Sí, claro, lo vemos esta noche. Gracias, Stew, te debo una.

Sabía que Stewart no le fallaría. Además de ser un buen compañero y amigo, Stewart no tenía familia y, por tanto, disponía de una mayor flexibilidad a la hora de cambiar las guardias.

Colgó el teléfono y acabó de vestirse. Después, bajó a la cocina a desayunar. Sin una buena dosis de cafeína por la mañana no era persona; sentía que su mente nadaba algo ralentizada. Se sentó en uno de los taburetes y, apoyado en la barra de mármol verde que separaba la cocina del comedor, sumergió una de aquellas deliciosas magdalenas de arándanos en el café con leche. Aún recordaba lo mucho que discutieron cuando Natalie se empeñó en hacer aquella cocina abierta. Él hubiera preferido cerrarla para evitar que el comedor se llenase de grasa, pero fue tanta su insistencia que al final cedió. Era muy difícil enfrentarse a ella y salir victorioso. Sabía cómo jugar sus cartas a fondo y cómo seducirle para conseguir lo que quería. Ahora, entre lo mucho que viajaba por su trabajo y lo poco que le gustaba cocinar, no tenía de que preocuparse: la grasa brillaba por su ausencia. De hecho, hasta el interior de la nevera se encontraba casi limpio..., en realidad bajo mínimos. Si no fuese por el bar de la esquina...

La imagen de Natalie se le aparecía constantemente, creía verla en todos los rincones de la casa. Eran tan distintos y a la vez se compenetraban tan perfectamente que su relación parecía formar un todo ideal, equilibrado. ¡Dios, la echaba tan terriblemente de menos!

Pensativo, terminó el último sobro de café y, tras enjuagar con cuidado la taza, subió al cuartito que tenía junto al dormitorio y encendió el ordenador. Si quería organizar su viaje a Perú debía mirar cuanto antes los horarios de los vuelos y algún hotel en el poblado más cercano a la localización donde había caído el avión, en plena selva. También necesitaría un buen mapa topográfico de la zona y posiblemente algún guía local dispuesto a adentrarse con él en la espesura del Amazonas. Penetrar solo en la selva era impensable. Encontrar el enclave exacto del accidente iba a ser lo más complicado de aquella expedición. Aunque tenía las coordenadas exactas, su sentido de la orientación sobre el terreno no era demasiado bueno, y menos rodeado de frondosos árboles y todo tipo de animales salvajes; todo lo contrario que en el aire, donde se orientaba a la perfección. Por fortuna, pensó, existían los GPS. Sabía que, si iba a ir a la selva, había un montón de equipamiento básico que tendría que comprar cuanto antes. Lo primero y más importante: ropa y un calzado adecuado, ya que lo que tenía en su armario no era ni de lejos apropiado para la ocasión. Luego estaban los repelentes, la tienda para acampar, las mosquiteras y el saco de dormir. Y, por último, aquellas cosas que jamás comprarías viviendo en una gran ciudad, pero que en terrenos inhóspitos como la selva se tornaban indispensables: un buen machete, algún rifle o escopeta de caza, pastillas para la malaria o incluso algún antídoto para las picaduras de serpiente, tarántula o escorpión. En mitad de la nada, si te picaba alguno de estos era eso o encomendarte a todos los santos.

Se sentó frente al ordenador y empezó a mirar con calma itinerarios y lugares donde hospedarse. Con lo metódico y planificador que solía ser, tener que mirarlo todo así, rápido y de cualquier forma, le ponía nervioso. Tras pasar algo más de una hora frente a la pantalla mirando horarios de vuelo, *resorts* y hostales de mala muerte en diminutos pueblos perdidos, decidió esperar a la noche. Sólo tras confirmar los cambios de días con Stewart podría cerrar definitivamente las reservas. Abrió entonces una web con información básica sobre qué llevarse al Amazonas e imprimió un interminable listado. A eso había que sumarle las vacunas, algunas de las cuales, por tiempo, ya no le servirían de mucho. Eso lo dejaría para la mañana siguiente a primera hora. Sólo esperaba no contraer ninguna de esas mortíferas enfermedades tropicales. Y tener la suerte inmensa de que en el lugar del accidente quedara algún rastro que le pudiese revelar lo que de verdad había pasado en el accidente del Boeing 767.

Capítulo 3
Llegada a Perú

Para Javier, poder sentarse en un asiento de pasillo era algo imprescindible, en especial en los viajes de larga duración. Cuando alguna vez había tenido que viajar en el centro o en la ventana, una agobiante sensación de claustrofobia se instalaba en su interior. Necesitaba poder estirar las piernas y levantarse de vez en cuando, la incomodidad de no poder hacerlo le mataba. Parecía que cada vez hacían los espacios entre asientos más estrechos, tanto que incluso para alguien no demasiado alto suponía un problema. Se sentó y, tras saludar brevemente a su compañero de asiento, trató de relajarse; le esperaba un considerable trayecto. Sacó de su equipaje de mano el frasco de las pastillas para la hipertensión y pidió a la azafata que le sirviese un vaso de agua. Luego tomó la novela que llevaba en el bolsillo delantero de su mochila, se puso las gafas de cerca y trató de leer un rato. Siempre que hacía viajes largos no podía evitar sentir una sana envidia de aquellos que lo hacían en primera clase. Algún día se lo podría permitir, se decía siempre, aunque en el fondo sabía que ese día nunca iba a llegar.

Tras doce horas entre vuelos y agotadoras escalas, se sentía algo mareado y con el estómago más bien descompuesto. Casi hubiese sido mejor no tomar nada a bordo, pensó, pues las turbulencias previas al aterrizaje le habían revuelto las tripas. Cargado con su maleta de mano y su mochila verde musgo a los hombros, Javier salió del aeropuerto internacional de Iquitos en busca de un transporte que pudiese acercarlo al último pueblo habitado antes de la selva amazónica. Lo cierto es que ni tan siquiera se había molestado en buscar un lugar en el que hospedarse; estaba convencido de que no le costaría demasiado encontrar algún hostal donde dormir y dejar su equipaje. También tenía entendido que existían numerosos *lodges* desde los que la distancia al interior de la selva era mucho menor. Seguro que allí también le podrían poner en contacto con algún guía local. Estaba tan acostumbrado a viajar con lo puesto y sin una ruta preestablecida que en más de una ocasión se había visto obligado a dormir al raso. Para él eso no suponía un inconveniente.

Al salir al exterior, un calor pegajoso y asfixiante fue a su encuentro. Sintió que la camiseta se le pegaba a la piel y pensó que tan pronto como llegase al hotel se daría una ducha. Cansado por el trayecto, avanzó por la acera y miró a ambos lados hasta dar con algo parecido a una parada de taxis. Se acercó y, tras dejarse aconsejar por el primer conductor de la fila sobre dónde hospedarse, pactó un precio cerrado para la carrera. Sentado en la parte posterior de aquel anticuado vehículo, Javier se relajó durante los treinta y cinco kilómetros que duró el recorrido. Por fortuna, tampoco el conductor parecía tener ganas de darle conversación; por el contrario, su aspecto, más bien huraño y algo desaliñado, no invitaba a tomarse demasiadas confianzas. Esta vez, a diferencia de lo que solía hacer en otras ocasiones, Javier apenas miró por la ventana; no tenía muchos ánimos. Aquel no era en absoluto un viaje de placer. Fuera, un paisaje cada vez más verde y frondoso y aquella humedad a duras penas soportable le daban la bienvenida al Amazonas, una puerta al cielo o al infierno, según el prisma desde el que se mirase. Acostumbrado a los climas tropicales, Javier aprovechó el recorrido en coche hasta el hotel para untarse bien con loción antimosquitos. Aquellos molestos bichos eran muy activos en la zona y su tamaño nada tenía que ver con los que había en las grandes ciudades.

* * *

Afortunadamente el idioma no iba a ser un impedimento, Erik hablaba español con una soltura envidiable; otro tema iba a ser el moverse en aquel entorno, tan alejado de lo que él estaba acostumbrado. Porque él era un animal de ciudad, y además de gustos selectos y caros, sin lugar a dudas. Ensimismado, esperó sentado a que el resto del pasaje desembarcase, no tenía prisa. Tras despedirse de la tripulación, se dirigió hasta las cintas para recoger su enorme maleta y su tienda de camping. A pesar de ser piloto le resultaba desagradable la frialdad de los aeropuertos. Fuera, un hombrecillo de cabello castaño, tez tostada y ojos color café le esperaba sujetando un cartel donde se podía leer su nombre. Se acercó y, tras identificarse, cedió su maleta al guía. En silencio, ambos caminaron en dirección al parking en busca del 4x4 que había contratado. Se sentó cómodamente en la parte trasera, deseoso de ver por primera vez aquella zona del planeta. En cuanto dejaron atrás el núcleo urbano, Erik empezó a admirar la exuberante vegetación que encontraban a su paso. Las palmeras, los chaparrales, los densos ceibales iban adornando el camino de una amalgama de tonos verdes tan intensos y envolventes que era difícil que pasasen desapercibidos. El sol, que parecía una bola de fuego incandescente, estaba empezando a descender y el reflejo de su luz sobre aquel paisaje selvático creaba pintorescas imágenes de una belleza que quitaba el aliento. Mientras, los sonidos de decenas de animales alimentaban sus oídos con una melodía para él completamente desconocida, una melodía mágica y a la vez casi ensordecedora. Cuando quiso darse cuenta, ya habían llegado al hotel. Un mozo salió para hacerse cargo del equipaje.

–Mi nombre es Jorge. ¿A qué hora quiere que pase por usted mañana? –requirió su chófer y guía.

Dándose cuenta de que ni tan siquiera se había molestado en presentarse, Erik alargó el brazo. Él solía ser muy atento y educado con las personas que trabajaban para él, pero en esa ocasión sus modales habían brillado por su ausencia.

–Erik, encantado. Y disculpe que haya estado tan ausente. El cansancio del viaje, ya sabe... ¿Qué hora es buena para adentrarse en la selva? –preguntó desconociendo por completo los usos y costumbres del lugar.

–A la selva hay que ir muy temprano, luego el calor se torna insoportable –respondió aquel hombre.

–¿Entonces quedamos a las nueve? –planteó Erik, que, a juzgar por la expresión del guía, dedujo enseguida que las nueve ya era demasiado tarde.

–Mejor a las siete y media.

–Sí..., bien –replicó Erik, algo contrariado por tener que madrugar.

Frente a él, un impresionante *lodge* en mitad de aquella tupida y desconocida selva esmeralda le estaba esperando. La madera y los techos de chonta eran los elementos primordiales de aquella exótica construcción. Entró en el *hall*, amplio y acogedor, construido casi en su totalidad con maderas de la zona, y, tras inscribirse, un muchacho lo acompañó hasta su habitación. Por lo que pudo apreciar, el hotel estaba formado por un conjunto de cabañas dispuestas en dos filas de forma circular y concéntrica, en el centro de las cuales había una piscina que invitaba al baño, algo de agradecer dado el calor y la insoportable humedad de la zona. También se percató, gracias al pequeño mapa del hotel que le habían dado en recepción, que el edificio central estaba dividido en varias zonas. A la derecha del *hall* estaba el bar, que, por lo que pudo apreciar, permanecía abierto desde las nueve de la mañana hasta la medianoche. A muy pocos metros del bar estaba la zona destinada a restauración, en la que había un restaurante internacional y otro típico del lugar que daba a la piscina. Al otro lado de la entrada pudo ver un gimnasio que, por lo que le dijo el botones, casi siempre estaba vacío, lo que no era de extrañar dada la humedad y el calor que hacía allí. A su lado, había un concurrido *spa* donde se podía disfrutar de todo tipo de duchas, *jacuzzis* y masajes. A pesar de no ser uno de aquellos enormes hoteles de cinco estrellas, las instalaciones estaban bastante cuidadas y el entorno era paradisíaco.

Por suerte, aquel hotel era de reciente construcción y, tal y como le habían comentado, el único de la zona con aquel tipo de lujos; el resto, por lo que le habían dicho, dejaban mucho que desear.

⋆ ⋆ ⋆

Apenas había amanecido y Javier, que solía ser madrugador y que ya había desayunado, se dirigió al exterior, cargado con su mochila, al encuentro del guía que el recepcionista del hotel le había apalabrado la noche anterior.

–Javier Ugarte –dijo mientras estrechaba la mano de aquel hombre.

–Jorge Ramos –contestó el guía, que con el rabillo del ojo parecía buscar a otro cliente.

–¿Esperamos a alguien más? –preguntó Javier, algo sorprendido, ya que había pedido un guía para él solo.

–Sí, a otro caballero que también se aloja en este hotel. Ambos van al mismo sitio y no hay muchos guías locales que conozcan bien la zona a donde quieren llegar.

«¿Al mismo lugar…? ¡Qué raro!», se dijo a sí mismo. El punto al que quería llegar no era ni mucho menos un destino al que poder considerar turístico. Era un rincón perdido en medio de la selva, y no podía ni imaginar quién demonios querría llegar ahí también y para qué.

Pasaron algunos minutos y Erik apareció por la recepción bostezando y con pinta de no haberse ni tan siquiera lavado la cara. Sus biorritmos eran nocturnos y él era perfectamente consciente de ello. Jamás le había gustado madrugar y sólo lo hacía cuando no quedaba más remedio.

–¿Me da tiempo a desayunar? –le dijo al guía sin percatarse de que tenía un compañero de viaje.

–Me temo que no –respondieron Jorge y Javier casi al unísono.

Erik miró a Javier sorprendido.

–No tengo el placer…

–Javier, Javier Ugarte. Creo que vamos a ser compañeros forzosos.

–¿Compañeros…?

–Sí, ambos van al mismo lugar y no hay muchos guías

locales que conozcan bien esa zona –repitió Jorge por segunda vez.

Erik frunció el ceño extrañado y bastante molesto por aquel imprevisto. Creía haber dejado claro que no quería compartir guía. Además, le extrañaba mucho que alguien quisiera ir a ese rincón perdido de la selva peruana al que él se dirigía.

–Pero yo contraté un guía para mí solo –reivindicó con un tono poco amigable.

–Y yo –respondió Javier–. Pero imagino que no debe de haber otro que conozca la zona, así que no nos queda más remedio que ir juntos. Que conste que la idea de compartir guía me gusta tan poco como a usted.

Al fijarse en lo impoluto de las ropas de aventurero urbano que llevaba su futuro compañero, a Javier de repente se le ocurrió que debía de ser algún americano urbanita buscando poner un poco de emoción en su previsible y cómoda vida. La voz de Erik lo sacó de sus cavilaciones:

–¿Y cuál es el motivo de que quiera adentrase en esa parte tan recóndita de la selva? –inquirió el piloto tratando de averiguar algo más de aquel incómodo acompañante.

–Es un tema personal, no quiero hablar de ello, lo siento. ¿Y usted?

–Sí..., personal también, disculpe –respondió de forma cortante, no sin cierta desconfianza. De repente, se imaginó que era una encerrona, y que entre aquel tipo y el guía lo que pretendían era llevarlo lejos de allí y luego, quizá, secuestrarlo y pedir un rescate o algo peor. Pero enseguida se quitó de la cabeza esas ideas peliculeras y decidió seguir con el plan que tanto había meditado en sus noches de insomnio, prescindiendo de su acompañante y de lo que diantres fuera que iba a hacer a la selva peruana.

–Pues si están ustedes listos nos vamos –espetó el guía.

Ambos acompañaron a Jorge hasta un 4x4, un modelo algo antiguo cuyo color hacía tiempo que había dejado de ser verde para pasar a formar parte del terracota del suelo.

–A todo esto, todavía no me he presentado. Mi nombre es Erik Freeman.

–Encantado. Y… ¿de dónde es usted? –preguntó Javier a Erik, tratando de romper el hielo.

–De Nueva York. ¿Y usted?

–Soy español, pero llevo unos quince años afincado en México D. F.

–¿Por trabajo?

–No, mi mujer era mexicana.

–Ya veo.

–¿Y usted a qué se dedica?, si no es una indiscreción, claro.

–Soy piloto de la American Air. ¿Y usted?

–Soy arqueólogo, pero en la actualidad trabajo en la radio, como contertulio de un programa de misterio.

–Qué interesante –respondió Erik sin demasiado interés, aunque pensando que quizás esa fuera la razón de que el español quisiera adentrarse en la selva: alguna búsqueda arqueológica, restos de algún poblado o algo parecido. Se quedó algo más tranquilo.

De nuevo, un silencio algo incómodo se instaló entre ellos.

–Tardaremos casi una hora en llegar a nuestro destino, el camino es muy angosto y no se puede ir rápido, así que pónganse cómodos –dijo Jorge tratando de relajar el ambiente mientras encendía la radio y ponía algo de música de fondo.

Javier, viendo que su acompañante no estaba por la labor de mantener conversación alguna, se apoyó en el respaldo y cerró los ojos tratando de relajarse. A medida que iban adentrándose en la jungla, el camino se iba tornando cada vez más estrecho y la espesura de la vegetación parecía quererles engullir a su paso. A pesar de la hora, el calor y la humedad eran cada vez menos soportables. Erik, completamente extenuado por aquellas temperaturas, trataba de darse aire con un trozo de papel. A lo lejos, los sonidos del Amazonas parecían hacerles extraños coros de recepción.

–¡Malditos mosquitos! –exclamó entonces Erik sintiendo que sus piernas se habían convertido en carnaza para aquellos bichejos. Parecía que ni el más fuerte de los diversos repelentes que llevaba servía para ahuyentarlos.

–No debería haberse puesto esa camiseta negra. Los colores oscuros y los estridentes les atraen –dijo Javier, que sabía muy bien de que hablaba–. Lo mejor son los colores claros.

–A buenas horas… Si me lo llega a decir en el hotel me habría cambiado y me habría ahorrado este infierno de picadas.

–Supongo que llevará un repelente normal...

–¿Qué quiere decir con normal?

–Pues uno pensado para los insectos de zonas civilizadas. Aquí no le van a servir; debería haber comprado uno específico para zonas tropicales. Son bastante más fuertes. Ande, póngase un poco –le aconsejó, ofreciéndole el tarro que llevaba en la mochila.

–Gracias –respondió Erik tomando aquel mejunje como si fuese su tabla de salvación–. No sabía que había diferentes tipos.

–Imagino que al menos habrá tomado las pastillas contra la malaria, ¿no?

–Sí, sí, hasta ahí llego. Aún puedo sentir ese asqueroso sabor a lejía en mi boca.

Javier sonrió. El sabor de aquellas pastillas era ciertamente nefasto. Mientras Erik se rebozaba con aquel ungüento de fuerte olor, Javier volvió a recostarse plácidamente. De nuevo, aquel no silencio típico de la selva se dejó sentir durante el resto del recorrido, en especial el canto de algún que otro guacamayo. Tras recorrer algunos kilómetros, Jorge detuvo el coche.

–A partir de aquí deberemos continuar a pie, la vegetación imposibilita el paso del auto –dijo mientras sacaba un gran machete para abrirse paso entre la maleza.

–Perfecto, vamos allá –respondió Javier, que de sobra sabía que tendrían que realizar una larga caminata.

–¿Hay que ir a pie? ¿Qué distancia queda? –inquirió Erik temiéndose lo peor.

–Una media hora más, aproximadamente. Por cierto, mientras andemos por la selva procuren no levantar ninguna piedra y pisen por donde yo lo hago.

Erik, que todavía estaba asimilando el tener que andar sobre aquel incómodo terreno, miró a Jorge sorprendido, sin terminar de comprender aquel comentario.

–Hay tarántulas, escorpiones, serpientes... –añadió Jorge, para espanto de Erik.

–Suelen esconderse bajo las hojas de las palmeras y bajo las rocas del camino. No tiene que temer nada, esos bichos nos tienen tanto o más miedo que nosotros a ellos, sólo es cuestión de estar atento –puntualizó Javier.

Con la mirada fija en el suelo y el susto en el cuerpo, Erik siguió los pasos de ambos tratando de no quedarse atrás. Menos mal que había optado por llevar calzado cerrado, pensó.

Javier, que miraba con curiosidad a su compañero de ruta, no podía dejar de sonreír. Era obvio, a juzgar por su actitud y su atuendo, recién salido de alguna tienda de Coronel Tapioca, que su inexperiencia en terrenos selváticos era completa.

–*Shit!* –exclamó Erik en un inglés claro y depurado mientras se caía de culo al suelo tras atizarse en la frente con la rama de una palmera.

–Mirar al suelo está bien, pero mire también hacia arriba de vez en cuando –dijo Javier desternillándose de risa, mientras trataba de ayudar a levantarse a Erik, que no dejaba de farfullar e increpar en su lengua. Era obvio que este no había pisado la selva en toda su vida y, a juzgar por sus reacciones, era indiscutible que no estaba hecho para aquellos rincones del trópico.

Aunque el trayecto no era demasiado largo, las altas temperaturas lo hacían muy pesado. No era para nada sencillo andar sorteando y cortando el ramaje a la vez, mirando al suelo y espantando las nubes de mosquitos que los acechaban. Aquella humedad se aferraba al cuerpo y a la ropa como si de una faja compresiva se tratase. Las gotas de sudor se deslizaban por sus espaldas dejando la piel especialmente pegajosa. Debía de faltar muy poco para llegar a la ubicación exacta cuando a lo lejos, entre la espesura, empezaron a ver algunos restos del avión siniestrado. Ambos se detuvieron en seco y sintieron que un escalofrío recorría todo su cuerpo. Después de seis meses de dolor e incertidumbre, estar tan cerca de aquel lugar resultaba inquietante. Jorge, intrigado, miró a ambos intuyendo que aquella localización no era para nada casual. En su momento había seguido la noticia por la televisión, como casi todo el mundo, pero no tenía ni idea de cuál era el lugar exacto de aquella horrible catástrofe. Durante unos instantes se limitó a mirarlos sin atreverse a preguntar. Al final, muerto de curiosidad, dejó que aquella pregunta que rondaba su cabeza aflorase, aun a riesgo de ser indiscreto.

–¿Están aquí los dos por el famoso accidente? –preguntó despertando el recelo de ambos.

Javier y Erik se miraron algo nerviosos, sin saber qué responder, sintiéndose descubiertos. Tras unos segundos de duda Javier tomó la palabra.

–La verdad es que sí, al menos en mi caso –respondió mirando a Erik con expectación.

–¿Qué relación tiene usted con el accidente? –le increpó Erik, que no terminaba de fiarse de su compañero de viaje.

–Mi hija iba en ese maldito avión.

–¡Dios! –exclamó Jorge con una expresión de tristeza que le salió de muy adentro–. ¡Qué horror!

Erik bajó la mirada apenado, aunque sintiéndose en parte aliviado por poder compartir aquella aventura y su dolor con alguien en la misma situación que él.

–Natalie era una de las azafatas.

–¿Natalie? –preguntó Javier tratando de esclarecer la relación de Erik con la difunta.

–Mi mujer.

–Yo..., lo siento. Lo siento mucho.

–No desearía estar en la situación de ninguno de ustedes, ya lo lamento –añadió Jorge compungido por la situación.

Javier y Erik se miraron y sin cruzar ni una palabra se fundieron en un sentido e interminable abrazo. De pronto las reticencias y especulaciones, toda aquella frialdad, todos los muros se vinieron abajo. Por primera vez en seis meses sintieron que alguien podía comprender de verdad su dolor, que alguien podía entrar en su mundo y compartirlo sin compadecerse, sin juzgar, sin frases hechas vacías de todo sentido. Erik rompió a llorar como sólo había sido capaz de hacerlo en soledad. Supo que con Javier no necesitaba corazas, ahora se sentía libre. Este, con los ojos vidriosos, trató de contener las lágrimas; odiaba mostrarse débil, y más en presencia de desconocidos. Sin embargo, en su interior sentía que una montaña rusa de pesadumbre arremetía contra su serenidad tratando de derrumbarle.

Jorge les observaba a una distancia prudencial, pestañeando sin parar con el fin de contener las lágrimas que por mera empatía surgían de sus ojos. Se sentía muy apenado por aquella macabra coincidencia.

Durante algunos segundos el tiempo se paralizó y ambos permanecieron abrazados inmutables, dejando que todo aquello que llevaban en su interior aflorase de algún modo. Quizás aquella era la mejor terapia de todas. Tras serenarse, los tres siguieron el trayecto hacia el lugar del siniestro, pero ahora en un clima mucho más distendido.

–¿Cómo averiguaste la localización exacta? –le preguntó Erik a Javier, tuteándolo, como no podía ser de otro modo tras esa abrupta intimidad entre ellos–. Porque en mi caso, al tener contactos dentro de la aviación, fue fácil, pero para alguien ajeno a este mundo no creo que sea tan sencillo.

–Llamé a la embajada española en Perú y me identifiqué como familiar de una de las víctimas del accidente. Al principio no estaban muy por la labor de dar información, pero al final accedieron a darme la ubicación exacta. Imagino que nadie pensó que fuese a venir hasta aquí.

–Entiendo.

–¿Qué esperas encontrar aquí? –preguntó Javier a su compañero de viaje.

–La verdad.

–¿La verdad?... ¿Qué verdad? ¿Acaso hay algo sobre el accidente que desconozco?

–Es probable. Tengo motivos para creer que el accidente no fue como se cuenta en la versión oficial.

–¿Estás hablando en serio?

Javier frunció el ceño, sorprendido y algo contrariado por aquel nuevo dato. Aunque sus motivos para estar ahí eran, si cabe, bastante más extraños y dudosos que los de Erik, jamás habría pensado que la información sobre el siniestro pudiese ser falsa. ¿Qué sentido tenía eso?

–¿Tú? ¿Por qué has querido venir hasta aquí?

–Si te lo contase no me creerías.

–¿Por?

–Mejor te lo cuento luego, en el hotel, frente a un *whisky* doble. Créeme, te hará falta.

Erik le miró extrañado sin entender a qué venía tanto misterio. Hasta aquel instante estaba convencido de que el único loco capaz de ir a Perú a investigar por su cuenta era él; pero ahora sabía que existía alguien más con igual decisión y arrojo, aunque, por lo que le había dado a entender, sus motivos podían ser todavía más atípicos que los suyos.

–Si no queda más remedio esperaremos a esa copa, aunque me vas a tener intrigado todo el día –respondió Erik.

–Te aseguro que mi historia no te defraudará –afirmó Javier sonriendo.

Capítulo 4
Una mentira enterrada

Ya quedaba muy poco para llegar al lugar y la tensión se podía palpar en el ambiente. Una extraña mezcla entre nerviosismo, miedo e incertidumbre les recorría las venas. Se abrieron camino entre la vegetación, que parecía cerrarse ante ellos y que a cada paso se manifestaba menos dispuesta a dejarles llegar a su meta. Decididos, arremetieron una y otra vez contra ella, determinados a llegar al sitio exacto. Frente a ellos, en aquel claro que la selva, caprichosa, había dejado casi libre de árboles y maleza, se hallaban los restos del avión. Los tres hombres, atónitos y sobrecogidos, miraron desde lejos la escena sin atreverse ni a respirar. Parte del armazón de aquella enorme nave descansaba allí, inmerso en la vegetación, medio oxidado, perfectamente integrado en aquel medio natural, como si siempre hubiese formado parte de él.

Javier trató de sentirse ajeno a todo aquello, como si estuviese viendo una película que nada tuviera que ver con su vida, pero poco a poco los recuerdos, los sentimientos y aquel desgastante dolor que le quemaba por dentro día tras día fueron haciendo mella hasta abatirlo por completo. Él, que hasta con Erik había conseguido aguantar el tipo, se dio cuenta de que frente a aquello era difícil guardar las distancias y no emocionarse. Él, que hasta ese mismo instante había sido capaz de contener sus emociones, se dejó entonces caer sobre las rodillas y rompió a llorar como un niño. Por un instante, no pudo impedir que su mente reprodujese el horror que todos y cada uno de los pasajeros debieron vivir, aquellos últimos y agónicos momentos antes de estrellarse contra el suelo. ¿Habrían sido conscientes de que se acercaba su final? No podía evitar recordar con angustia la imagen de Melanie despidiéndose de él en el aeropuerto. Su niña, su pequeña, su princesa... Sólo deseaba que, de estar muerta, al menos no hubiese sufrido. Erik, inmóvil, miraba al frente con ojos llorosos. En su cabeza los recuerdos de su vida con Natalie desfilaban uno a uno sin darle apenas tregua.

Aunque muchas de las piezas del fuselaje habían sido a buen seguro retiradas de allí, el lugar se encontraba aún lleno de restos del aparato y era fácil apreciar la magnitud de la tragedia. Tan sólo aquellas partes del avión útiles para la posterior investigación parecían haber sido transportadas lejos de allí por los militares; el resto permanecían todavía en su sitio, imperturbables, dando fe de lo ocurrido, perpetuando la huella del horror vivido. Ahora, lo que una vez fue un aparato lleno de vidas humanas había pasado a ser el cobijo de alimañas selváticas. Además, la humedad y las lluvias tropicales eran el peor enemigo para la conservación de cualquier resto, y más si este era metálico.

Tras incorporarse y recuperar la serenidad, Javier se acercó a un bloque de asientos que, aunque sucios y decolorados por el sol, luchaban por conservar parte de su forma original. A juzgar por su ubicación, debieron de salir despedidos del aparato. Con los ojos enrojecidos, puso la palma de su mano sobre el respaldo de uno de ellos acariciándolo con ternura, como si al hacerlo pudiese estar más cerca de su hija. En seis meses la selva, despiadada y poderosa, había engullido casi por completo las marcas del accidente, pero Erik repasó con atención los surcos que casi milagrosamente aún podían verse en el suelo.

–Ándese con cuidado, no vayamos a tener un disgusto –le recordó Jorge al ver que levantaba ramas y piedras en busca de pistas.

Erik, que caminaba de un lado para otro como en una especie trance, no hizo ni caso de aquel sabio consejo.

–¿Qué es lo que buscas exactamente? –quiso saber Javier, tras volver en sí al ver el interés con que Erik repasaba toda la situación.

–Pruebas.

–¿Pruebas de qué?

–Cuando un avión pierde el control y cae al vacío no existen marcas de aterrizaje, tan sólo hay marcas de un impacto y de la posterior explosión.

–¿A dónde quieres llegar? ¿Qué estás insinuando? Habla claro, por favor, no estoy para adivinanzas, te lo aseguro.

–Según la versión oficial, el avión se precipitó al vacío y tras el impacto explotó en mil pedazos –dijo el piloto incorporándose–. Por ese motivo no hubo supervivientes ni restos que fuesen identificables o recuperables. Sin embargo, las marcas que todavía a día de hoy se pueden ver muestran algo muy distinto.

–¿Distinto? ¿Qué quieres decir?

–Ven aquí, observa –añadió mientras con la mano le animaba a acercarse–. Mira, esta marca no es la de un impacto.

Javier le miraba expectante y desconcertado, pero sin atreverse a interrumpirle o a opinar. Erik prosiguió.

–Aquí hubo un aterrizaje forzoso, estoy absolutamente convencido de ello. Por tanto, lo de la explosión durante el vuelo es falso. Y a juzgar por las marcas de la panza del avión arrastrándose sobre el firme y por los claros de la zona, tuvo que haber supervivientes. De eso estoy casi seguro. El piloto supo buscar el lugar idóneo para aterrizar con los menores daños posibles.

–¿Estás diciendo entonces que el gobierno local miente?

–Sí, sin lugar a dudas. Pero no creo que se limite al gobierno local, creo que el tema va mucho más lejos. ¿De verdad crees que el gobierno peruano tiene la capacidad de hacer todo esto solo?

–Pero... ¿para qué iban a hacer algo así?

–No lo sé. Eso es lo que pretendo averiguar.

Ahora el que estaba fuera de juego era él. En la selva Erik podía parecer un auténtico inútil, pero ahora, frente a aquellos escombros, parecía saber mucho más que el resto acerca de aquel accidente. Javier pensó que, siendo piloto, seguro que había tenido acceso a información que para los demás resultaría complicada de conseguir y que sus conocimientos técnicos le permitían llegar a esas conclusiones.

–Entonces... ¿sería posible que alguien siguiera con vida? –preguntó acercándose de nuevo a él.

Erik miró a Javier sorprendido y con curiosidad.

–¿Con vida?

–Acabas de decir que tuvo que haber supervivientes...

–Efectivamente, «tuvo»..., aunque no creo que fuese por mucho tiempo.

Javier sintió que su cabeza daba vueltas como un tiovivo. ¿Acaso estaba Erik insinuando que alguien había acabado con la vida de los posibles supervivientes? Aquellas teorías conspiratorias y paranoides estaban empezando a sobrepasarle. A él lo único que le interesaba era buscar a su niña y allí, en mitad de aquel recolector de desechos, no creía poder encontrarla. Pero tampoco sabía muy bien por dónde empezar a buscar. Por un momento se permitió pensar que aquella expedición había sido un error.

–Fíjate bien, no se aprecian restos de ninguna explosión –añadió Erik.

–Pero gran parte de los restos están claramente calcinados –apuntó Javier.

–Que algo se haya quemado no implica que haya habido una explosión previa. Tras una explosión, los restos quedarían mucho más diseminados, y aquí parece estar casi todo en el mismo lugar, bien calcinado. Además, los fuegos también se pueden provocar, y más si lo que quieres es destruir pruebas... –sentenció Erik mientras seguía mirando atentamente las marcas del suelo.

–Pero ¿quién y por qué querría hacer algo así? Además, alguien tuvo que ver u oír algo, ¿no? –se desesperó Javier mirando a Jorge, que fumaba un cigarrillo con tranquilidad sentado sobre una roca.

–Esta zona está bastante aislada. A menos...

–¿A menos qué? –intervino de nuevo Erik, que había dejado de buscar rastros y parecía haberse metido de lleno en la conversación.

–A menos que alguna de las tribus locales que viven algo más arriba al oír el estruendo se acercasen.

–¿A qué distancia están? –preguntó Javier más calmado, dispuesto a andar lo que hiciese falta.

–La más cercana está a unas dos horas a pie..., menos de una hora si subimos con una motora por el río.

–Interesante...

–¿Y cree que pudieron oír algo? –preguntó Erik.

–Piense que aquí no existen estructuras de cemento que bloqueen el paso de sonido y que el estruendo de la caída debió de ser enorme. Si además hubo fuego, la humareda, el olor, tuvo que llegarles seguro.

–¡Voto por la motora! –exclamó Erik, que se veía incapaz de andar durante dos horas a través de la selva.

–Entonces habrá que ir mañana al amanecer, ahora sería imposible, se nos echaría la noche encima. Si quieren, esta tarde hablo con el propietario del embarcadero en Iquitos.

–¿Cuánto puede costar el alquiler de la motora? –quiso saber Javier con preocupación.

–Unos dos mil soles el día..., que son unos seiscientos cuarenta dólares al cambio, aproximadamente. Aunque se puede regatear, claro.

–Bien, no se preocupe, corre de mi cuenta –dijo Erik viendo la expresión angustiada de Javier–. Prefiero pagar que andar.

–Al contrario que yo –reconoció Javier, que a duras penas podía permitirse algunos caprichos cuando se acercaba final de mes–. Mi economía no está para echar cohetes, y venir hasta aquí ya ha supuesto un esfuerzo, la verdad.

–Perfecto, pues esta noche les confirmo todo, pero en principio cuenten que mañana quedaremos a la misma hora que hoy. Habrá que ir a Iquitos y desde allí tomaremos la embarcación.

–De acuerdo. Ahora con vuestro permiso voy a seguir recorriendo la zona, luego os cuento con más calma mi teoría –añadió Erik alejándose de ambos.

–¿Cree que si alguien hubiese salido con vida habría podido sobrevivir en este entorno? –preguntó Javier a Jorge.

–No es nada fácil, pero tampoco imposible. ¿Cree realmente que su hija sigue viva?

–No lo sé.

–Pero si fuese así, ¿no habría intentado ponerse en contacto con usted de algún modo?

–A menos que debido al impacto hubiese perdido la memoria, ya sabe, amnesia postraumática... O que la hubieran secuestrado. Además, imagino que aquí no hay ni tan siquiera cobertura.

Jorge le miraba atónito, sin terminar de entender aquellas teorías. Su mundo era mucho más sencillo; su día a día se limitaba a sobrevivir como buenamente podía.

Mientras Erik seguía buscando entre la maleza, Javier sacó su móvil del bolsillo y comenzó a fotografiar y a grabar la zona. Si tal y como afirmaba Erik aquello era un montaje, necesitarían documentarlo todo. Después aprovechó para buscar restos de efectos personales del pasaje. Con un poco de suerte igual encontraba algo de su hija, pensó.

–¿Os habéis dado cuenta de que no queda nada del pasaje? –dijo en voz alta.

–¿A qué te refieres? –planteó Erik desde la otra punta.

–A algún efecto personal. Aunque limpiasen la zona y se llevaran las piezas necesarias..., ¿te parece normal esta pulcritud? No hay absolutamente nada; no sé, restos de maletas, de ropa, de libros, de efectos personales...

Erik levantó las cejas y suspiró, aquello no era más que otra confirmación de su teoría: alguien había hecho a conciencia su trabajo.

Tras más de media hora de búsqueda, Erik se acercó de nuevo a Javier con aire triunfal sosteniendo una pieza metálica entre sus manos

–¡Lo tengo! –exclamó eufórico.

–¿Qué es eso? –preguntó Javier, al que todos aquellos restos le parecían iguales.

–Esto es la prueba irrefutable de que todo esto es una gran mentira.

–¿Cómo?

–Este amasijo de hierros jamás pudo pertenecer al avión siniestrado. Imposible.

–¿Por qué? ¿Y cómo lo tienes tan claro?

–Esto es parte de un televisor de un asiento de *business* de un Boeing 747, y aunque habitualmente la Caribean Way utiliza ese tipo de aviones para este trayecto, según el informe esta vez no fue así. Debido al menor número de pasajeros se cambió el modelo de avión a última hora por uno algo más pequeño. El avión siniestrado era en realidad un Boeing 767.

–¿Y eso qué significa?

–Que en vez de tener tres clases sólo tiene dos; turista y *business*. Y los televisores de la clase *business* de los 767 son bastante más sencillos que este.

–¿Y tú conoces todos los modelos de televisor de los aviones? –quiso saber Javier extrañado.

–Todos no, pero las diferencias básicas entre los principales modelos de avión hay que conocerlas. Si no no tendría el título de piloto. Por otra parte, no te imaginas la cantidad de horas de vuelo que llevo a mis espaldas... Lo sabría aunque sólo fuese por aburrimiento. Además, los Boeing son uno de los aparatos más frecuentes.

Javier no salía de su asombro. ¿Para qué iba alguien a recrear un accidente con piezas falsas? ¿Qué fue lo que ocurrió en realidad? Aquello no tenía demasiado sentido.

–Es obvio, alguien no fue lo bastante meticuloso –dijo Erik, que no dejaba de darle vueltas a todo el asunto.

–Nadie salvo un piloto que haya tenido acceso a información muy especializada se daría cuenta de todo eso, ¿no crees? Es muy posible que quien organizase este teatro no supiera de aviones mucho más que yo.

–Es probable.

–Y dime, ¿a cuántos familiares de las víctimas se les ocurriría venir hasta aquí? Debemos de ser los únicos majaderos a los que se les ha ocurrido semejante despropósito.

Erik movió la cabeza en señal de asentimiento mientras volvía a inspeccionar el terreno con atención.

–Pues no es de extrañar que no se tomasen demasiadas molestias –añadió Javier.

Jorge, ajeno a todas aquellas elucubraciones y tras mirar el reloj de su muñeca, les interrumpió.

–Creo que deberíamos almorzar algo. Son casi las tres y media, y al menos mi estómago está en pie de guerra.

–Tiene mucha razón –contestó Javier, que ya había perdido toda noción del tiempo.

–De momento, esto se viene conmigo –añadió Erik mientras guardaba en su mochila el desvencijado aparato que había encontrado.

Sentados sobre unas rocas, empezaron a sacar los sándwiches y las cantimploras que llevaban encima.

–Si les parece, cuando terminemos de comer podríamos, sin prisas, pensar en regresar al hotel. Todavía nos queda al menos una hora y media de trayecto, y aunque todavía es temprano aquí oscurece pronto y no es nada aconsejable que nos pille la noche en mitad de la selva.

–Sí, además estamos cansados, sobre todo yo, que no estoy para nada acostumbrado a esta humedad y a caminar por la selva. Mañana será otro día –dijo Erik mientras se acercaba la cantimplora a la boca.

–Esta noche sin falta les confirmo lo de mañana.

–Perfecto.

–Y díganme una cosa, ¿qué harán si realmente descubren que el accidente no fue como se lo contaron? –preguntó Jorge intrigado.

Ambos se miraron sin saber qué responder.

–Todo a su tiempo –contestó al final Javier tratando de dar carpetazo a tan incómoda pregunta.

En cuanto terminaron de comer, Javier aprovechó para fumarse con tranquilidad un cigarrillo.

–¿Queréis? –dijo ofreciéndoles uno a sus compañeros.

–No, gracias, no fumo –respondió Erik mientras Jorge no dudaba en aceptar su invitación.

Entonces Erik, que había observado que Javier había estado haciendo fotos y grabando, le pidió que cuando acabase de fumar fotografiase algunos detalles más que a él le parecían relevantes: las marcas del suelo, la posición de algunos restos... El móvil de Javier era francamente mejor que el suyo y seguro que las imágenes tendrían una mayor definición y nitidez.

Después de algo más de veinte minutos de fotos y recogida de pruebas se dispusieron a regresar al hotel. Tras la tediosa caminata de media hora, los tres se sentaron en el coche sin demasiadas ganas de hablar. Erik, exhausto por la falta de costumbre, se reclinó en la parte trasera y dejó que el vaivén del coche le adormeciera. Mientras, Javier, que iba sentado al lado de Jorge, se dedicó a tomar notas de todo lo acontecido en una libreta. Era una vieja costumbre que, con su precaria memoria, le había salvado de más de un olvido y de algún que otro problema.

–¿Qué está anotando? –preguntó Jorge, que llevaba un buen rato viéndole escribir.

–Detalles de todo lo que hemos visto y hablado esta mañana; suelo hacerlo para no olvidarme de nada. En mi anterior trabajo era imprescindible, y más con lo olvidadizo que suelo ser. Con los años uno aprende a suplir la cabeza con el papel.

–¿Era usted arqueólogo, no?

–Sí, aunque hace mucho que no ejerzo de forma profesional. Ahora me limito a viajar una vez al año a algún enclave recóndito por puro placer. Y usted, ¿ha sido siempre guía?

–No, no. Antes tenía una empresa de alquiler de embarcaciones en Iquitos. Funcionaba muy bien, pero el mantenimiento de los barcos y un par de malas temporadas acabaron por comerse los márgenes, así que decidí que esto era menos complicado y más rentable.

–Imagino que la mayoría de turistas no le pedirán ir a lugares tan extraños como nosotros.

–Eso puede usted jurarlo. Pero también se agradece; uno acaba harto de ir siempre a los mismos sitios y contar siempre las mismas estúpidas anécdotas.

–Me hago una idea.

–¿Conocía la zona?

–En Perú había estado antes, pero en Lima, nunca en este lugar.

–Y mejor que no hubiese tenido que conocerlo –añadió Jorge con tristeza.

–Así es.

–Bueno, ya estamos llegando –dijo el guía mirando a lo lejos–. En cinco minutos estaremos en el hotel. Debería despertar al señor Erik.

Con cuidado, Javier se inclinó ligeramente hacia atrás posando su mano sobre el hombro de Erik y zarandeándolo con suavidad hasta que este abrió por fin los ojos.

–Hemos llegado –dijo mientras el piloto se incorporaba poco a poco.

–Esta noche les llamo sin falta –les recordó Jorge mientras ambos bajaban del coche–. Y descansen, que mañana nos espera un día duro.

–Igualmente, Jorge.

–Hasta mañana –respondió Erik antes de entrar, todavía medio adormecido, en la recepción del hotel.

–Y recuerde ponerse ropa de color claro –añadió el guía sonriendo mientras arrancaba de nuevo el coche y encaraba la salida.

Ya en la recepción del hotel, los dos hombres cruzaron una mirada de cansancio. A pesar de ello, Javier no tenía pensado perdonar la cena.

–¿Te apetece cenar conmigo? –le preguntó a Erik antes de subir a su habitación a asearse.

–Bien. ¿A las ocho y media abajo?

–Perfecto, así me da tiempo a tomar una ducha y relajarme un rato.

–Hasta luego. Ah, y no olvides que me debes la explicación sobre la razón por la que viniste hasta aquí, esa que según tú yo no me iba a creer.

–Es verdad, luego te lo cuento.

* * *

Javier fue el primero en bajar al *hall* y se acercó a la recepción para preguntar si había noticias de Jorge.

–El señor Jorge Ramos llamó hace media hora y dejó este recado para ustedes –dijo el chico encargado de la recepción dándole un papel.

En este se podía leer: «Embarcación confirmada. Nos encontramos mañana a las 7:30 en la recepción».

En ese instante Erik bajó las escaleras.

–Está todo confirmado –dijo Javier–. Mañana a las 7:30 aquí abajo.

–Pues qué bien, otra vez a levantarnos temprano.

Ambos se dirigieron al comedor internacional del hotel. Era aconsejable no arriesgarse con comidas locales. Javier, que ya había experimentado en anteriores ocasiones los efectos de los picantes y las especias, prefería ser prudente.

–Bueno, soy todo oídos. Cuéntame cuál ha sido la razón exacta por la que has venido hasta aquí –dijo Erik mientras ambos se sentaban a la mesa.

–Sí, te debo una explicación, aunque si a mí me ha costado bastante creer tu teoría de la conspiración, a ti te va a costar mucho más creer lo que te voy a contar.

–¡Sorpréndeme!

Javier suspiró hondo porque más allá de lo increíble de su historia sabía que al narrarla no iba a poder evitar emocionarse.

–¿Tú crees en los fenómenos paranormales?

–¿Cómo dices?

Mientras Javier le relataba todo lo acontecido en la emisora, Erik le miraba perplejo. Javier a duras penas fue capaz de reproducir el mensaje de su hija sin echarse a llorar.

–¿Me estás diciendo que tu hija supuestamente muerta te llamó en directo para que vinieses aquí a por ella?

–Sé que parece increíble, y lo cierto es que si no fuese porque cuatro personas más lo oyeron yo también pensaría que había sido fruto de mi imaginación.

–Pero, ¿qué explicación le das?

–La verdad es que no sé qué explicación darle. Quizá sólo fue una broma de mal gusto. Pero era su voz, puedo jurarlo.

–Entonces, ¿piensas que puede seguir viva, o quizá crees que quien contactó contigo, quien te llamó fue un…? –planteó sin atreverse a pronunciar la palabra *fantasma* por todo lo que esta implicaba.

–Ojalá tuviese la respuesta. Sólo sé que pasé del desconcierto a la duda, y de esta a la esperanza en apenas un rato. Y sentí dentro de mí que tenía que venir hasta aquí y comprobar si había alguna posibilidad de que Melanie estuviera viva.

–No puedo ni imaginar la impresión y la impotencia que tuvo que causarte oír ese mensaje.

–Fue como retroceder seis meses, al día en que me llamaron para comunicarme el accidente.

Tras un largo silencio, Javier retomó la conversación.

–Y tú, ¿cómo tuviste acceso a los expedientes del caso?

–Bueno, no fui yo, sino un viejo amigo que trabaja en la FAA.

–¿La FAA?

–La Administración Federal de Aviación. Ellos suelen gestionar todos los documentos oficiales en este tipo de sucesos, además de hacer otras muchas cosas, claro. En cuanto mi amigo empezó a darse cuenta de las incongruencias que había en esos expedientes le quitaron el caso de las manos. Extraño, ¿no te parece?

–Sí, algo sospechoso. Pero, ¿y qué tipo de detalles le llamaron la atención como para pensar que algo no era como se decía allí?

–Declaraciones contradictorias, pequeños detalles que no cuadraban... Y en cuanto empezó a preguntar, ¡zas!, lo apartan. Muy raro todo, no sé.

–¿Y de verdad crees que tú y yo podremos aclarar el tema, averiguar algo más?

–No lo sé, pero no me perdonaría el no haberlo intentado. Supongo que es mi forma de demostrarle a Natalie que no la olvido, que sigue y seguirá siendo importante para mí.

–En eso te doy la razón, aunque me temo que tú y yo no vamos a conseguir llegar muy lejos.

–No adelantemos acontecimientos.

Tras una larga y copiosa cena, un *bourbon*, un par de pisco sours y un relajante paseo por el exterior del hotel, ambos subieron de nuevo a sus habitaciones; al día siguiente había que madrugar y la jornada había sido intensa.

Asomado a la ventana de su habitación, Erik dejó que los ruidos de la selva le relajaran y le transportasen a un mundo casi onírico. La selva era muy distinta a todo lo que él había conocido, pensó mientras observaba engatusado aquel paisaje. Acostumbrado a los ruidos de los coches y al bullicio de la gran ciudad, aquel peculiar «no silencio» se le hacía muy extraño. Y parecía que por la noche la actividad, en vez de descender, iba en aumento. Ahora entendía aquella curiosa frase que se solía decir, «la selva tiene ojos»... A juzgar por los muchos ruidos no sólo tenía ojos, sino voz propia. Aunque la naturaleza y él nunca se habían llevado demasiado bien, tenía que reconocer que aquellos parajes eran de una belleza inigualable. Por fortuna, el calor que les había azotado por la mañana ya había amainado y una suave y envolvente brisa entraba por la ventana haciendo la temperatura y la humedad más llevaderas. Bajo la luz de la luna, y con los destellos de las antorchas que adornaban los jardines, la piscina lucía casi mágica. Las palmeras se contorneaban ligeramente gracias al viento, prolongando sus sinuosas formas sobre el suelo, como si fuesen mujeres danzando voluptuosas a la luz de las velas. Un fresco aroma a hierba húmeda arropaba aquella plácida y sugerente visión, que sólo se veía interrumpida por el seseo de los mosquitos, que, atraídos por la luz de la habitación y el olor a carne fresca, revoloteaban, amenazantes, en el marco de su ventana.

Cansado, cerró los pórticos de madera y corrió aquella tupida cortina. Luego se untó generosamente todo el cuerpo con la crema contra los mosquitos que había comprado nada más llegar en la tienda de *souvenirs* del hotel y se tumbó derrotado en la cama, no sin antes colocar bien la mosquitera. Sus piernas ya habían copado el límite de picadas por un día.

Capítulo 5
La selva tiene ojos

Se levantó, corrió las cortinas y miró por la ventana. La selva lucía aún más hermosa al amanecer. La luz de la mañana sobre los manglares y las copas de los árboles dibujaba en su mente una imagen de aquellas que jamás olvidas. Aunque era muy temprano, la humedad y el bochorno ya se podían percibir en el ambiente; se vaticinaba un día de temperaturas sofocantes. Acostumbrado a madrugar en sus viajes, para Javier aquello no suponía ningún esfuerzo. Además, al contrario que Erik, sus biorritmos eran claramente matutinos; por la noche no servía para mucho. Tras darse una ducha rápida y vestirse, bajó a desayunar.

Debían de ser las siete y cuarto de la mañana cuando Erik entró en el comedor.

–Veo que hoy te has animado a desayunar –dijo Javier con ironía al verle entrar caminando como un zombi.

–No creas, sólo soy un espejismo. Mi verdadero yo sigue arriba, tumbado en la cama –murmuró el otro, todavía adormilado.

–Bueno, tienes un cuarto de hora para abrir los ojos.

–Nada que no pueda solucionar un buen tazón de café.

Fuera, Jorge ya les esperaba sentado en su 4x4.

–Buenos días, señores –saludó levantándose y saliendo del coche al verles llegar–. Su embarcación les espera, en media hora estaremos en Iquitos.

–Hoy Erik ha optado por la ropa de color claro –remarcó Javier buscando la complicidad de Jorge.

–Sí, es que si hoy me pican muchos más bichos puedo tener un *shock* anafiláctico –respondió el piloto siguiendo con aquel tono de sorna.

Una vez arrancó el coche, Jorge les explicó el plan que había organizado.

–Mi idea es ir con la embarcación hasta la bifurcación del Amazonas con el río Nanay. Ahí, además de algunos chamanes, viven los Yaguas. Son la tribu más cercana al lugar del accidente y están bastante acostumbrados al turismo, por lo que resultará más fácil que nos quieran ayudar. Aparte, algunos de sus miembros hablan español.

–Eso facilitará las cosas, seguro –intervino Javier, que estaba acostumbrado a lidiar con los complicados idiomas nativos de los territorios en los que había estado durante sus expediciones arqueológicas.

–¿Y a qué distancia exacta están del lugar del accidente? –preguntó Erik

–A una hora remontando el río, a hora y media desde Iquitos.

–¿Qué posibilidades reales cree que hay de que fuesen testigo o, como mínimo, oyesen el accidente?

–De oírlo bastantes, otra cosa es que decidiesen acercarse al lugar de los hechos. De todos modos, si alguna tribu sabe algo nos enteraremos. Cuando ocurre algo fuera de lo normal las noticias suelen expandirse, y más entre estas comunidades.

–Esperemos que sea así –dijo Javier deseoso de llegar cuanto antes a Iquitos.

Después de algo más de media hora llegaron a la ciudad. El puerto estaba lleno de grandes barcazas, de motocarros y de turistas. Aquel, pese a ser un puerto de tamaño medio y bastante precario, era un lugar de encuentro para los extranjeros; todos los recorridos fluviales partían de allí. A Javier aquel tipo de turismo masivo le horrorizaba. Acostumbrado a viajar con lo puesto y poca compañía a lugares recónditos y casi desconocidos, aquella marea humana le abrumaba.

–Vengan, les presentaré a Antonio, él nos llevará por el río hasta los Yaguas –dijo Jorge mientras se acercaba a una de aquellas embarcaciones.

Antonio era un hombre enjuto y tosco, de rasgos inconfundiblemente indios y de muy pocas palabras. Desde el centro de la embarcación, donde oteaba el cielo, se limitó a levantar ligeramente la cabeza en señal de bienvenida. Mientras, Jorge acercó un poco la embarcación, tirando hacia él del amarre, para facilitar el paso.

–Tomen asiento –dijo haciendo lo propio.

La barcaza, que era de las más pequeñas del puerto, no se veía demasiado nueva, aunque tampoco era de las peores que había allí; de hecho, algunas parecían caerse a pedazos. Sentados a ambos lados de la embarcación, y con aquel hombre tan poco comunicativo al timón, iniciaron su recorrido por el Amazonas. Una vez salieron de las revueltas aguas del puerto, el paisaje se transformó en algo tan hermoso e idílico que los tres pasaron gran parte del recorrido absortos, contemplando su belleza y singularidad. Lo cierto era que hablar en aquellas circunstancias parecía casi un sacrilegio. Si uno se fijaba no era difícil apreciar la fauna de la zona; algún que otro cocodrilo dormitando cerca de la orilla, las aves sobrevolando la espesura amazónica, un par de monos saltando de árbol en árbol... Hasta la luz allí parecía distinta, como más clara, más intensa; tanto que Erik no osaba sacarse las gafas de sol. Mientras, Javier aprovechó para tomar algunas fotos con su móvil.

Afortunadamente, el hecho de desplazarse por la cuenca del río daba menor sensación de calor. La brisa acariciaba sus rostros rebajando sensiblemente la temperatura.

–No sé si se han puesto alguna protección solar. Aquí el sol es muy fuerte y con el reflejo del río todavía es peor. Además, no hay apenas sombra –dijo Jorge mirando sobre todo a Erik, cuya piel clara tenía todos los números para salir mal parada.

–Yo estoy inmunizado; de hecho mi madre solía decir que yo era el gitano de la familia, por mi piel oscura –añadió Javier.

Erik miró sus brazos temiéndose lo peor.

–¿No llevarán protector por casualidad?

Ambos le dijeron que no con la cabeza.

–Por la cuenta que te trae, cuando volvamos al hotel ya puedes ir comprando Aftersun –apuntó Javier con ironía.

–Ya estamos llegando –dijo Jorge al cabo de un rato–. ¿Ven como no era un trayecto largo?

Allí, a unos pocos metros, se podía ver una suerte de reducido embarcadero donde atracar. Tras acercar la barcaza y amarrarla a unos troncos, Antonio volvió a hacer aquel curioso gesto con su cabeza indicando que ya podían bajar. Por no hacer, ni siquiera era capaz de espantarse las moscas que le revoloteaban alrededor.

Tan pronto bajaron a tierra, un grupo de niños indígenas, prácticamente desnudos, apareció de pronto como por arte de magia y corrió a su encuentro.

–Si les dan algo estamos perdidos –avisó Jorge sabiendo que luego no habría forma humana de sacárselos de encima.

–Ya sé de qué va, no se preocupe –replicó Javier, que había viajado por muchos lugares y sabía de la insistencia de los críos, fueran de una tribu amazónica o del Magreb.

Erik les miraba a ambos desde el más puro y completo desconocimiento. De hecho, aquellos pequeños le despertaban una cierta ternura. Avanzaron rodeados de chiquillos hasta llegar al poblado y los adultos no tardaron en aparecer. Era un pueblo no demasiado grande, de cabañas de madera y chonta, levantado al borde del río, en una zona de poca vegetación en comparación con el resto. Erik no pudo evitar imaginarse la dureza de la vida en ese lugar.

–Hola –dijo Jorge saludando con la mano a una mujer que se acercaba hacia ellos.

La mujer, que debía de rozar los ochenta años, iba vestida tan sólo con una falda de paja y con lo que quedaba de sus vacíos senos al descubierto. Se apartó vergonzosa, entre risas, mostrando una dentadura casi inexistente y dejando que uno de los hombres allí presentes fuese el portavoz. Algunos de ellos llevaban una especie de extraño turbante de paja sobre sus cabezas.

–Hola –respondió el hombre mientras repasaba con atención los atuendos de los visitantes.

–Encantados de conocerle –añadió Jorge inclinando sutilmente la cabeza en señal de respeto–. Verá, hemos venido hasta aquí porque necesitamos su ayuda.

–¿Ayuda?

–Sí. Verá, nos preguntábamos si alguien de su comunidad pudo oír o ver algo relacionado con un accidente de avión que hubo río abajo, hace unos seis meses.

El hombre les miraba con extrañeza. O bien no estaba entendiéndoles o igual no le apetecía demasiado hablar.

–Avión, pájaro de hierro, mucho ruido... –insistió Jorge tratando de hacerse entender.

–Sí, un avión, ya lo he entendido –respondió aquel hombre con tono sarcástico, dando a entender que tenía muy claro de lo que le hablaban.

Era evidente que aquella tribu había tenido bastante contacto con la civilización. Haciéndoles un gesto con la mano, el hombre les invitó a seguirle.

–Chaumeil ayudar.

–¿Chau... qué? –preguntó Erik en voz baja.

–Debe de ser el nombre de uno de ellos –puntualizó Javier.

Entonces, aquel hombre ataviado con una especie de falda de paja y cuyo rostro lucía decorado con algún tipo de pintura ceremonial les hizo entrar en una cabaña.

–Chaumeil –dijo señalándoles a un hombre mayor, de aspecto sereno, que reposaba sentado en el suelo, sobre una esterilla, mientras bebía algún tipo de brebaje. Su larga y enmarañada barba blanca le cubría el pecho. A juzgar por la forma en que era tratado, todos dedujeron que debía de ser el jefe o líder de aquella tribu.

–Hola –saludó Jorge–. ¿Habla mi idioma?

–Sí, un poco... –contestó el anciano con una voz suave elevando la mirada hacia los forasteros.

–Gracias por atendernos. Mi nombre es Jorge y ellos son Javier y Erik.

–¿En qué ayudar?

–Verá, estamos interesados en el accidente de avión que hubo, río abajo, cerca de aquí, hace seis meses. ¿Qué podría contarnos al respecto?

–¡Sí, el accidente! –exclamó súbitamente alterado–. Hubo un gran ruido. Nos asustamos mucho.

–¿Podría contarnos todo lo que recuerde de aquel día? –incidió Javier.

El hombre los miró, algo receloso de sus intenciones. Los turistas no solían preguntar cosas como aquella.

–Aún no era oscuro y hubo un gran ruido, como un rugido, como varias aves cayendo... Los hombres salimos al exterior; las mujeres, asustadas, entraron en las cabañas. –En un español sorprendentemente aceptable, y a pesar de que se detenía a pensar en la palabra correcta, el anciano se iba explicando.

–¿Y luego?

–Luego silencio, demasiado silencio. Nosotros cogimos las canoas y fuimos a ver.

–¿Fueron hasta el lugar? –preguntó Jorge.

–Sí, ir.

–¿Y qué vieron? –intervino Erik, excitado e impaciente.

–Estábamos en el río, llegando al lugar. Oímos gritos, gente pedir ayuda. Entonces hubo una gran luz, como fuego. Mucho ruido...

–¿Cómo? –Javier podía sentir que el corazón se le iba a salir del pecho–. ¿Había gente viva?

–Sí, gente chillar mucho... El avión estaba en el piso y también mucha gente vestida de verde. Ellos matar gente y hacer agujeros en selva, lejos de avión... Cavaron, enterraron. Luego ya nadie gritaba.

–¿Agujeros? –terció Jorge de nuevo.

–Sí, para los muertos que ellos matar. Tumbas, eso es.

–¡Hijos de puta!, ¡los mataron y enterraron los cuerpos! –exclamó tremendamente alterado Erik, con el rostro desencajado.

–Pero ¿les dijeron algo?, ¿hablaron con ellos antes de...? –quiso saber Jorge, con el rostro también demudado por esas inesperadas revelaciones.

–No, no, no hablar, sólo mirar.

–¿Qué más ocurrió? –dijo Javier con la voz quebrada.

–Grandes máquinas llevar avión, lejos. Luego silencio, y los hombres de verde cerrar los agujeros con gente dentro. Nosotros regresar poblado, hacerse de noche.

Lágrimas de rabia y de dolor brotaron de los ojos de Javier y de Erik. Ambos enmudecieron angustiados e indignados al oír el relato de los hechos, tan breve como brutal. Demoledor. Melanie y Natalie habían muerto asesinadas a sangre fría; eso era en conclusión lo que estaba diciendo aquel anciano.

–¿Podría llevarnos al lugar donde estaban cavando agujeros? –preguntó Jorge mientras Erik y Javier trataban de recuperarse como podían del impacto.

–¿Ahora? No, no.

–Sí, ahora. Tenemos una barca esperándonos. Luego le devolvemos al poblado –añadió el guía.

El hombre frunció el ceño y empezó a refunfuñar en su lengua. Seguramente aquella idea no le convencía.

De pronto, Jorge miró alrededor y, sin dudarlo, tomó el cuchillo que Javier llevaba colgando del cinturón y se lo ofreció como regalo a Chaumeil, que cambió la expresión de su cara en cuestión de segundos.

–¿Pero qué...? –exclamó Javier, tras salir abruptamente de su postración.

–¿Quiere que nos lleve o no? –soltó Jorge acallando a su acompañante.

Aquel hombre de actitud calmada y señorial se incorporó y empezó a mirar el cuchillo con entusiasmo. Jorge tomó entonces un trozo de madera y recuperando el cuchillo de las manos de Chaumeil lo clavó en ella, demostrándole así a este la fuerza de su hoja.

–Bien, iremos. Ahora –respondió Chaumeil tomando ilusionado el cuchillo en su mano.

Los cuatro salieron de la cabaña en dirección al embarcadero mientras la gente del pueblo observaba con curiosidad. Antonio les esperaba sentado en la orilla, inmóvil, con la única protección de una vieja y roñosa visera, en la misma postura en la que le habían dejado.

–Vamos a bajar unos kilómetros por el río Nanay, pararemos un rato y luego regresaremos aquí para dejar al señor, ¿de acuerdo? –dijo Jorge

–De acuerdo –contestó Antonio, que por primera vez en toda la mañana había abierto la boca.

Subieron de nuevo a la embarcación y descendieron por el río Nanay. Esta vez las palabras de Chaumeil fueron las responsables de que un incómodo silencio se instalase entre ellos hasta que llegaron al punto más cercano al accidente. Tanto Javier como Erik estaban demasiado afectados por aquella narración como para hablar. Una vez allí, dejaron que fuese Chaumeil quien les llevase hasta el lugar de los hechos.

Bajaron de la barcaza con cuidado para no atraer a los cocodrilos y anduvieron hasta suelo firme. A medida que se acercaban al lugar del accidente, la expresión de Chaumeil empezó a evidenciar confusión y sorpresa. Nuevamente, aquel hombre con la tez pintada de tonos rojizos empezó a musitar como con disgusto algo en su propio idioma.

–¡Ellos cambiar! No estaba así… –exclamó para sorpresa de los presentes.

–¿Cambiar? –preguntó Erik temiéndose la respuesta.

–Ellos se llevaron avión. Avión estaba entero, no roto, no trozos –prosiguió enfurecido–. No ser mismo.

Javier cerró los ojos con todas sus fuerzas. La rabia que estaba sintiendo no era comparable a nada que recordase. Erik tenía razón, todo había sido una gran mentira.

–¿Dónde hicieron los agujeros? –dijo Javier tratando de contener su dolor.

–Lejos, hay que andar –respondió él señalando con el dedo en la distancia.

Sin dudarlo, todos avanzaron siguiéndole. Erik y Javier caminaban como autómatas, abismados en sus pensamientos mientras trataban de procesar el mazazo que suponían las revelaciones del indígena. Ni siquiera tenían fuerzas para hablar. Tras casi media hora de camino atravesando la tupida vegetación y bordeando la cuenca del río, Chaumeil miró alrededor y asintió con la cabeza reconociendo el lugar. Sin dudarlo, señaló al suelo; estaban en el lugar exacto, ahora sólo les quedaba empezar a cavar.

–Necesitaremos palas y todo tipo de herramientas, y tenemos al menos tres horas de regreso hasta el hotel –apuntó Jorge, consciente de que lo más sensato sería empezar en otro momento.

–Lo mejor será regresar mañana con el 4x4 y todo el material necesario. Quizá deberíamos pensar en acampar aquí hasta que acabemos con esto –intervino Javier mirando a Erik.

–Tiene razón, aunque no sé tú, pero yo dudo que pueda conciliar el sueño esta noche –murmuró Erik.

–No sé con qué nos vamos a encontrar, ha pasado mucho tiempo. Sin embargo, es muy duro pensar que ellas puedan estar aquí enterradas.

–¿Y si en verdad fueron asesinadas? ¿Qué van a hacer? –preguntó Jorge, que a esas alturas no podía evitar sentirse implicado en aquella terrible historia.

Ambos le miraron en silencio sin saber qué responder.

–Deberíamos volver, se está haciendo tarde y todavía tenemos un buen trecho río arriba –dijo Jorge mirando a Chaumeil.

–Dejaremos alguna marca para que mañana nos sea fácil encontrar de nuevo la ubicación –añadió Javier mientras colocaba piedras justo sobre el punto donde estaban y tomaba algunas fotos con su móvil.

Pensativos, todos regresaron hasta el punto del río donde les esperaba la barca. El camino de regreso fue extraordinariamente duro y silencioso, en especial para Erik y Javier, cuyas mentes no dejaban de dar vueltas a todo lo acontecido en las últimas horas. Además, sabían que lo peor estaba todavía por venir. Pensar que ellas podían estar allí, bajo tierra, como animales, les removía el alma.

Tras remontar el río, llegaron de nuevo al poblado y algunos de los hombres se acercaron a recibir a su líder. Ellos se despidieron de él, agradecidos por la información que les había dado. Ahora debían regresar a Iquitos antes del anochecer. El trayecto en barco se les hizo algo más lento y triste en esta ocasión. Saber que posiblemente todos los pasajeros se encontrasen bajo tierra hacía que las esperanzas de Javier de encontrar a su hija con vida fuesen cada vez menores. Ya en Iquitos, y tras despedirse de su risueño y amable barquero, subieron de vuelta al coche y emprendieron el camino de regreso hasta el hotel. El rojo del atardecer se iba cerniendo poco a poco sobre sus cabezas, tiñendo todo el pasaje de hermosos tonos malva. El trinar de las aves, continuo y melódico, parecía querer acunarlos en su trayecto de vuelta. El día había sido muy intenso y ambos deseaban llegar cuanto antes a sus habitaciones para poderse dar una ducha y descansar.

Ya en el *hall* del hotel, después de despedirse de Jorge, decidieron sentarse unos minutos en el bar para hablar sobre la situación antes de subir a sus habitaciones. Sentados en una esquina de aquella solitaria barra, ambos parecían tremendamente desmoralizados.

–Y si encontramos los cuerpos, ¿qué vamos a hacer? –planteó Javier, preocupado por lo que estaba por llegar.

–No lo sé, ya pensaremos algo, ahora me siento incapaz de razonar con cordura –respondió Erik mientras pedía al camarero que les sirviese unas cervezas y algo de picar.

–Por momentos me pregunto si el venir hasta aquí ha sido una buena idea. A veces pienso que no va a servir de nada, que sólo nos hará más daño.

–La verdad es que yo no albergaba esperanza alguna de encontrar a Natalie con vida, y probablemente, pese a la rabia y al dolor, me sea algo más fácil asumir la realidad. Pero en tu caso tiene que ser duro. Imagino que esa llamada te hizo creer que igual ella seguía viva.

–En el fondo era así. Aunque en mi cabeza todo me indicaba que era casi imposible, algo en mi interior quería creer que existía una posibilidad. La esperanza se me despertó de golpe cuando oí su voz, y ahora...

–A ver, hasta que hallemos lo cuerpos no podemos dar nada por cierto. No pinta nada bien, de acuerdo, pero no vamos a rendirnos.

–Pinta muy mal, lo sé.

Javier, que en el fondo seguía queriendo pensar que quizá Melanie no había corrido el mismo destino que el resto de pasaje, escuchó con dolor las reflexiones de su ya amigo. Erik podía estar equivocado, se dijo para sí, manteniendo viva esa falsa esperanza que le había llevado hasta Perú. Pensar que ella estaba muerta era como cerrar de un portazo aquella remota posibilidad que la llamada había abierto, aquella razón que momentáneamente le seguía dando fuerzas para seguir viviendo.

Capítulo 6
Tumbas ocultas

Como los días anteriores, a las siete y media de la mañana Jorge les esperaba sentado en su 4x4. Javier, salvo por un saco de dormir enrollado sobre su macuto, iba casi con lo puesto. Erik, por su parte, parecía una feria ambulante. Una tienda de campaña, un colorido saco de dormir de diseño, una mosquitera, una escopeta, repelente de insectos... Tanto Jorge con Javier le miraron, impresionados por su despliegue. Cuando estuvo delante de ellos, ambos se echaron a reír sin poder evitarlo.

–¿Piensas quedarte a vivir en la selva? –preguntó Javier con ironía.

–Pues yo no le veo la gracia... ¿No pensaréis dormir al raso? –respondió Erik, molesto por las risas y aquellos comentarios.

–Hombre, si fuese para pasar varios días no, pero por una noche...

–Muy tranquilos os veo a los dos. ¿Y los mosquitos? ¿Y los animales de la selva?

–Si haces una fogata no suelen acercarse. Y, además, ¿crees que vamos a poder dormir algo?

Aquella explicación seguía sin convencerle.

–¿Y para qué quiere usted el fierro? –soltó Jorge perplejo.

–¿Cómo?

–Jorge se refiere al arma –aclaró Javier.

–No sé, nunca se sabe lo que puede pasar –contestó Erik, para quien dormir en la selva era toda una aventura.

Mientras Jorge trataba de colocar todos aquellos artilugios encima de las palas que llevaba en la parte trasera del coche, Javier y Erik se sentaron en su interior.

–Va a ser un día duro –dijo Javier, sabiendo que les esperaban unas cuantas horas de cavar y que, cuando acabaran, el espectáculo no sería demasiado agradable.

Tras el tortuoso camino en coche, llegaron al punto en que debían seguir a pie. Aquel traqueteo destrozaba la espalda y lo que no era espalda a cualquiera, y en cierto modo se sintieron aliviados de bajar del coche y poder estirar las piernas. Cargados con las palas y con los enseres para pasar la noche, los tres hombres emprendieron la marcha. El trayecto se hizo bastante pesado y largo para todos. De hecho, tuvieron que parar varias veces para descansar. El peso del material y la humedad no eran de gran ayuda.

–Bien, lo dejaremos todo aquí, a una cierta distancia de donde haremos los agujeros –dijo Jorge–, y si les parece podríamos empezar a cavar en puntos distintos. Por lo que comentó Chaumeil, puede haber varias fosas y no sabemos exactamente en qué punto están.

–Perfecto –exclamó Erik.

–Cuanto antes empecemos mejor –añadió Javier, sombrío de repente ante la tarea ingrata que se les presentaba por delante.

Armados con las enormes palas que habían llevado hasta allí, los tres se dispusieron a dejar aquella zona como un queso gruyer. Si en aquel lugar había algún cuerpo enterrado ellos lo encontrarían.

–Les aconsejo que vayan haciendo paradas para beber agua y descansar. Esta humedad y el calor son muy traicioneros –les recomendó Jorge, conocedor de que los efectos del clima podían ocasionar bajadas de tensión y de azúcar.

Apenas habían empezado a cavar cuando Erik, con voz temblorosa y entrecortada, les interrumpió:

–Tengo un gran problema…

–¿Qué pasa? –preguntó Jorge girando la cabeza hacia atrás.

–¿Qué se hace cuando una serpiente enorme te mira fijamente? –murmuró Erik, que, aterrorizado, apenas se atrevía ni a seguir respirando por no llamar la atención.

Frente a él, una interminable serpiente se arrastraba con elegancia sin sacarle el ojo de encima. Siseante, aquella peligrosa criatura agitaba su lengua de un lado a otro de forma rítmica e inquietante. Tanto Javier como Jorge dejaron lo que estaban haciendo y se acercaron con cuidado hasta él. Tras observar con atención al espécimen, Jorge no dudó ni un instante en identificarla.

–Es una shushupe –afirmó preocupado mientras buscaba una rama para protegerse en caso de que se acercase demasiado–. No se la ve alterada, pero por precaución procure moverse muy lentamente hacia atrás. No interesa que se fije demasiado en usted.

–No tengo ninguna intención de que se fije en mí, como puede imaginar.

–Vaya poco a poco y no pasará nada.

–¿Es venenosa? –preguntó Erik, que para entonces estaba a punto de perder los nervios.

–Bueno… No se preocupe –respondió el guía tratando de tranquilizarle–, no será nada.

Mientras Jorge trataba de bordear el lugar para ponerse detrás de Erik, Javier observaba con atención desde el otro lado dispuesto a hacer ruido para despistarla si la situación lo requería. Él sabía que la shushupe, o serpiente de cascabel muda, además de muy venenosa podía llegar a ser muy rápida y agresiva si se la molestaba. La tasa de mortalidad por su picada era superior al veinte por ciento, eso sin contar los múltiples casos de amputaciones de miembros gangrenados. Además, las muertes por su picadura podían ser especialmente dolorosas.

Entonces Erik, que andaba hacia atrás con mucho cuidado, casi suspendido en el aire, intentando separarse con cuidado de aquel reptil, tropezó con una roca que no había visto y perdió el equilibrio. La caída fue inevitable. Sin dudarlo, como si fuese una araña, siguió retrocediendo boca arriba, rápidamente, ayudándose de piernas y brazos. En su expresión se podía ver el miedo reflejado; las gotas de sudor descendían por su frente. Ya fuera del radio de acción de la serpiente suspiró aliviado.

–¡Joder! Yo no sirvo para esto, lo siento, soy de ciudad. ¡Menos mal que no era de las más venenosas! –gritó mientras se sacudía el polvo de los pantalones.

Jorge y Javier se miraron con complicidad sin poder evitar soltar una carcajada.

–O sea que era venenosa, ¿no? –exclamó Erik bastante molesto.

–De las más peligrosas de Perú –remató Jorge sin poder dejar de reír.

–*Fuck you both!* –replicó Erik enfurecido.

–Por cierto, me ha encantado esa técnica de andar a cuatro patas boca arriba a lo niña del exorcista… –añadió un Javier sonriente.

–Bueno, deberíamos seguir. Ya me encargo yo de alejar a la shushupe –dijo Jorge mientras se acercaba a ella con la rama tratando de que esta se marchase del lugar.

Erik, que apenas había empezado a cavar, miraba sus manos sucias y llenas de pequeñas heridas. Eso y la pesadilla de los mosquitos, que no dejaban de incordiarle, estaban convirtiendo su estancia en la selva en una auténtica contrariedad. Por otra parte, la humedad parecía agarrarse a ellos generando una desagradable sensación de viscosidad. Por suerte, esa misma humedad que les hacía el trabajo tan penoso también provocaba que la tierra no estuviese excesivamente seca o compacta, y eso era de gran ayuda a la hora de cavar. El brío con que en un inicio había empezado aquella ardua labor fue dando paso al cansancio y, poco a poco, ni tan siquiera el peso del propio cuerpo sobre las palas parecía ayudar a hendirlas en el suelo. Tras más de hora y media de hacer agujeros, y cuando ya estaban a punto de hacer una pausa para descansar, Javier dio la voz de alerta.

–¡Aquí hay algo!

Jorge y Erik pararon de cavar en seco y se quedaron por unos segundos paralizados, embargados por aquel extraño sentimiento que les llevaba a querer y no querer saber más al mismo tiempo. Se acercaron con pesar a Javier y los tres miraron desolados el hueso que sobresalía de la tierra. A juzgar por la longitud y la forma parecía tratarse de un fémur.

–No sé si estoy preparado para esto –musitó Javier con semblante triste.

–Nadie lo está. Esto va a ser muy duro... –respondió Erik, que sentía que sus entrañas se retorcían a cada segundo.

–Bien, señores, todos a cavar aquí –añadió Jorge tratando de darles ánimos.

–Prepararé la cámara; esto hay que filmarlo y fotografiarlo. Más adelante nos puede servir –dijo Javier, que notaba un intenso nudo en el estómago pero se obligaba a ignorarlo para poder acabar la ingrata tarea que tenían por delante.

A partir de ese instante un silencio denso y abrumador se acuarteló en el lugar generando una barrera casi infranqueable. Quizás aquella fuera la única forma razonable de sobrellevar el horror que estaba por llegar, el horror que aquellos hombres heridos vaticinaban desde el día anterior. Empezaron a cavar como posesos olvidando el agotamiento que les embargaba, tratando de ganar tiempo, aunque la mañana avanzó con rapidez.

–Les propongo que descansemos un rato –interrumpió Jorge, que tras más de una hora sacando tierra creía que iba a desfallecer.

–La verdad es que a mí también me hace falta –exclamó Erik sacudiéndose el exceso de tierra de sus manos mientras Javier se acercaba al río a lavarse las suyas–. ¡Te acompaño! –añadió acelerando el paso por miedo a quedarse solo.

Sentados sobre unas rocas en las que casi no daba el sol, y sin apenas cruzar palabra, los tres miraban absortos aquel primer hueso. Sabían con certeza que enseguida empezarían a encontrar más restos. Estaban tan exhaustos y asustados que se les habían quitado las ganas de hablar. Tan sólo los sorbos de agua fresca conseguían devolverles el aliento. Tras media hora de descanso y algún cigarrillo se dispusieron a continuar. Debían adelantar lo máximo posible antes de que cayese el sol. Agarraron de nuevo las palas y siguieron cavando, aunque con algo menos de brío que un rato atrás. Al poco de empezar, bajo los pies de Jorge apareció el temido primer cuerpo y el desasosiego reinante se incrementó de forma drástica. Todos se detuvieron, dejaron las palas y se miraron con tristeza, sobrecogidos, sin saber qué decir. El olor era penetrante y nauseabundo. Con cuidado, movieron el cadáver y, tras ponerlo a un lado, prosiguieron en silencio. Desde ese instante ya no pararon de aparecer cuerpos, algunos enteros y otros a los que les faltaban extremidades. Mientras desenterraban uno tras otro los restos descarnados y calcinados de las víctimas, una sensación de angustia punzante se agarró con fuerza en su interior. De vez en cuando, una lágrima traicionera se escurría por sus rostros deslizándose hasta la punta de la nariz y confluyendo allí con las gotas de sudor que abandonaban su frente. Era imposible que aquello no les afectase. Incluso Jorge, que poco o nada tenía que ver con aquel accidente, se sentía tremendamente afligido. Si la visión no era ya lo bastante hiriente, el olor era además insoportable. Costaba no dejarse llevar por las arcadas y echar lo poco que llevaban en sus estómagos.

De pronto, la pala de Erik fue a dar con un cuerpecito bastante más pequeño que los demás. Los tres se miraron con miedo... ¿Y si era ella?, ¿y si ese era el cuerpo de Melanie?

–Puede ser cualquiera –dijo Erik pasando su brazo sobre el hombro de Javier–. No tenemos forma de saberlo.

Javier ya lo sabía, pero su corazón se desmoronaba por momentos y aquella imagen era más de lo que su maltrecho corazón podía soportar. Abatido, tiró la pala a un lado y se apartó de ellos con los ojos arrasados por el llanto. Necesitaba respirar aire fresco. Al rato, regresó tratando de aparentar una tranquilidad que no sentía,

–La única forma de encontrar a tu hija y a mi mujer sería con análisis de ADN, y eso, a menos que se hiciese con autopsias, de forma oficial y rigurosa, de momento escapa a nuestro alcance –dijo Erik tratando de hacerle ver la realidad y de quitar dramatismo a un momento tan duro, para Javier y para todos.

–¿Me estás diciendo que mi hija puede estar ahí y que no tengo forma de encontrarla? Entonces, ¿para qué hemos venido hasta aquí?

Erik arqueó las cejas, encogió sus hombros y después, como dándose por vencido, bajó la mirada. Cuando decidió ir a Perú a por respuestas no valoró de forma correcta las situaciones que podía encontrarse.

–¡El puente!... ¡El maldito puente! –exclamó de repente Javier con una euforia repentina.

–¿Cómo?

–Melanie se rompió un par de dientes practicando *skate* hace un año y llevaba un implante, un puente falso que recreaba las dos piezas perdidas. Cuando se fue, pedí hora para su revisión a la vuelta porque se le estaba soltando.

–Eso podría facilitar las cosas..., aunque va a ser un poco desagradable y muy duro –dijo Erik.

–Sigamos sacando cadáveres y pongamos los de los niños juntos en aquel lado –propuso Jorge señalando el lugar donde estaba el primero que habían encontrado.

Decidido, Javier se acercó a aquel cuerpo e inspeccionó con esmero su boca. Erik no pudo evitar arrugar el ceño con cierta repulsión.

–No es ella –afirmó suspirando con tono victorioso.

–No quiero ni pensar cuál va a ser su reacción cuando la encuentre –masculló Jorge al oído de Erik.

Durante varias horas más, hasta que el sol se fue esfumando de forma tímida por el horizonte, no dejaron de cavar. Sus manos, doloridas y llenas de heridas, daban buena cuenta del tiempo que llevaban cavando en el terreno.

–Seguiremos mañana –dijo Javier mientras se dirigía al río a por agua para enjuagarse las manos.

–Cuidado con los cocodrilos, es fácil no verlos sin apenas luz –advirtió Jorge.

Javier levantó su brazo derecho mostrando la linterna; estaba claro que sabía lo que hacía.

–Voy contigo –dijo Erik, que se sentía perdido en aquel entorno.

Mientras, Jorge recolectó algunos troncos y hojas secas para hacer una hoguera. Esa era la mejor manera de ahuyentar a los animales que pudiesen estar merodeando. Además, y aunque fuese muy desagradable, tendrían que hacer guardia y mantener el fuego encendido para que las alimañas no rondaran su improvisado campamento. El guía juntó los cuerpos encontrados a lo largo del día y los cubrió con una lona que habían traído desde el coche. Para cuando Erik y Javier estuvieron de regreso, las llamas ya podían verse desde la espesura y no había rastro visible de los angustiosos hallazgos de la jornada.

–Ahora que están de vuelta, y con su permiso, voy a hacer lo propio –dijo Jorge tomando la linterna y dirigiéndose al río.

–¿Me echas un cable con la tienda? –preguntó Erik a Javier–. Por favor… Dentro dormiremos más tranquilos.

La montaron en un santiamén y por fin pudieron descansar un poco. Sentados sobre el suelo al lado de la hoguera, ambos se miraron con complicidad. Hacía tan sólo tres días que se conocían y una mirada les bastaba para entenderse. Aquella situación les había unido desde lo más profundo de sus aflicciones, y eso había creado un fuerte vínculo entre ellos.

–¿No te da miedo el después? –preguntó Erik.

–¿El después?

–Quiero decir si las encontramos. ¿Qué va a ocurrir después?

Javier suspiró a falta de respuestas.

–Quizás una parte de mí se derrumbe, pero supongo que otra podrá descansar por fin. No conozco nada peor que la incertidumbre de no saber qué ha sido de ella, eso me está minando día a día. ¿Y tú? –quiso saber Javier.

–Tengo la certeza de que su cuerpo está ahí, entre todos esos cadáveres. Sé que quizá jamás pueda identificarla y enterrarla como se merece, pero… saber lo que pasó, tratar de hacer justicia…, eso, eso se lo debo.

–Mañana será un día muy duro, deberíamos intentar descansar –dijo Javier bostezando.

–No creo que pueda cerrar un ojo, y menos con todos estos ruidos. Me temo que va a ser una noche muy larga –añadió Erik, que no dejaba de mirar las rozaduras de sus manos.

En cuanto Jorge regresó del río sacaron los víveres y, tras tomar un tentempié, se quedaron un rato hablando a la luz de la hoguera. Por la noche la selva no era demasiado acogedora. La oscuridad, el inquietante reflejo de la luna sobre las aguas del río, los insectos y los innumerables animales que escondidos acechaban en la oscuridad hacían de aquel paraje un lugar poco aconsejable, aunque, eso sí, de una belleza que quitaba el aliento.

–¿Soy yo que ya estoy paranoico o se ven unos ojos rojos mirándonos? –preguntó Erik, que, asustado, no dejaba de girar su cabeza de un lado a otro.

–Son los ojos de los animalillos de la selva, pero no se preocupe, nos tienen tanto o más miedo que nosotros a ellos –respondió Jorge tratando de tranquilizarlo.

–Estoy tan cansado que podría dormir un día entero –suspiró Javier mientras arqueaba su espalda.

–Ni que lo diga, ha sido un día intenso. Pero lamento decirles que nos va a tocar hacer guardia por la noche. No me atrevo a dejar los cuerpos sin vigilancia, podrían atraer a los animales, a pesar de que están carbonizados y en descomposición. Y si por lo que fuera se nos apagara la hoguera... Ahora ustedes descansen, que yo haré el primer turno. En unas horas despertaré a alguno de ustedes –dijo Jorge mientras encendía un cigarrillo, dispuesto a cubrir la primera guardia.

Erik seguía nervioso mirando a su alrededor sin que las palabras de Jorge le sirvieran de consuelo. Tras algunos minutos de conversación, Javier se incorporó y, despidiéndose de sus compañeros, se dirigió a la tienda. Estaba completamente agotado y, a pesar de que se consideraba un noctámbulo, necesitaba dormir.

–Por cierto, hay que reconocer que se agradece descansar bajo techado. Al final no ha sido tan mala idea –dijo lanzando un guiño de complicidad a Erik.

Este sonrió agradeciendo el gesto.

–Hasta mañana –respondió Jorge.

Aunque la noche y la compañía eran agradables, Erik no tardó demasiado en entrar en la tienda y tumbarse junto a Javier. A la mañana siguiente les esperaba otro día caluroso, húmedo y de duro trabajo. Necesitaban reponer fuerzas.

A pesar de los muchos ruidos y de todo lo que rondaba por sus cabezas, el agotamiento terminó por vencerles. Ni tan siquiera el miedo a que algún animal se acercase a la tienda pudo mantener a Erik más de cinco minutos despierto.

Capítulo 7
Melanie

El amanecer les sorprendió a todos dormidos. Era tal el cansancio acumulado durante el día anterior que ni el ruido de las aves al salir el sol ni el estruendo de los monos aulladores durante la noche logró despertarlos. El último en hacer guardia, Erik, se había quedado dormido poco antes de salir el sol. Incluso Javier, que estaba acostumbrado a pasar noches en la selva durmiendo siempre a ratos y en constante alerta, descansó como un tronco. El primero en abrir los ojos fue Jorge.

–¡Despiértense! Basta ya de tanto jatear que hay mucho trabajo.

–Ya vamos, Jorge, ten un poco de piedad –replicó Erik con los ojos todavía cerrados.

El amanecer en la selva era un espectáculo digno de ver. Los primeros rayos del alba revestían el verde de las copas de los árboles con una pátina dorada. El sol naciente sobre el río parecía crear estelas de luz que cautivaban a quien pudiera verlas. Pese al sueño, Erik miró a su alrededor embelesado, temeroso de pronunciar una palabra y romper aquella visión. Era temprano, pero esa imagen lo justificaba casi todo. A lo lejos, un cielo algo menos apacible parecía querer entrar en escena. Ahora sólo cabía rezar para que aquel firmamento que lucía ennegrecido en la distancia tardase en alcanzarles al menos hasta la tarde. Sólo esperaban no tener que parar o salir nadando. Esto era lo que tenían los climas tropicales, mucho calor, mucha humedad y muchas lluvias, lluvias torrenciales capaces de barrer de un plumazo todo lo que hallaban a su paso.

Todavía no eran ni las ocho de la mañana, pero, tras ingerir una hogaza de pan y un poco de embutido, los tres empezaron a desenterrar de nuevo restos humanos. Con el estómago lleno aquello era todavía más desagradable. Las manos, aún heridas del día anterior, soportaban bastante peor el trasiego de las palas.

Debían de llevar casi dos horas sacando tierra y restos humanos cuando Erik encontró el cuerpo carbonizado de otro niño. Era ya el sexto pequeño que encontraban y lo cierto era que no conseguían acostumbrarse. Cualquier cuerpo que hallasen les resultaba ingrato y emocionalmente impactante, pero aquellos cuerpecillos... Eso les superaba con creces. Cada vez que aparecía el cuerpo de un niño el corazón de Javier saltaba dentro de su pecho y él rezaba para que no fuese ella.

Respiró hondo y, antes de decirle nada a Javier, Erik miró con detenimiento su boca. Era un ejercicio muy ingrato, pero alguien tenía que hacerlo. Ojalá fuera tan sencillo identificar a Natalie, pensó Erik. Fue entonces cuando un escalofrío recorrió todo su cuerpo; aquel cadáver tenía un implante en el maxilar superior, tal y como Javier había dicho que tenía su hija. Enmudecido por las circunstancias, sus ojos se llenaron de lágrimas y un nudo se apoderó de su garganta. Su estómago se cerró de pronto como estrangulado por un puño invisible. ¿Cómo se lo iba a decir? Angustiado, Erik no sabía qué hacer. Finalmente, con el corazón encogido, alzó la vista poco a poco hasta que sus ojos toparon sin querer con los de su compañero, que, expectante, ya se había percatado del tamaño de aquel cadáver. Javier, dándose cuenta de lo ocurrido, se incorporó de un salto y corrió desesperado hacia Erik dejando que sus rodillas se clavasen en el suelo de forma brusca y dolorosa. Con la respiración contenida, tomó la cabeza entre sus temblorosas manos y miró su boca con detenimiento. Era ella, no cabía ningún error, esa era su boca. Desesperado, abrazó aquel cuerpo con todas sus fuerzas como queriendo fundirse en él. Un grito profundo, quebrado y agónico resonó por toda la selva propagando su calvario hasta los últimos confines. Las aves que se hallaban posadas sobre las copas cercanas alzaron el vuelo espantadas por aquel sonido roto que emanaba de sus entrañas. En aquel preciso instante algo se rompió dentro de su alma para siempre.

Entonces, en el ya oscuro y desapacible cielo se vio un relámpago que pareció querer partir el firmamento en dos; luego, segundos después, sonó un trueno que parecía querer emular el tormento que Javier estaba sintiendo, un trueno que vaticinaba lluvias torrenciales. Tanto Jorge como Erik le observaban inmóviles, petrificados, sin poder evitar que las lágrimas saltasen de sus ojos de forma incontrolada. Ninguno de los dos tenía hijos, y se veían incapaces de imaginar el alcance del padecimiento que Javier podía estar sintiendo.

Ahora, frente a la cruda realidad, Javier no tenía claro que era peor, si no saber si su hija estaba viva o muerta o saberla sin vida y tenerla carbonizada entre sus brazos. Aquel pesar no era comparable a ningún otro; sentía que sus entrañas se desgarraban poco a poco y que su mente, colapsada por un exceso de emociones, yacía yerma en el interior de su cabeza, deseando dormirse para siempre en un intento infructuoso por no sentir nada más. Tan sólo otro padre que hubiese perdido a un hijo de forma trágica como él podía llegar a entender la magnitud de aquella agonía que parecía querer partir su cuerpo en mil pedazos. Nadie debería sobrevivir a un hijo, pensó mientras aquella tortura insoportable iba dejando paso a la ira, una ira vengativa que no iba a abandonarle con tanta facilidad.

Pasados unos instantes, el cielo crujió otra vez y la lluvia, primero de forma tímida y luego cada vez con mayor fuerza, decidió irrumpir en aquella zona de la selva y convertirla en un verdadero lodazal. Erik se acercó a Javier y con mucho tacto trató de separarlo del cuerpo de Melanie; más allá del estado putrefacto e insalubre del cuerpo, seguir amarrado de aquel modo al cadáver de su hija no iba a hacerle ningún bien. Por otro lado, la lluvia hacía impensable seguir allí mucho más tiempo. Tras la predecible resistencia inicial, al final Javier cedió y dejó que Erik retirase el cuerpo de su pequeña. Hundido, con la cabeza gacha entre las piernas y la lluvia deslizándose entre sus cabellos, aquel hombre fuerte, duro y aventurero parecía ahora tan indefenso como un pajarillo malherido. Con cuidado, Jorge envolvió el cuerpo de la niña en su saco de dormir y lo colocó en el suelo junto a la tienda.

–Imagino que querrá que le practiquen una autopsia –dijo con los ojos clavados en el suelo y sin atreverse siquiera a mirarle, mientras el agua se escurría por su ropa calándole hasta los huesos.

Javier asintió con la cabeza sin alzar la mirada. Las palabras parecían no querer brotar de su garganta.

–¿Conoce a alguien de confianza? –preguntó Erik a Jorge sabiendo que en ningún caso debían comentar el hallazgo con la autoridad local–. Nadie debe enterase de esto.

–Sí, ya imagino, pero la verdad es que no, no conozco a nadie así. Aunque quizá…

–¿Quizá qué? –apremió Erik buscando soluciones.

–Tengo un amigo que es pediatra y es posible que él conozca a alguien. Ya sabe, igual algún compañero que haya pasado por el hospital, un amigo de estudios que eligiese esa especialidad…

–No es la mejor opción, pero tampoco tenemos dónde elegir.

–Le llamaré ahora mismo –respondió Jorge agarrando el móvil.

–Pero, Jorge, ¿aquí hay cobertura? –dijo Erik alzando una ceja escéptico.

–En algunas zonas del río sí, voy a probarlo –replicó el guía empezando a teclear.

Mientras Jorge se alejaba ligeramente y se ponía a cubierto bajo la copa de uno de aquellos enormes árboles, Javier levantó la cabeza.

–Vayamos recogiendo todo esto, aquí no nos podemos quedar –dijo tratando de sacar fuerzas de flaqueza.

Erik miró a Javier con franca admiración pero no sin un cierto temor a que en cualquier momento toda aquella fachada se viniera abajo. Era imposible que alguien fuese tan fuerte.

Ahora tocaba volver a enterrar todos los cuerpos con la mayor rapidez posible, ya que la lluvia se lo iba a poner aún más difícil. Por otro lado, no podían dejar rastro de sus pesquisas: si alguien les descubría sus vidas podían estar en peligro. No sabían exactamente qué o quienes estaban detrás de ese crimen, pero Erik se juró que no cejaría hasta el final. Ya llegaría el momento de descubrir todo aquello. Sin embargo, enterrar otra vez aquellos cuerpos sabiendo que uno de ellos era el de Natalie no iba a ser sencillo. Erik sabía que la autopsia de Melanie llevaría a la verdad y que, tarde o temprano, todo aquel escabroso episodio vería la luz y se procedería a la identificación de los cadáveres restantes. Hasta entonces debería ser paciente.

–Creo que tenemos forense –dijo Jorge acercándose a ellos–. Mi amigo conoce a uno, un compañero con el que coincidió durante un par de años en el hospital César Garayar García de Iquitos. Aunque, claro, no puede asegurarnos cuán discreto puede llegar a ser.

–Tampoco hay otra opción a la que agarrarse –apuntó Erik.

Javier, que sabía que tenían que moverse de ahí cuanto antes, les acercó las palas; estaba empezando a llover con fuerza.

–¡Qué fácil es enterrar y cuánto nos ha costado sacarlos! –exclamó Jorge tras dar un último palazo sobre la tierra.

–Dejaremos de nuevo las piedras de señal para que nos sea sencillo identificar el lugar –añadió Javier, que parecía estar en un preocupante estado de trance.

Tras terminar de recoger emprendieron el camino de vuelta hasta el coche. Andar por aquellos lugares con semejante lluvia cargados con la tienda, las mochilas, las palas y el cuerpo de la pequeña era una dura misión. Avanzar con semejante lodazal bajo sus pies estaba resultando agotador, además de peligroso. Tenían que caminar con mucho cuidado, con la tierra en aquel lamentable estado era fácil resbalar y partirse un tobillo o una pierna. Al llegar al final del recorrido colocaron el cuerpo de Melanie en la parte trasera, junto con sus enseres, y montaron en el coche sin demasiadas ganas de comentar nada. Estaban chorreando y exhaustos tanto física como mentalmente.

–Yo de ustedes me quitaría la chamarra y los zapatos si no quieren cogerse un buen resfriado.

Haciendo caso a las oportunas indicaciones de Jorge, ambos hicieron lo propio. Jorge les alcanzó un trapo grande que solía guardar en la guantera para que se secaran un poco. Ahora lo primero que tenían que hacer era llamar al forense que les había indicado el amigo de Jorge y ver si podían dejar el cuerpo de la pequeña allí.

–Alo, ¿podría hablar con Luis Ramos? –dijo Jorge agarrando el teléfono con la mano izquierda mientras con la derecha seguía asiendo el volante con fuerza–. Sí, hola, me dio su teléfono Alberto Mendoza, un buen amigo –dijo de modo introductorio–. Sí, sí, el mismo. El caso es que necesitaba un forense de confianza que pudiese hacerme un favorcito.

Erik y Javier le miraban expectantes.

–Verá, le llevaría un cuerpo para que le practicase una autopsia…, pero nadie puede saberlo. Es un tema delicado y urgente. Estoy tratando de ayudar a unos buenos amigos.

Tras una pausa Jorge prosiguió.

–No, no es nada ilegal, tranquilo, no es ese el tema, aunque de momento no puede saberse –añadió.

De nuevo se hizo un silencio.

–Sí claro, le darán plata –prosiguió, mirando con complicidad a ambos–. Ya, ya claro…, entiendo. No se preocupe… Perfecto, vamos de camino –concluyó para luego colgar.

–¿De cuánta plata hablamos? –preguntó Erik sabiendo que le tocaría pagar a él.

–Espero que de no mucha... –respondió Jorge para la intranquilidad de Erik–. Aunque comprendan que todo esto le suena raro y no se termina de fiar de nosotros.

–¿A dónde vamos? –quiso saber Javier intrigado.

–Como pueden imaginarse, esta autopsia no puede realizarse en un hospital, tendríamos a la policía encima en cinco minutos, así que nos espera en un almacén que tiene camino de Iquitos.

–Esto no me termina de gustar –dijo Erik, algo asustado por cómo se estaban desarrollando los hechos.

–¿Y qué otra opción tenemos? –preguntó Javier dispuesto a asumir el riesgo.

–De acuerdo, todo será que tengamos que salir por patas.

El trayecto se hizo largo, y más con aquel incómodo mutismo que se había creado tras el hallazgo de Melanie. Tras más de una hora de tortuoso camino, y con aquella sensación de frío que les estaban propiciando sus ropas húmedas, Jorge detuvo el vehículo en la parte trasera de un edificio de hormigón aislado de los principales núcleos urbanos de la zona. Debían de encontrarse bastante cerca de Iquitos. Mientras Javier y Erik esperaban en el auto por prudencia, Jorge se puso de nuevo los zapatos, que parecían palanganas repletas de agua, y la camisa, y bajó del coche para llamar a la puerta. Un hombre delgado, de mediana edad y pelo cano, ataviado con una larga bata blanca, le abrió y estrechó su mano con fuerza. A juzgar por la forma en que les miraba no terminaba de ver claro el asunto.

Jorge echó una mirada rápida al sitio y luego hizo un gesto a Erik y a Javier para que se acercasen. Estos, que mientras tanto se habían vuelto a vestir, bajaron del vehículo y se aproximaron a ellos.

–Entren por favor, el clima está muy revuelto aquí afuera.

–Gracias –dijo Javier.

–¿De qué se trata? –preguntó el médico, Luis Ramos, no sin una cierta desconfianza, que se vio incrementada al observar desde lejos que por la parte superior del saco de dormir enrollado en la parte trasera del coche asomaba el pie de un cadáver.

–Una niña, asesinada y luego carbonizada –respondió Jorge ahorrándole el trago a Javier.

–¿Están seguros de que esto no es ilegal? –repitió el hombre, que no quería meterse en líos.

–Le puedo asegurar que nosotros no la hemos matado. Lleva más de seis meses muerta, enterrada en mitad de la selva. Nosotros sólo encontramos el cuerpo y queremos saber qué le pasó –dijo Erik tratando de tranquilizarle.

–¿Carbonizada? –inquirió entonces el hombre, consciente de que aquello no era una muerte fortuita y previendo la dificultad que eso iba a suponer–. Si ha sido incinerada a según qué temperatura, es posible que no encontremos lo que sea que anden buscando.

–Cualquier dato que nos pueda dar será un avance –añadió Jorge mientras aquel hombre les invitaba a entrar.

Javier regresó al coche a por el cuerpo de su pequeña.

–Déjenla ahí, por favor, sobre esa mesa –dijo Luis entrando en una sala adjunta y señalando una fría tabla metálica.

Un fuerte olor a desinfectante y a productos químicos les dio la bienvenida a aquella estancia. El ambiente era gélido, inhóspito. Se notaba que hacía años que nadie daba una capa de pintura a las paredes. Era obvio que aquel lugar no había sido pensado para desempeñar funciones de depósito de cadáveres ni nada parecido, aquello no era más que una vieja nave reconvertida.

–¿Cuánto les va a costar? –preguntó Jorge–. Piense que no tienen mucha plata y este pobre hombre es el padre –dijo tratando de que el médico se compadeciese de ellos.

–Lo siento mucho –musitó mirando a Javier–. En cuanto tenga resultados les llamo, dependerá de la dificultad, pero tampoco pretendo aprovecharme de ustedes.

–Muchas gracias –contestó Erik mientras trataba de sacar lo antes posible a Javier de allí.

–Y, ¿qué pueden contarme de las circunstancias de su muerte? –preguntó el forense tratando de recabar la mayor información posible–. Todo ayuda a la hora de hacer la autopsia.

–Se supone que murió en un accidente de avión, quemada tras una explosión, pero tenemos motivos para pensar que le dispararon y que fue incinerada posteriormente –reveló Javier con tristeza.

–Ya veo… –dijo Luis, sorprendido por tan siniestra historia–. Intentaré tener los resultados lo antes posible.

Dejar a su hija sobre aquella fría mesa le suponía a Javier un gran esfuerzo. Erik era consciente de ello y disimuladamente rogó al resto que se retirasen y le dejaran unos minutos a solas con su pequeña. Javier permanecía inclinado sobre la camilla como en trance, acariciando con la yema de sus dedos lo que quedaba de su niña. Pasados unos instantes, Erik se acercó a él y, no sin dificultad, le convenció para abandonar el lugar.

–¿Cuándo cree que tendrá los resultados? –preguntó Jorge.

–Imagino que si me pongo ahora mismo podrían estar en unas horas.

–Perfecto, muchas gracias –dijo Erik

–Estamos en contacto –añadió Jorge antes de salir del local.

* * *

Una vez en el todoterreno todos volvieron a descalzarse; los zapatos parecían canoas inundadas de agua.

–¿Creéis que nos podemos fiar? –preguntó Erik algo desconfiado.

–No tengo ni idea, pero era la única opción –respondió Javier mirando a Jorge en busca de más respuestas.

–Según mi amigo es un buen hombre, aunque, claro, le estamos pidiendo algo que roza la ilegalidad.

Jorge se puso al volante y arrancó el vehículo. Durante el trayecto, Javier y Erik, que no podían dejar de pensar en la autopsia, siguieron hablando sobre el tema.

–¿Qué crees que encontrará? –planteó Javier a Erik.

–No lo sé, la verdad. Pero tengo la intuición de que sea lo que sea no nos va a tranquilizar.

–Seguro que carbonizaron los cuerpos para borrar algún rastro, ¿pero de qué?

–Crucemos los dedos para que el forense encuentre algo que nos dé una pista.

–En cuanto el señor Ramos me llame yo les aviso, no se preocupen –dijo Jorge.

–La espera se me va a hacer muy larga –comentó Javier, que no podía sacarse la imagen del cuerpo carbonizado de su hija.

–De todas formas hay algo que me inquieta especialmente –apuntó Erik pensativo.

–¿El qué?

–Si tu hija está muerta…, ¿quién realizó la maldita llamada a la emisora?

Los dos se miraron conscientes de las implicaciones de aquella pregunta. Jorge, que no sabía nada de la llamada, les miró desconcertado, sin entender de qué estaban hablando, y no dudó en preguntarles a qué se referían. Javier no tuvo ningún reparo en explicárselo, al fin y al cabo Jorge se había implicado en el caso como uno más.

En cuanto supo a qué se referían con lo de la llamada, Jorge se santiguó casi de inmediato. Él creía en la vida después de la muerte y aquello, además de ponerle los pelos de punta, reafirmaba sus creencias. Sin embargo, Erik había sido siempre muy escéptico y pragmático, y la posibilidad de que aquella llamada no la hubiese hecho alguien vivo le parecía fuera de lugar.

–Creo que siempre supe que estaba muerta, pero la llamada…, esa inquietante llamada… –murmuró Javier con la mirada perdida.

–¿En serio te has llegado a plantear que lo que ocurrió en la emisora fuera algo paranormal? –exclamó un sorprendido Erik–, ¿o crees que fue la broma de mal gusto de algún desalmado?

–No lo sé. Aunque en la emisora solemos tratar con temas de este tipo, yo soy muy analítico y necesito ver para creer. Pero era su voz, Erik… No sé ya qué pensar, te lo juro. No lo sé. Pero la esperanza que tuve esa noche fue lo que me ha empujado hasta aquí. Y ahora mi pequeña está en la mesa de un forense, quemada. –Javier escondió la cara entre sus manos y empezó a negar con la cabeza. Erik le pasó un brazo por encima de los hombros para tratar de consolarlo, a pesar de que también él estaba desolado, porque tenía muy claro que Natalie había corrido la misma suerte que la hija de Javier.

–Encontraremos una respuesta, te lo juro, sea de este o del otro mundo. No digo que esté completamente cerrado a creer en la otra vida, pero *a priori* me cuesta.

–Yo también espero encontrar una respuesta –murmuró Javier reclinando ahora la cabeza hacia atrás y cerrando los ojos, tratando de relajarse–. Pensar que los muertos puedan contactar con nosotros me genera una extraña dualidad.

–¿Dualidad?

–Sí, por un lado saber que todo sigue, que hay algo después, sería reconfortante, pero… ¿y si ese después no es más que seguir aquí mismo, perdido entre las sombras, viéndolo todo sin poder interactuar o abrazar a los que amas?

–Eso sería terrible.

–Sería una crueldad. ¿Puedes imaginarte qué sentiría Natalie viéndote dentro de un tiempo cuando rehagas tu vida?

Erik enmudeció. Pensar que esa situación llegase a darse le hacía sentirse muy mal. Tras unos minutos de silencio Jorge les interrumpió.

–Mientras no sepamos nada de la autopsia traten de descansar, que a todos nos hace mucha falta después de tanto esfuerzo. No creo que darle vueltas al tema una y otra vez les ayude. Si quieren podemos parar en algún sitio a comer algo.

Ambos le miraron sorprendidos.

–¿Comer? –exclamó Erik–. ¿Cómo puede pensar en comer tras todo esto?

Jorge desvió la mirada con un cierto desespero y siguió mascando su chicle. No entendía cómo la gente podía quedarse sin hambre; para él era impensable. En cuanto los dejase en su hotel iría a zamparse un buen plato de ceviche, pensó. Tras casi una hora de camino llegaron al hotel.

–Si quieren pueden dejar las herramientas y la tienda en la parte trasera, no voy a usar el auto hasta que me llame el forense –les ofreció Jorge sabiendo que todos estaban demasiado cansados como para andar descargando y guardando las cosas.

–Perfecto, gracias –dijo Javier, que, cabizbajo, se dirigió hacia su habitación.

–¿Bajarás luego? –preguntó Erik, pensando que quizá ni tan siquiera tuviese ganas de cenar.

–No creo.

–Aun así, si te animas, yo estaré sobre las ocho y media en el restaurante –añadió el piloto, que llevaba un buen rato suspirando por llegar y darse una ducha caliente–. Creo que al menos deberías comer algo ligero, te sentirás mejor.

–No creo que baje, pero de todas formas gracias –musitó Javier desde el fondo del pasillo.

Al llegar a su habitación, Javier se quitó los zapatos y todavía vestido se tumbó sobre la cama, mirando al techo sin ganas de hacer nada. No podía dejar de preguntarse quién podía ser capaz de acabar de aquel modo con la vida de todos aquellos seres humanos y por qué. Se preguntaba una y otra vez, inmerso en aquella absorbente espiral de negatividad, cómo había gente capaz de matar a sangre fría a un ser tan indefenso como un niño y seguir con su vida como si nada. Estaba tan cansado, tanto física como mentalmente, que ni tan siquiera tenía fuerzas para desvestirse o meterse en la cama. Tras un tiempo indefinido, se incorporó dispuesto a tomar un baño bien caliente. Lo necesitaba, aunque sólo fuese para sacarse todo aquel barro de encima. Fuera, la lluvia torrencial seguía incesante, como si quisiese inundarlo todo, como si quisiera borrar las huellas de aquella barbarie. El reflejo de la luna parecía llenar la selva de claridad, dándole un aspecto casi fantasmagórico.

Recostado en la bañera, con la cabeza apoyada sobre el mármol, la llamada de teléfono de la emisora resonaba una y otra vez en su cerebro. Tenía que averiguar quién o qué había realizado aquella llamada, ahora más que nunca. Pensar en que la llamada fuera de su hija o de lo que Dios quisiese que quedara de ella en este mundo le hacía estremecer. Con rabia, frotó su cuerpo con la esponja, como tratando de que con la suciedad también se despegaran de él toda las vivencias negativas que había pasado, todos aquellos sentimientos que le atormentaban.

Dormir aquella noche no iba a ser una tarea fácil para ninguno de ellos, pero todavía menos para Javier, que no podía dejar de ver en su mente la imagen del cuerpo maltrecho de su pequeña sobre la mesa del forense. Aquella iba a ser la última noche en que llorase a su niña, se prometió a sí mismo. Nunca había sido rencoroso o vengativo, pero ahora todo era diferente. Ahora ya no tenía nada que perder. Alguien tendría que pagar por aquello, aunque le costase toda la vida.

Capítulo 8
Nuevos interrogantes

No recordaba a qué hora consiguió dormirse, pero sin lugar a dudas fue muy tarde; a pesar de todo, su cuerpo, agotado, necesitaba descansar. Se incorporó con los ojos semicerrados y miró el despertador de la cabecera de su cama. Las manecillas marcaban las once. Sorprendido de que nadie le hubiese avisado antes, se levantó como una exhalación y, tras darse una ducha rápida, se enfundó en lo primero que encontró y bajó a buscar a Erik. La mañana había amanecido despejada, aunque el suelo estaba todavía mojado, puesto que había estado lloviendo gran parte de la noche.

Una vez en la recepción no tardó en ver a Erik sentado leyendo la prensa local.

–¡Dichosos los ojos! –exclamó este al verle aparecer.

–¿Por qué no me has llamado? –inquirió Javier, algo molesto por la hora que era.

–No había motivo para madrugar e imaginé que necesitabas descansar. Jorge todavía no ha llamado; si lo hubiese hecho te habría avisado.

–Gracias. Supongo que aunque mi cabeza no quiera dejar de pensar, mi cuerpo necesitaba reposo.

Erik le miró con compasión, sin poder evitar sentirse cómplice de la situación por la que su compañero estaba pasando.

–Voy a tomarme un café con leche y algo sólido. Ahora sí que tengo hambre –dijo Javier.

–No me extraña, llevas muchas horas sin comer. Te acompaño al bar –replicó Erik levantándose.

Mientras estaban desayunando sonó el móvil de Javier.

–¿Sí, dígame?

–Señor Ugarte, soy Jorge.

–Buenos días, Jorge. ¿Sabemos algo de la autopsia?

–Pues sí. El señor Ramos me llamó hace unos minutos y quiere que vayamos. No quiso contarme nada por teléfono. ¿Les parece bien si les paso a recoger en media hora?

–Perfecto, le esperamos.

Mientras, Erik escuchaba la conversación atento, esperando a que Javier le explicara.

–Viene a por nosotros. Creo que ha encontrado algo que prefiere tratar en persona.

–¿Y no ha dicho nada más? –quiso saber Erik frunciendo el ceño.

–No. No quiere hablar por teléfono... Vete tú a saber.

Aquella media hora de espera hasta que llegó Jorge se les hizo eterna. En cuanto lo vieron aparecer se lanzaron sobre él.

–¿Qué fue exactamente lo que le dijo el forense? –preguntó Erik sin siquiera saludarlo.

–No sé más que ustedes. No quiso contarme nada por el celular. Sólo dijo que fuésemos lo antes posible. Imagino que algo lo bastante oscuro como para no querer hablar de ello por teléfono. Cuanto antes nos pongamos en marcha, antes saldremos de dudas. ¿Nos vamos?

Subieron al 4x4 y Jorge encendió la radio para poner música relajante. Durante todo el recorrido no pararon de hacer múltiples elucubraciones; era muy difícil no pensar en ello. Al llegar al lugar encontraron a aquel hombre de aspecto lánguido sentado en el exterior, en una vieja silla de esparto, fumándose un cigarrillo.

–Buenos días, señor Ramos. ¿Consiguió averiguar lo que le pasó a la flaquita? –dijo Jorge acercándose a él mientras a su vez se encendía también un cigarrillo.

El hombre le miraba de reojo con cara de pocos amigos; no parecía estar demasiado contento con la visita.

–¿En qué mierda andan metidos? Estos pitucos tan sólo van a traerle problemas –le espetó a Jorge previniéndole sobre Erik y Javier.

–¿Cómo nos ha llamado? –le preguntó Erik a Javier.

–Pitucos, algo así como ricachones.

–Tranquilo, causa, son buena gente, de verdad –respondió Jorge mientras entraban en el edificio.

Tras apagar ambos cigarrillos contra el suelo, el forense se dirigió refunfuñando al interior del edificio. Una vez allí, el hombre los hizo sentar y bajando el tono de voz empezó a explicarles lo ocurrido.

–El cuerpo está demasiado calcinado como para poder sacar conclusiones fiables –dijo con una cierta inquietud–. En verdad su hija murió de un par de disparos y posteriormente fue incinerada, pero... es muy difícil saber si hubo algo más. Sin embargo, esta mañana a primera hora mandé un hueso y muestras de tejido a la capital para que un colega mío con más recursos lo pueda examinar. Imagino que pronto podré decirles algo más.

Todos escuchaban con atención sus palabras conteniendo hasta la respiración.

–Pero lo preocupante vino luego –prosiguió el médico.

–¿El qué? –exclamó un nerviosísimo Javier.

–A las tres horas de empezar con la autopsia esto se llenó de policías.

–¿Cómo? –soltó Javier.

–No sé en qué andarán metidos, pero me cosieron a preguntas sobre ustedes. Afortunadamente, ya había guardado en la cámara frigorífica el cuerpo de la niña y por suerte nadie la descubrió, ya que la tengo medio oculta tras una especie de panel. Pero me registraron casi todo el local. Si llegan a descubrir el cuerpo no sé qué explicación les habría podido dar, la verdad.

–¿Está diciendo que la policía nos sigue? –preguntó Erik algo asustado.

–No sé qué está pasando, pero ustedes me aseguraron que no había nada ilegal en todo esto, y a juzgar por lo ocurrido... Mejor llévense a la niña de aquí lo antes posible. Quienquiera que calcinase el cuerpo sabía perfectamente lo que hacía. Si las autoridades llegan a encontrarla aquí yo... Si averiguo algo más se lo haré saber, pero ahora márchense –pidió mirando a Jorge.

–¿Quiere que le llamemos nosotros? –preguntó Erik.

–No, ni se les ocurra, ya lo haré yo.

Erik se incorporó y sacó unos cuantos billetes de su cartera para dárselos al médico, como pago por sus servicios y también en señal de agradecimiento.

–Gracias, estamos en deuda con usted –añadió Jorge mientras ayudaba a Javier a envolver el cuerpo de la niña en una funda que Luis les facilitó.

–Que conste que lo hago por mi amigo Alberto –dijo el médico, aludiendo al conocido de Jorge que les había facilitado su contacto.

Era evidente que aquel hombre estaba muy nervioso. Sabía igual que ellos que aquello no pintaba nada bien. Con cautela, Jorge se adelantó y acercó el coche hasta la entrada, mientras Javier y Erik dejaban el cuerpo envuelto en la parte trasera, con cuidado de no ser vistos. Luego montaron en el vehículo dispuestos a regresar al hotel. En silencio, los tres se miraron sin saber qué decir ni cómo proseguir con aquello.

–Esto se está poniendo complicado –apuntó Jorge consciente de las posibles implicaciones. Aunque el estado del cuerpo no hubiese permitido un análisis a fondo, era evidente, a juzgar por los disparos, que todo aquello olía muy mal.

–Luego llamaré a Alberto, mi amigo, para darle las gracias; imagino que si no es por él nos hubiese delatado –remarcó Jorge.

Mientras tanto Erik, que miraba por la ventana, seguía pensativo. Parecía que su cabeza iba a mil por hora tratando de dilucidar cómo proseguir.

–Se acabó –dijo Javier, viendo claro que estaban inmersos en un callejón sin salida.

* * *

–Ni hablar –replicó Erik–. Debemos encontrar el avión original, no puede andar muy lejos de aquí.

–¿Te has vuelto loco?

–¿Sabes que han asesinado a tu hija y te vas a ir de aquí sin más? –exclamó algo irritado.

–¿Qué más quieres? ¿Que nos maten?

–Quiero la verdad.

Ambos se quedaron unos minutos en silencio, mirando al exterior y tratando de serenarse.

–En cualquier caso, deberían pensar qué van a hacer con el cuerpo. No puede quedarse en el coche para siempre –interrumpió Jorge, consciente de lo delicado de la situación.

–Voy a regresar en el primer vuelo en que haya plazas y me llevaré a mi niña; aquí ya no podemos hacer nada más –respondió Javier.

Erik lo miró horrorizado.

–Javier, no te la puedes llevar. Las maletas y todos los bultos pasan por un escáner y cuando son vuelos internacionales puede que incluso pasen por los perros. No puedes justificar la posesión de un cadáver sin alertar a todos los cuerpos de seguridad. Se supone que su cuerpo no existe. Me temo que vas a tener que enterrarla aquí, al menos de momento –dijo sabiendo que aquellas palabras caerían como un jarro de agua fría sobre su compañero.

Los ojos de Javier se llenaron de lágrimas de dolor y de rabia. ¿Cómo iba a irse sin su pequeña? ¿Cómo iba a enterrarla allí? Jorge salió con premura al quite tratando de darles una solución.

* * *

–Cerca de Iquitos hay una capilla abandonada rodeada de un viejo pero hermoso cementerio. No creo que nadie le preste atención... Sé que no es lo ideal, pero al menos de momento... –propuso Jorge.

Javier cerró los ojos y asintió con la cabeza con agradecimiento, sin ser capaz de articular palabra. Aquello iba a ser especialmente duro. Erik le estrechó entre sus brazos. Si alguien podía entender su dolor ese era él.

–Vamos a Iquitos –dijo Erik con la voz quebrada. Ya decidirían más tarde si regresaban a casa o seguían allí.

Durante el trayecto, Javier no pronunció ni una palabra. Su mirada, perdida en algún punto del horizonte, era el reflejo de un alma rota, ausente. Debieron de pasar unos veinte minutos cuando, a lo lejos, Jorge les mostró una iglesia blanca de estilo colonial que, solitaria, parecía aguardar su llegada. Rodeada de ceibales, aquella construcción parecía un oasis en mitad de la nada. Pese a estar abandonada, guardaba todavía el encanto de otra época. La pintura del exterior estaba ajada debido al paso del tiempo y la falta de cuidado, pero sus paredes se erguían regias. A la derecha, un pequeño cementerio guardaba las almas de los que una vez rezaron entre sus paredes. Detuvieron el coche al lado de la entrada del camposanto y, con sumo cuidado, bajaron el cuerpo de Melanie.

—Yo cogeré la pala —se ofreció Jorge, dispuesto a cavar la fosa para ahorrarle al padre más sufrimiento.

Mientras, sentado sobre una roca, Javier acunaba por última vez a su niña. Sin ser consciente del estado de aquel cuerpecillo calcinado, acercó su rostro al de ella y rompió a llorar con desespero. En su mente mil recuerdos se amontonaban de forma inconexa llevándole de la sonrisa al desespero en cuestión de segundos. Por un momento, recordó cuando de pequeña, tras bañarla, debía desenredar su larga y hermosa melena color miel. Volvería a por ella, aunque le fuese la vida en ello, volvería…

Una vez cavada la fosa, Erik y Jorge esperaron pacientemente a que Javier estuviera preparado.

—¿Quieres ayuda? —preguntó Erik, ofreciéndose a colocar el cuerpo en aquel agujero.

Javier, que trataba de contener aquella debacle de emociones, movió con fuerza la cabeza de un lado a otro; aquello debía hacerlo él. Con suavidad, como queriendo protegerla, cerró la funda con el cadáver en su interior. Luego depositó el cuerpecillo sobre el suelo mientras sus lágrimas caían descontroladas y, tratando de tomar aire, agarró la pala y comenzó la parte más dura: arrojar tierra sobre ella. Jorge, arrodillado en señal de respeto, comenzó a rezar algo parecido a un Padrenuestro. Erik, aunque no era para nada practicante, bajó la cabeza y trató de acompañar aquel rezo en su propia lengua. Aunque intentaba no llorar para no ahondar todavía más en el sufrimiento de su amigo, no pudo evitar el llanto. Por último, Javier colocó una piedra enorme que había en el suelo sobre la tumba, a modo de lápida, y miró el lugar por última vez con amargura. De esta forma, cuando volviese a por ella sabría dónde estaba enterrada.

–Gracias por tus rezos, Jorge, pero hoy Dios no está aquí. Hoy seguro que no –murmuró Javier con amargura.

Cabizbajo, regresó al coche sin mirar atrás; era mejor así. De nuevo, la entereza y el aplomo de Javier sorprendía a sus compañeros. Quedaba claro que era un luchador y que estaba acostumbrado a soportar los reveses de la vida. Ambos le observaban sin tan siquiera atreverse a hablar.

–¡Ojalá pudiese hacer algo por aliviar su dolor! –exclamó Jorge sobrecogido por aquella situación.

–Ambos necesitamos tiempo –respondió Erik agradeciendo aquellas palabras de apoyo.

Durante todo el trayecto de vuelta hasta el hotel la tristeza se apoderó de ellos. Javier, cuyos ojos enrojecidos parecían haber perdido la vida, miraba absorto sin dirección por la ventana del coche. Parecía que su corazón se hubiese detenido, dejándole suspendido en un lugar entre la tierra y el más profundo de los abismos. Erik, que podía sentir en su propia carne parte de aquella agonía, no sabía qué más hacer para consolar a su amigo. En su interior, envidiaba al menos la suerte que Javier había tenido al poder identificar a su hija; él ni tan siquiera sabía si algún día podría enterrar a su mujer. Fuera, la vegetación envolvía el camino y se agarraba a la vida con fuerza, indiferente y ajena a su sufrimiento.

Llegaron al hotel y, tras quedar con Jorge que le llamarían cuando supiesen qué iban a hacer, se sentaron un rato a hablar.

–Javier, ¿estás seguro de regresar?

–¿Qué otra cosa podemos hacer?

–Buscar el verdadero avión. Es posible que en él encontremos algo que nos ayude a seguir con la investigación.

–¿Pero eres consciente de que eso implica meterse de cabeza en la boca del lobo? ¿Tirar de un hilo que no sabemos dónde nos va a llevar?

–Sí, supongo que es peligroso, pero después de perder a Natalie y de vérmelas de frente con una serpiente de cascabel no creo que me pueda ir peor.

Por primera vez en todo el día Javier no pudo evitar sonreír.

–Lástima no haber tenido un vídeo a mano para grabarte –dijo entre risas–. Estabas francamente gracioso.

–Lo sé, lo sé –replicó Erik impostando la voz y arqueando las cejas.

–Déjame una horas para valorar tu propuesta y te doy una contestación. Entiéndeme, ahora me cuesta pensar con claridad.

–Lo entiendo perfectamente, no te preocupes.

Después de una breve pausa, Erik prosiguió.

–Creo que el hotel tiene una zona de *spa* que ni siquiera hemos pisado. ¿Te parece si esta tarde después de comer tratamos de relajarnos un rato? Nos vendría bien.

–Me parece una idea estupenda. A ambos nos hace falta.

Ya por la tarde, se acercaron a comprar un par de bañadores en la tienda de *souvenirs* del hotel. Javier no había pisado ningún *spa* en toda su vida, pero la idea de darse un chapuzón y estar un rato tranquilo no le disgustó.

–Con todos estos gastos, me voy a pasar el resto del año comiendo pienso –afirmó Javier pensando en su no demasiado espléndida economía.

–Imagino que estas son las ventajas de ser piloto y no tener hijos… Un sueldo más que aceptable, la mayoría de trayectos de avión gratis y nadie a quien mantener. Aunque también hay que decir que, salvo que te cases con una azafata, conciliar la vida privada y la profesional no es sencillo.

–¡Pues será que trabajar en la radio por la noche lo facilita mucho! –replicó Javier, que sabía cuántas veces sus horarios habían ocasionado alguna que otra discusión.

–¿Y… tan mal pagan en la radio?

–Bueno, si compaginas eso con otras actividades no está mal. A ver, es como todo, no es lo mismo ser un colaborador que presentar un programa.

–Ya imagino.

–El tema es que desde la muerte de Melanie me siento incapaz de levantar cabeza. Antes daba clases en la universidad y colaboraba en investigación con algunos museos.

–Entiendo. ¿Y tu mujer no trabaja?

–Murió hace dos años de cáncer.

–*Oh my God!…* Lo siento mucho, yo no debí…

–No te preocupes, tú no sabías nada. Además, eso ya lo tengo superado. Es la muerte de Melanie lo que me dejó más hundido

Erik lo miró con el corazón encogido. No era capaz de imaginarse como alguien podía seguir con su vida tras perder a su mujer y a su hija en tan poco tiempo.

–De veras que te admiro. Creo que en tu situación yo habría enloquecido.

Javier se limitó a bajar la mirada y a cambiar de tema. Hablar de lo que sentía nunca había sido algo con lo que estuviese demasiado cómodo, prefería encerrarse en su caparazón.

–¿Realmente crees que conseguiremos encontrar la localización del verdadero avión y averiguar qué pasó realmente?

–No lo sé, pero confío mucho en nosotros, formamos un gran equipo.

–Y si logramos localizarlo... ¿Qué se supone que buscamos en ese avión?

–Pruebas, un hilo del que tirar.

Javier suspiró con resignación. Nadie en este mundo deseaba tanto como él que la verdad saliese a la luz, pero aquella misión le parecía irrealizable.

–Yo creo que voy a pasar de la sauna –dijo Erik tratando de relajar un poco la tensión del ambiente–, con el clima local ya tengo bastante.

–¡Ni que lo jures! –exclamó Javier tratando de recuperar la sonrisa–. ¿Un *jacuzzi*?

–Un *jacuzzi* y listos.

–Hecho, quince minutos y nos vestimos.

–¿Bajarás luego o vas a quedarte en la habitación?

–Sí, bajaré. Igual me tumbo un rato y, si te parece, nos encontramos sobre las ocho y media en el *hall*.

–Me parece bien.

–Creo que aprovecharé para llamar a la emisora. No saben nada de mí desde que me fui y conociéndolos deben de estar preocupados.

–Es muy probable.

Tras despedirse subieron a sus respectivas habitaciones. Javier se quitó la ropa, se tumbó sobre la cama casi desnudo y llamó a sus compañeros a la radio.

–¿Alo?

–¿Emilio?

–¿Quién está al habla?

–Soy Javier. ¿Cómo va todo por ahí? ¿Está Daniel?

–¡Güey!... Menos mal que llamaste, andábamos preocupados. ¿Todo bien?

–Sí, gracias.

–Ahorita te paso con el *boss.*

–¡Pinche cabrón! ¿Se puede saber por qué no has llamado antes? –exclamó Daniel tan pronto agarró el teléfono.

–Lo siento, han pasado muchas cosas que ni te creerías, y no me acordé de llamaros.

–¿Estás bien? ¿Qué ha pasado?

–La encontré... –susurró mientras rompía a llorar desconsoladamente, para sorpresa de Daniel, que, al otro lado de la línea, no sabía cómo reaccionar–. Está muerta.

Daniel enmudeció durante unos instantes sin saber demasiado qué decir.

–Lo... lo siento, amigo, lo siento mucho. No puedo ni imaginar por lo que estarás pasando.

–Es muy duro –respondió con un hilo de voz, tratando de serenarse.

–¿Cuándo regresas?

–No lo sé. Igual mañana nos vamos a buscar el verdadero avión.

–¿Vamos? ¿Y a qué verdadero avión te refieres?

–No estoy solo, hay otra persona en mi misma situación; es una historia muy larga de contar. Sólo decirte que el accidente fue un montaje y lo que encontramos fueron los restos de un avión falso, el verdadero avión se lo llevaron. Es todo una gran mentira. Ya te contaré a la vuelta.

–Pero, ¿de qué me estás hablando? ¿Quiénes se han llevado el avión? Todo esto suena muy raro, Javier… ¿Y cómo vais a encontrar ese avión?

–Aún no lo sé.

–Javier, tú no estás bien, todo esto te está afectando mucho. Por favor, regresa y analicemos la situación con calma. ¿Quieres que vaya a por ti?

–Daniel, tengo que seguir con esto, pero si me pasa algo, si no regreso, recuerda lo siguiente: Melanie está enterrada frente a una pequeña iglesia colonial de paredes blancas a la entrada de Iquitos. Coloqué una gran piedra grisácea sobre su tumba. Si no regreso, busca la forma de traerla de vuelta a casa y entiérrala junto a su madre. ¿Lo harás por mí?

–Me estás asustando… Por favor, regresa ya y déjate de soplapolleces. Esto no tiene ninguna lógica y no creo que vaya a acabar bien. No tiene ni pizca de gracia…

–Sólo dime… ¿Lo harás?

–Sí…, sí, claro, compadre, ¿cómo no iba a hacer eso por ti? Pero, ¿por qué no vuelves y hacemos las cosas con calma?

–Lo siento, no puedo. Por cierto, ¿conseguisteis averiguar algo más sobre la llamada?

–No, de momento no tenemos nada.

–Bien, gracias por estar ahí. Nos vemos a la vuelta. Te prometo que te lo explicaré todo con calma y lo entenderás perfectamente. Recuerdos a todos.

–Pero, Javier…

Sin pensarlo dos veces colgó el teléfono y lo desconectó, así no podrían localizarle; sabía que si seguía hablando Daniel terminaría por convencerle. Era lo mejor que podía hacer.

Cuando Javier bajó al *hall* encontró a Erik en la barra junto a un tanque de cerveza.

–Hacía mucho que no me bebía una. Cuando pasó lo de Natalie me volví loco y empecé a emborracharme casi cada noche. Por suerte, mis amigos lo pararon a tiempo, antes de que me acabase convirtiendo en un alcohólico. Ahora llevaba un par de meses sin probar ni gota de alcohol.

–La bebida nunca resuelve nada.

–Lo sé, pero supongo que era mi manera de no afrontar lo sucedido, de evadirme.

–Por cierto, al final he decidido seguir con esto –dijo Javier con firmeza.

–¡Bien! No sé si saldremos de ésta, pero… ¡Al carajo con todo! Tampoco tengo mucho que perder –exclamó levantando la jarra, alegre de que su compañero se apuntase a esa aventura descabellada pero necesaria para ellos.

–No me das muchos ánimos…

–¡Camarero!, póngale una cerveza a mi compañero y otra más para mí.

–Y… ¿cómo sabremos dónde está el avión?

–Por lógica, no muy lejos, no creo que trasladar todo eso sea tarea fácil, y lo más probable es que esté en alguna base militar. Vamos, es lo que se me ocurre de entrada. Y eso limita mucho la búsqueda, ¿no crees?

–Deberíamos avisar a Jorge de nuestros planes y posiblemente tengamos que pagarle un extra. Esto no estaba contemplado en el plan inicial.

–Contaba con ello. De hecho, ya le he llamado –respondió Erik con una sonrisa llena de ironía.

–¿Cómo sabías que aceptaría seguir?

–Creo que empiezo a conocerte.

–Eso parece. Y bien, ¿sabe Jorge dónde hay una base militar?

–Jorge, o cualquiera que sepa buscar en internet. Existen tres bases norteamericanas en Perú: Iquitos, Nanay y Santa Lucía. La lógica dice que es probable que esté en la más cercana, en Iquitos.

–¿Y cómo has quedado con Jorge?

–A las nueve. Por suerte, para ir a Iquitos no hace falta madrugar.

–Y ¿cuál es tu plan?

–La idea es inspeccionar el lugar a fondo para ver cuál es la mejor forma de entrar. Sé que es una verdadera locura, y que nos jugamos la piel, pero no se me ocurre nada más. ¡Ah! Y estoy convencido de que habrá que hacerlo por la noche. Quiero pensar que habrá menos vigilancia.

–Si es que no nos pillan antes... Erik, ese plan es una verdadera locura y nosotros sólo somos un piloto y un arqueólogo, acompañados de un guía peruano con muy buena voluntad pero nada más. Estamos hablando de una base norteamericana, amigo. No sé...

–No seas cenizo. Ya verás cómo lo conseguiremos.

–Vamos a cruzar los dedos y a pensar que saldremos de esta.

Capítulo 9
La base militar de Iquitos

A las nueve en punto Jorge les esperaba en el *hall* del hotel. A juzgar por la expresión de su rostro algo no iba bien, parecía estar inquieto.

–Buenos días, Jorge –dijo Erik sin darle mayor importancia.

–¿Algo va mal? –preguntó Javier, convencido de que aquel semblante no era fruto simplemente de una mala noche.

–Ayer entraron en mi casa y lo revolvieron todo. Cuando volví de cenar con unos amigos me encontré la casa abierta y todo tirado por el piso. Yo no tengo nada de valor... No sé qué carajo buscaban.

Javier y Erik se miraron con preocupación. Aquello empezaba a ser peligroso de verdad.

–Esto tiene que ver con esta mierda, fijo. Si prefieres dejarlo lo entenderemos –dijo Javier haciéndose cargo de la situación de aquel pobre hombre–. No podemos pedirte que asumas tantos riesgos. No es tu guerra.

–No, no, señor, no soy un cobarde. Vamos a seguir con esto por la grandísima reconchadelaputamadre que les parió. Yo he visto igual que ustedes lo que ha ocurrido, y no pienso detenerme, quiero ayudarles, lo digo de corazón.

–¿Qué... qué ha dicho? –exclamó Erik, incapaz de entender aquella expresión ni de seguir el discurso indignado del guía.

Javier, sin poder evitarlo, rompió a reír, y Jorge detrás de él, mientras Erik los miraba sin comprender el motivo de tal ataque de risa.

–Lo siento, Erik, me temo que no existe forma de traducirlo.

–Si os parece, cuando terminéis de reír nos vamos –replicó el norteamericano algo molesto pensando que aquellas risas quizá tenían que ver con él.

–Pues ya me dirán qué quieren hacer –intervino Jorge.

–Creo que lo mejor es acercarnos a la zona y una vez allí veremos cuál es la mejor forma de proceder. Un poco sobre la marcha, porque este plan de acercarnos a la base norteamericana lo sigo encontrando algo descabellado –respondió Javier.

Esta vez, a diferencia de las últimas ocasiones, el ambiente era más relajado. Para su satisfacción, el día se había levantado medio nublado y no hacía el calor ni la tremenda humedad de otras ocasiones, lo cual hizo el trayecto bastante más agradable. Tras casi una hora de camino, pudieron ver a lo lejos la base de Iquitos. El cercado que rodeaba el área militar se hallaba muy vigilado; ahora el tema era ver hasta dónde podían acercarse sin levantar sospechas.

–Deberíamos parar por aquí –dijo Jorge, percatándose de que desde su posición actual ya eran más que visibles para el personal de seguridad del área.

–Me parece bien –apuntó Erik.

–¿Y ahora qué? –dijo Javier, dudando de que pudiesen penetrar en la base.

–¿Cuántos militares veis?

–Parece que hay tres o cuatro cerca de la entrada y un par en las torres cercanas. No está precisamente desatendido –añadió Javier, que seguía sin ver nada claro aquella expedición.

–Seguro que habrá algún otro en la parte trasera –recalcó Jorge–. ¿Y si me acerco solo con el coche, por detrás, y les pregunto algo? Al ser de aquí no levantaré tantas sospechas como ustedes, ¿no les parece?

Pero entonces Jorge se dio cuenta con preocupación de que un coche militar salía de la base en dirección a ellos. ¿Y si les habían visto? ¿Y si iban a por ellos? Angustiado, dio la voz de alarma.

–Me temo que viene hacía aquí.

–Esto no me gusta nada... –mascullló Javier mirando al horizonte.

–Me pregunto si será ilegal estar parados aquí, a esta distancia de ellos –terció Erik.

–Ilegal quizá no, pero sí muy sospechoso, y en estos momentos no nos interesa levantar sospechas –añadió Javier.

–¿Entonces?

–Monten en el auto, nos vamos de aquí cagando leches. –exclamó Jorge, que conocía muy bien cómo se las gastaban los militares de la zona.

Mientras, el vehículo seguía acercándose a toda prisa levantando a su paso una densa polvareda.

–Espero que podamos perderles de vista. No nos interesa que nos identifiquen, podrían atar cabos, y más tras la visita que hicieron ayer al forense y a mi casa –añadió Jorge.

–Tienes toda la razón.

–Porque... ¿cuánto creéis que puede tardar el análisis que encargó el forense? –preguntó Erik.

Jorge, que estaba más pendiente de huir de allí que de responder preguntas, encogió los hombros.

–Ahora mismito, en cuanto perdamos a esos de vista, le llamo y salimos de dudas.

Bastante nerviosos por la proximidad de aquel vehículo, emprendieron la huida campo a través. El hecho de llevar un 4x4 les permitía transitar por aquellos terrenos tan irregulares con bastante soltura. Tras más de veinte minutos de persecución, y viendo que no conseguían quitárselos de encima, Jorge optó por buscar algún lugar donde ocultar el auto para tratar de darles esquinazo. Tras tomar una ruta bastante sinuosa, vio a lo lejos unos ramajes bastante espesos que podrían servirles para ocultar el vehículo y pasar desapercibidos hasta que los militares pasasen de largo. Sólo esperaba que la distancia que aún les separaba les permitiese esconderse sin ser vistos. Intranquilos, esperaron agazapados entre aquellos arbustos en silencio. Para su tranquilidad, el coche pasó junto a ellos a toda pastilla sin percatarse de su presencia.

–¡Joder! Otra como esta y muero de un paro cardíaco –exclamó Javier respirando aliviado.

–Creo que hay que olvidarse de la base. ¿Alguna propuesta? –preguntó Erik a su amigo, dándose cuenta de que su idea no había sido la más acertada.

–Verás, lo suyo sería volver a casa, a menos que esos análisis nos diesen alguna otra pista, algún cabo del que seguir tirando. Quizá podríamos esperar un día más hasta que sepamos algo, pero el tiempo se agota.

–¿Crees que habrán conseguido averiguar algo más? Me dio la sensación de que el forense no tenía muchas esperanzas puestas en el asunto –añadió el norteamericano.

–Eso espero, si no ya podemos darlo todo por perdido.

–Aguarden un segundo –dijo Jorge mientras marcaba el número de Luis Ramos–. Aunque pidió que no le llamásemos, voy a probar. En cuanto conteste les pongo el manos libres.

Los tres esperaron expectantes a que el forense respondiera a la llamada del guía.

–¿Alo?

–Buenos días, señor Ramos, aquí Jorge, el amigo de Alberto. Nos preguntábamos si había tenido noticias del análisis del hueso y los tejidos. He puesto el manos libres para que todos podamos oírle.

–Buenos días. Todavía no me han llegado los resultados y ya les dije que sería yo quien les contactaría, ¿acaso no entendieron de eso? –afirmó bastante enfadado–. Imagino que a lo largo del día los tendré. Ya les llamo yo cuando sepa algo, ¿de acuerdo?

–De acuerdo, esperamos su llamada. Y disculpe, comprenda nuestra inquietud. Hasta pronto –contestó Jorge antes de colgar.

–Bueno, está claro que esa va a ser nuestra última baza –suspiró Javier, todavía alterado por la persecución en coche campo a través.

–Eso parece.

–Si quieren les acerco al hotel y en cuanto tenga noticias les llamo –añadió Jorge, que no sabía qué más podía hacer por ellos.

–Perfecto, pero salgamos de aquí con cuidado, no las tengo todas –respondió Erik.

Encontraron la ruta despejada y llegaron a la carretera sin problemas. Hacia las doce y cuarto de la mañana entraban por la puerta del hotel y, tras despedirse de Jorge, viendo que el sol caía con fuerza sobre sus cabezas, decidieron cambiarse y darse un baño en la piscina exterior. Aquel calor que parecía querer achicharrarlos dejaba a cualquiera sin ganas de moverse. Ahora se trataba de esperar la llamada del forense. Allí no había mucho más que hacer. Sin embargo, al ir a sus respectivas habitaciones para cambiarse, se percataron de que las puertas estaban entornadas. Al abrirlas, descubrieron que alguien había estado allí revolviéndolo todo. Los armarios y los cajones estaban abiertos y todas sus pertenencias tiradas por la habitación. Era evidente que su presencia en aquel país no era precisamente deseada. Tras dar un par de vistazos a aquel desastre, Javier, que no cesaba de maldecir su suerte, cerró la puerta de su habitación de un portazo y se acercó a la de su compañero.

–¿Qué va a ser lo próximo? –rugió indignado al ver que la habitación de Erik también parecía una leonera.

–Míralo desde otro ángulo: esto significa que estamos caminando en la dirección correcta y que alguien se está poniendo muy nervioso –contestó Erik con resignación.

–¿Y a mí quién me paga el portátil que se han llevado? –dijo Javier, muy enfadado no tanto por el valor del aparato como por toda la información que tenía almacenada en él.

–También se han llevado el mío –añadió Erik–. Lo más sensato es pensar que con un poco de suerte mañana ya no estaremos aquí. No podemos hacer más.

–Eso espero, salir de este lugar cuanto antes –murmuró Javier, que por primera vez empezaba a estar cansado de tanta selva y tanta sorpresa desagradable.

–Y todavía agradece que no nos hayan robado la documentación... Eso sí que hubiese sido un gran problema.

–Bien, yo voy a bajar a que me dé un poco el aire. Ver esto me pone de mala hostia.

–Bueno, yo voy a tratar de recolocar lo básico y luego bajo, no puedo dejar esto así –respondió Erik.

Javier salió al pasillo y se alejó refunfuñando. Mientras,

Erik, que no soportaba aquel caos, empezó a recogerlo todo. No había pasado ni media hora cuando el teléfono sonó.

–¿Diga?

Al otro lado la voz de Jorge no se hizo esperar.

–El forense ya tiene los resultados, voy de camino y le llamo desde ahí, así pueden escucharlo ustedes mismos.

–Muy bien, le esperamos –dijo Erik mientras bajaba al *hall* en busca de Javier.

Para cuando Jorge llegó ambos estaban sentados en la entrada, desbordando impaciencia.

–Ahora mismo le llamo –dijo Jorge tras entrar en el hotel–. Pero mejor vayamos a una habitación, no sea que alguien nos oiga. Ya no me fío de nada.

–Pues tendrá que ser la suya –soltó Javier mirando a Erik–. Imagino que estará mejor que la mía.

–Seguramente –respondió Erik sonriendo resignado–. Es que los mismos que visitaron ayer tu casa parece que han estado hoy aquí –añadió mirando a Jorge.

–¿Les robaron? –preguntó Jorge.

–Los portátiles. Y nos han dejado las habitaciones como si hubieran pasado las hordas de Atila –replicó Javier, que seguía muy enfadado.

–¡Carajo de cabrones! –exclamó el peruano mientras cerraba la puerta tras de sí.

Sentado sobre la cama de Erik, Jorge llamó al forense y puso el manos libres.

–Hola a todos. Les haré un breve resumen de lo más importante del informe –dijo este nada más oír la voz de Jorge–. La causa de la muerte, tal y como ya les anuncié, fue debida a los impactos de dos balas, pero el análisis de los tejidos y del hueso, aunque complicado debido al estado de calcinación, nos muestra algo muy desconcertante.

–¿Desconcertante? –interrumpió Erik.

–Sí, en los tejidos existen restos de un agente biológico patógeno de transmisión oral completamente desconocido.

–¿Hablamos de un virus? –preguntó Javier.

–Algo así, un virus muy infeccioso de origen indeterminado y que es muy posible que se transmita por el aire. De hecho, la única forma de eliminarlo por completo, según me ha comentado mi colega, es exponerlo a temperaturas superiores a los cien grados centígrados. Sospecho que por eso incineraron el cuerpo.

Sin necesidad de hablar ambos sabían que pensaban lo mismo. Aquella había sido la causa de todo: un virus que jamás debió liberarse y cuyo rastro tenían que hacer desaparecer.

–Espero que les sirva –añadió el hombre–. Por cierto, mi colega me pidió autorización para poder conservar la cepa extraída.

–Por nuestra parte no hay problema –dijo Javier.

–Gracias, señor Ramos, si necesitamos saber algo más le llamaremos, si no le importa –terció Jorge despidiéndose de él.

–Mejor no lo hagan, me temo que me han intervenido la línea fija y no tardarán en hacer lo mismo con el celular.

–De acuerdo, y, créame, siento haberle causado tantos problemas –se disculpó Javier, que era consciente de la magnitud del descubrimiento del doctor.

–Vayan con cuidado, la gente que estuvo aquí no se anda con chiquitas.

Sin cruzar palabra, Erik, que llevaba un rato como ausente, tomó su móvil y marcó un número de su agenda. Javier le miró esperando saber a quién llamaba con tanta premura.

–¿Jason? ¿Te pillo mal?

Jorge miraba con curiosidad.

–Sí, sí, aún sigo en Perú…

Tras una breve pausa Erik prosiguió.

–Jason... Cuando regrese te cuento, pero ahora necesito que me hagas un favor. Necesito que consigas la lista del pasaje del vuelo de Natalie y que mires si había personal militar, médico o algo parecido a bordo.

Javier asintió con un escueto pero evidente sonido gutural, dándose cuenta de lo acertado de aquella observación. Estaba claro que sólo cabían dos alternativas para que aquel virus hubiese llegado al avión: o alguien infectado viajó en él, o alguien se subió al aparato portando una muestra. De haber sido alguien infectado, lo más probable es que nadie se hubiese percatado hasta que el pasaje hubiera bajado del avión y algunos, o todos, hubiesen enfermado o muerto como consecuencia del contagio. Lo lógico era pensar que el virus estaba siendo transportado y que, por algún motivo, fue vertido dentro del avión.

–Llámame cuando sepas algo; a la hora que sea. Y ándate con cuidado, por favor. Aquí nos han entrado en las habitaciones del hotel y nos lo han registrado todo, y lo mismo han hecho con el guía local que nos ayuda.

Tras una nueva pausa, Erik prosiguió.

–Gracias, tío, nos vemos en un par de días. –Y cortó la comunicación.

–¿Crees que llevaban material clasificado o algo prohibido a bordo? –preguntó Javier en cuanto Erik hubo colgado, dándose cuenta de que aquello aclararía muchas cosas.

–Estoy casi seguro, es la única explicación razonable. Si había alguien *inusual* en el avión, Jason lo encontrará.

–Ahora sólo queda esperar.

–Pues si no me necesitan, yo me iré a mi casa –dijo Jorge.

–En cuanto sepamos qué vamos a hacer te avisamos. Gracias por todo, Jorge –respondió Erik abriéndole la puerta.

Ambos se quedaron sentados sobre la cama, pensativos.

–¿Te parece si comemos algo? Imagino que la llamada de Jason tardará unas horas –propuso Javier incorporándose.

–Perfecto.

–Voy un segundo al cuatro a por mis gafas de cerca y a recoger un poco el caos, y nos vemos abajo en un rato –añadió Javier–. Menos mal que no se las han llevado... ¡Sin ellas soy hombre muerto!

Javier miró contrariado el desorden de la habitación una vez más. Era evidente que denunciar que habían entrado en sus habitaciones sólo iba a empeorar las cosas; conociendo un poco el país, era fácil imaginar la posibilidad de que hubieran sido empleados del propio hotel o la policía local quienes hubiesen abierto sus habitaciones para el registro. Por este motivo, era preferible cerrar la puerta y olvidarse. Con ánimos renovados, empezó a recoger todas sus pertenencias del suelo. Por suerte, no había viajado con demasiado equipaje, así que tardó poco en poner todo en orden.

Ya estaba a punto de salir de la habitación cuando Erik llamó a la puerta. Entró hablando por el móvil.

–¿Y qué has averiguado?

Javier lo miraba intrigado imaginando que era Jason quien estaba al otro lado. Ardía en deseos de conocer el contenido de la conversación. Tras algunos minutos, la reacción de Erik no se hizo esperar.

–*Fuck it!* –exclamó Erik, en cuyo rostro era fácil ver el desconcierto y la preocupación–. Esto se complica... ¿Cómo demonios vamos a entrar ahí? –Silencio–. ¿Crees que eso funcionará?... Claro, Jason, por supuesto que confío en ti, pero, entiéndeme, no parece algo sencillo. –Nueva pausa–. Bien, nos vemos en un par de días.

Javier miró a Erik en busca de respuestas. El piloto suspiró y empezó a contarle lo que su amigo le había dicho.

–A bordo iban un médico, que no parece tener relación alguna con todo esto, y un militar perteneciente al Área 51 que viajó desde Las Vegas y tomó el vuelo con destino a Perú. El mismo vuelo que hizo escala en México.

–Perdona, pero ¿cuándo hablas del Área 51 te refieres a la base secreta que el gobierno de tu país tiene en Nevada? –preguntó Javier, que había leído algo de esa instalación semioculta en la que se sospechaba que el gobierno norteamericano realizaba investigaciones clandestinas sobre armamento y tecnología aplicada a defensa.

–Sí, esa misma. Y está claro quién debió ser el detonante de todo: el militar vinculado al Área 51. Por lo visto no embarcó equipaje, todo cuanto llevase lo debió de guardar en la cabina.

–¿Y qué crees que pasó?

–Que llevase algún material no autorizado encima, es decir, el famoso virus no identificado de que hablaba el doctor Ramos. ¿Por qué si no iban a matar a todo el pasaje?

–Esto nos lleva a una vía muerta; por lo que yo sé, nadie puede entrar en el Área 51 –remarcó Javier con desánimo.

–Nadie salvo algunos militares, algunos científicos y nosotros…

–¿En qué estás pensando?

–Todo a su debido tiempo. La pregunta no es en qué, sino en quién… –murmuró Erik.

–¿Y qué sabemos del militar que subió al avión?

–Fue un tal Tom Evanson. Ese es el nombre del militar al que debemos investigar.

–¿Cómo?

–No va a ser fácil, pero con el contacto que me ha dado Jason creo que lograremos entrar en la base.

–¿Qué?

–Aunque esté muerto tiene que haber registros con información sobre ese tipo en los sistemas del Área. Tenemos que saber en qué trabajaba, qué llevaba consigo y por qué iba en ese vuelo.

–¿En sus sistemas? ¿Acaso piensas, además de entrar, piratear sus ordenadores? ¿Te has vuelto loco? Hablamos de uno de los lugares con más seguridad del mundo. Si te parece nos podemos pasar después a dar una vuelta por el Pentágono, o por la Casa Blanca… –replicó Javier algo sofocado.

–A ver…, yo no pienso hacer nada, no sabría ni por dónde empezar. Pero la persona a la que vamos a ver en Rachel sí. Confía en Jason, sabe lo que hace.

–¿Rachel? ¿Qué es Rachel?

–Perdona, es la localidad habitada más cercana al Área 51, y allí nos alojaremos para preparar nuestra entrada en las instalaciones militares.

–Para, para, para… –Javier empezó a dar vueltas a la habitación, mesándose el pelo con nerviosismo–. Creo que todo esto nos supera con creces. Erik, seamos sensatos. Tú y yo formamos un buen equipo, pero no somos espías ni nada parecido. No estamos preparados para abordar algo así, que escapa a nuestras posibilidades y a nuestros conocimientos.

–¿Sensatos? Dime una cosa: ¿qué ha sido de tu vida estos últimos seis meses? Porque la mía se ha convertido en una verdadera mierda.

Durante unos segundos, Javier se quedó pensativo sin saber qué responder.

–Pero imagínate por un momento que encontramos lo que queremos. ¿Qué vas a hacer luego con ello? No puedes ir a la policía, no puedes ir a nadie... Si nuestras sospechas son ciertas, está claro que es el gobierno norteamericano, la CIA o la organización que sea quien está detrás de todo esto... Y nosotros no podemos hacer demasiado para descubrirlos y denunciarlos. Además, ¿ante quién? Todo esto nos queda grande, Erik, aunque me duela reconocerlo.

–No pienso rendirme, Javier. No cuando hemos llegado hasta aquí y sabemos lo que sabemos. ¿Acaso has olvidado ya el abrazo que le diste a tu hija en el cementerio de Iquitos? ¿Vas a permitir que los culpables queden impunes? Mira, deja que pensemos en el cómo cuando llegue el momento. Se nos ocurrirá algo, estoy seguro, pero yo al menos se lo debo a Natalie.

Tras unos segundos de un silencio que se podía cortar, Javier tomó su decisión y la compartió con Erik.

–Tienes razón, lo haremos como tú dices, y que sea lo que sea... –dijo el arqueólogo, sobrepasado por todo aquello.

–Si te parece, ahora comemos tranquilos y sin prisas, y luego, con el ordenador que hay en recepción, tratamos de ver horarios de vuelos y la logística para mañana.

Tras dejar el restaurante con un café en la mano, ambos se dirigieron a la recepción para acceder al ordenador del hotel. Después del robo se habían quedado sin portátiles, y si querían volar al día siguiente a Nevada tenían que reservar sus vuelos cuanto antes. Iba a ser un viaje muy largo y bastante pesado. Primero volarían a Lima, luego a Las Vegas y allí alquilarían un coche para llegar a Rachel. Allí, Jason, al parecer, les había arreglado un encuentro con alguien de dentro, alguien de confianza que quizá les pudiese facilitar el acceso a la base.

El primer vuelo de Iquitos a Lima era a las ocho y media de la mañana, así que necesitarían que Jorge les recogiese bastante temprano. Luego deberían esperar hasta la una y media para coger el siguiente avión, el de Las Vegas. En total iban a ser más de dieciocho horas entre vuelos y esperas, así que, aun llegando a mediodía, lo prudente sería coger un hotel y descansar un rato en Las Vegas antes de tomar el coche en dirección a Rachel.

–¿Cuál va a ser el plan una vez estemos allí? –preguntó Javier tratando de averiguar cuál era la idea de Erik.

–En Rachel nos estará esperando un buen amigo de Jason; él será quien nos diga cómo y en qué momento entrar en el Área 51.

–No sé si estamos preparados para esto –reiteró Javier, que por primera vez temía por sus vidas.

–No lo estamos, pero… ¿te vas a volver a casa así, con esta sensación de derrota y de injusticia?

–No, supongo que no.

–Yo tampoco.

–Me pregunto cómo piensa colarnos ahí dentro. El Área 51 tiene fama de ser un búnker inexpugnable.

–No adelantemos acontecimientos, ya veremos con qué nos encontramos –dijo Erik tratando de calmar a su compañero.

–Mañana habrá que madrugar.

–Ahora mismo aviso a Jorge –dijo Erik tomando su móvil mientras se sentaban en el bar.

–Deberíamos salir antes de las siete de la mañana.

Mientras Erik hablaba con Jorge por teléfono, Javier se tomó lo que quedaba del café que había dejado junto al ordenador. Cuando este terminó de hablar, se incorporó dispuesto a subir a su cuarto.

–Bien. Yo subiré a mi habitación y aprovecharé para dejar hecha la maleta. Quizá me dé un baño y descanse un rato.

La verdad es que se me han quitado las ganas de ir a la piscina después de todo esto. ¡Malditos hijos de su madre!

–Es una putada, lo sé. Yo creo que me quedaré por aquí abajo leyendo; nos vemos luego.

Debían de ser más de las ocho de la tarde cuando Javier salió de la habitación absolutamente hastiado de no hacer nada. No había conseguido dormirse y, acostumbrado a tumbarse en la cama con su portátil, ahora lo echaba en falta. Estar contemplando el techo era muy aburrido.

Miró a ambos lados de la recepción buscando a Erik y, al no verle, decidió salir a la zona de la piscina. Era muy probable que su amigo hubiese optado por darse un chapuzón. Desde que había llegado a aquel *lodge* apenas se había detenido a admirar aquel apacible e idílico espacio. Lo cierto es que aquel oasis selvático pintaba bastante apetecible. Allí, tumbado en una de aquellas hamacas de madera y lona amarilla, rodeado de vegetación y medio adormilado, estaba su compañero de viaje. Había que reconocer que en bañador aquel piloto delgado y poco aventurero ganaba mucho. Se notaba que su cuerpo, bastante fibroso, era fruto de horas de gimnasio.

–Veo que al final te has animado a bañarte –dijo Javier sentándose en la hamaca contigua y sacando a su compañero de aquel sueño reparador.

–Ummm… –murmuró este abriendo los ojos y desperezándose en la hamaca–. Tendrías que probar el agua, está francamente agradable. Ni demasiado fría ni demasiado caliente. Y no me digas que el entorno no es agradable. Palmeritas, césped, un agua cristalina, una caipiriña bien fresquita… Lástima no habernos animado antes.

–Sí, la verdad es que tiene muy buena pinta. De haberlo sabido antes igual me habría animado. Ahora ya es un poco tarde para cambiarme.

–No sabes lo que te pierdes –respondió Erik saliendo de aquel placentero letargo en el que se hallaba inmerso–. Lo cierto es que estoy tan a gusto que no sé ni en qué hora vivo. Me he dejado el reloj y el móvil en la habitación…

–Pues ahora son las ocho y veinte. ¿Hasta qué hora vas a estar aquí?

–Creo que ya va siendo hora de recoger. Aunque podría pasarme aquí otra hora más sin ningún problema… ¡Se está tan a gusto!

–Por cierto, ¿cómo has quedado al final con Jorge? Lo digo por organizarme.

–A las siete menos cuarto de la mañana en el *hall*. Si queremos llegar a tiempo al avión no podemos salir más tarde.

–¿Y te va a dar tiempo a desayunar? Para ti eso es una hora intempestiva, ¿no? –lo pinchó Javier dando un toque de ironía a la tarde.

–Veo que te has levantado de la siesta muy graciosillo –contestó Erik incorporándose en su hamaca.

–Bueno, lo cierto es que al final no he podido dormirme. He estado tumbado descansando. Lo que nos espera en los próximos días me tiene un poco angustiado.

Poco podía imaginar Javier que aquel hilo del que estaban tirando les iba a llevar a un callejón sin salida. Y además muy peligroso.

Capítulo 10
Nevada, territorio hostil

A la mañana siguiente, Erik apareció como de costumbre, somnoliento y arrastrándose hasta el restaurante para desayunar. Eran las seis y media, y en un cuarto de hora debían reunirse con Jorge y abandonar el hotel. Javier observaba desde la otra punta, sentado y con una sonrisa, cómo Erik deambulaba sin apenas aguantar sus ojos lo suficientemente abiertos como para escoger lo que iba a ingerir.

–¡Buenos días! –exclamó Javier, que desde hacía un rato había terminado su café con leche y su cruasán.

–Buenos días –contestó Erik tratando de afinar al máximo sus adormecidos sentidos.

–Más vale que te des prisa porque Jorge está al caer –añadió Javier mirando su reloj, algo extrañado de que Jorge, que siempre solía llegar antes de hora, aún no estuviese allí.

–Cinco minutos y estoy. Con que me tome un café con leche me basta, a esta hora no me entra mucho más –dijo Erik mientras se servía uno de aquellos insípidos cafés americanos, que Javier seguía sin soportar.

–Vigila no te lo eches por encima. A juzgar por el grado de abertura de tus ojos me temo que te hará falta algo más que eso –respondió Javier sonriente.

* * *

En cuanto Erik terminó de tomarse el café, fueron a sus habitaciones a por el equipaje y se sentaron en el *hall* a esperar a Jorge. Tras algunos minutos, ambos empezaron a preocuparse. Javier, alarmado, optó por llamarle.

–«El número al que llama está apagado o fuera de cobertura en este momento»... Llámame desconfiado pero esto no me gusta nada –dijo Javier mientras colgaba y miraba otra vez el reloj.

–Esperemos que no le haya pasado nada. Creo que lo mejor será pedir al hotel que alguien nos lleve al aeropuerto y tratar de localizar a Jorge de camino. No podemos esperar más o acabaremos por perder el vuelo.

–Ojalá me equivoque, pero tengo la sensación de que le ha pasado algo malo, y más después de lo de ayer en la base.

–Espero que te equivoques.

Aunque Erik trataba de no pensar en ello, sabía que Javier tenía razón. Además, por no tener ni siquiera tenían el teléfono de algún familiar o amigo, ni sabían dónde vivía. Irse de Perú de aquel modo les hacía sentirse culpables, pero sabían que aunque se quedasen tampoco tenían demasiadas posibilidades de dar con él.

–¿Qué sentido tiene que alguien vaya a por Jorge y no a por nosotros? Después de todo él es sólo un guía local –se planteó Erik.

–Lamentablemente, en este país la vida de los indígenas no vale nada, nadie lo va a buscar y, si lo hacen, no van a conseguir nada. Si tú o yo desaparecemos, el tema se complica, alguien tendría un conflicto diplomático. En cambio, si se confirma la desaparición de Jorge quedará claro que nos están mandando un mensaje bien contundente –apuntó Javier.

–No es justo…

–¿Acaso fue justo que matasen a los pasajeros del avión? En todo este asunto la palabra «justicia» nunca ha estado presente y Jorge era consciente de ello. Quizá debería haberlo dejado cuando registraron su casa.

Cabizbajo, Erik subió al coche del taxista que el hotel había puesto a su disposición; ahora iban con el tiempo justo. El recorrido hasta el aeropuerto iba a ser muy poco agradable. Por delante les esperaban muchas horas de vuelo para pensar en todo lo ocurrido y en lo que todavía podía pasar. Sólo imaginar que Jorge se hallase en peligro por su culpa les consumía a ambos.

Debían de llevar la mitad del trayecto cuando Erik se percató de que había un vehículo oscuro, una berlina de lujo, siguiéndoles desde hacía rato. Nervioso, hizo un gesto indicando a su compañero que no estaban solos.

–¿Estás seguro?

–Llevo rato viéndolo y no parece casual.

Javier miró hacia atrás con disimulo tratando de ver cuántos ocupantes iban en el vehículo.

–Creo que sólo son dos personas, pero si van armadas poco importa la cantidad. De todas formas, si realmente quisiesen atraparnos, y teniendo en cuenta el rato que dices que llevan siguiéndonos, ¿no crees que ya hubiesen hecho algo?

–¿Entonces qué crees que quieren?

–Igual tan sólo cerciorarse de que salimos del país. No creo que pretendan atacarnos en pleno núcleo urbano, o en el mismo aeropuerto, y menos habiendo podido hacerlo durante decenas de kilómetros deshabitados.

–Tiene sentido.

–En cualquier caso, no les perdamos de vista.

Cuando llegaron al aeropuerto el coche que les seguía paró a una distancia prudencial de donde ellos estaban. Ambos bajaron del taxi muy inquietos. En cuanto el chofer bajó su equipaje y puso el coche en marcha dispuesto a irse, las puertas delanteras de aquel misterioso vehículo se abrieron y de su interior salieron dos hombres grandes y corpulentos. A juzgar por su fisonomía, ninguno de ellos era autóctono del lugar. Ambos se miraron alterados; aquello no les gustaba ni un ápice. Entonces, mientras uno de ellos se acercaba, el que conducía abrió la puerta posterior y de forma violenta arrastró fuera del auto a un tercer ocupante.

Erik y Javier observaban paralizados la escena. Era evidente que allí, frente a cientos de personas, era muy improbable que aquellos hombres fuesen a atentar contra sus vidas o a secuestrarlos, pero cualquier acercamiento les intimidaba.

–Erik..., creo que ya sé quién es el tercer ocupante –dijo Javier con preocupación–. ¡Es Jorge!

–*What the fuck...?* –exclamó Erik, viendo que su amigo tenía razón y temiéndose cualquier cosa.

Aquel individuo seguía avanzando hacia ellos con actitud tranquila y en apariencia pacífica.

–¿Qué crees que querrá? –preguntó Erik.

–Posiblemente negociar con la vida de Jorge –respondió él casi entre susurros, dada la mínima distancia que les separaba de aquel individuo.

Aquel tipo fornido, casi albino y de andar pausado, se paró frente a ellos y esbozó una leve aunque turbadora sonrisa dejando entrever una dentadura perfecta.

–Buenos días –dijo con un acento que no era del lugar–. Como imagino que han podido comprobar, su amigo todavía se encuentra en buen estado.

–¿Qué es lo que quieren? –replicó Javier, dejando claro que no estaba de humor para acertijos.

–Asegurarnos de que dejan de meter las narices donde no deben y se marchan de una vez de este país.

–¿Y si no lo hacemos? –se plantó Erik en tono desafiante.

–¿Necesita que le conteste? Miren, es muy sencillo: ustedes se marchan y todo sigue como siempre.

–¿Quién nos asegura que si nos vamos Jorge va a estar bien? –añadió Javier.

–Él mismo lo hará. Pueden llamarle a su móvil siempre que quieran.

–Está bien. Hoy mismo nos vamos, puede ver nuestros pasajes –dijo Erik sacándolos del bolsillo frontal de su maleta.

–Bien, pues entonces no tenemos nada más que hablar. Cuando lleguen a su destino pueden llamar a su amigo y él mismo les dirá que se encuentra sano y salvo. Buen viaje...

–Eso espero –soltó Javier–. Aunque siempre podemos volver...

–No se lo aconsejo... También nosotros podríamos regresar, y la próxima vez las cosas no serán tan amigables –amenazó aquel hombre.

Ambos miraron a Jorge por última vez con preocupación. Javier levantó su mano alzando el dedo pulgar para tranquilizarlo. Sabían que la situación era delicada y que cualquier error podría llevarlos a un desenlace fatal. Compungidos, cogieron de nuevo su equipaje y se adentraron en la terminal.

–Ojalá no le pase nada –dijo Javier mientras avanzaban hacia el mostrador de facturación.

–¿Crees que va a estar bien? –preguntó Erik, que tenía serias dudas de que aquellos matones fuesen a cumplir con su palabra.

–Quiero pensar que sí. En cuanto lleguemos a Lima probaremos a llamarle. Ahora no nos queda otra opción que irnos y cruzar los dedos.

Angustiados, se alejaron sin poder dejar de mirar hacia atrás. Irse de aquella manera era algo muy duro. Era evidente que aquellos hombres no eran del gobierno local, sino que provenían de alguna de las bases americanas de la zona, quizás incluso de la de Iquitos. Era muy probable que tras su visita a la base del día anterior las cosas hubiesen empeorado.

Acostumbrado a dar alguna que otra cabezada en los trayectos de avión, Javier pasó todo el viaje con los ojos como platos y dándole vueltas a la cabeza. En muy pocos días habían pasado tantas cosas que su mente parecía estar acelerada. Todavía les quedaba la parte más complicada de toda aquella aventura y sólo esperaba poder descubrir la verdad sin que ello le costase la vida a nadie. Luego, cuando todo terminara y la historia viese la luz, volvería a Perú a por el cuerpo de su pequeña. Al menos, esa era la mentira que intentaba creer, porque en el fondo sabía que era muy probable que nunca pudiese sacarla de ahí. Si tal y como temían todo aquello implicaba a gente de las más altas esferas, ¿cómo iban a denunciarlo?, ¿de qué modo podrían hacerlo público?

Por su parte, Erik estaba como ausente, mirando por la ventana del avión con la vista perdida y tratando de no hablar con nadie. Pensar se había convertido para él en algo doloroso y que le hacía sentir culpable. En la cabeza de ambos aquella última imagen de Jorge preso no les daba tregua. Tampoco la visión de todos aquellos restos carbonizados en medio de la selva era algo que pudieran olvidar. Ni la persecución en la selva, ni las habitaciones del hotel revueltas, ni la incertidumbre acerca de la verdad de lo ocurrido con el Boeing 767 en el que viajaban sus seres queridos. El vuelo se les hizo eterno.

En cuanto aterrizaron en el aeropuerto internacional de Lima, Erik encendió su móvil. Una de las azafatas se le acercó para llamarle la atención, pero, como era de esperar, él, que sólo pensaba en verificar que Jorge estaba bien, hizo caso omiso de la advertencia. Inquieto, esperó a tener cobertura. Luego marcó el número de Jorge. Uno, dos, tres…, al cuarto tono alguien descolgó.

–¡Señor Erik! ¡Qué gusto oírle de nuevo!

–¡Jorge! –exclamó con alivio–. ¿Estás bien?

–Sí, sí. En cuanto el avión despegó me dejaron marchar, ahora estoy en mi casa. Siento mucho lo ocurrido.

–Más lo sentimos nosotros… Si no te hubieses involucrado tanto quizá no hubiesen ido a por ti.

–Esa fue mi decisión, señor Erik, yo quise ayudarles porque me pareció de justicia. Lo importante es que esos hijos de la gran… no se salgan con la suya. Espero que encuentren lo que andan buscando –dijo él con convencimiento.

–En eso estamos, aunque si te hubiese pasado algo no nos lo habríamos podido perdonar en la vida.

–Lo sé, pero no se preocupen por mí, estaré bien. Creo que me tomaré unas vacaciones y me acercaré a…

Sin dejarle terminar la frase, Erik le interrumpió.

–Mejor no me digas dónde, es muy probable que el teléfono esté intervenido –le advirtió.

–Entiendo, tiene usted razón.

–Vete lejos una temporada; es lo mejor que puedes hacer. Al menos, hasta que esto haya terminado.

–Eso haré. Cuídense.

–Tú también, y cualquier cosa ya sabes dónde encontrarnos.

Erik miró a Javier con alivio. Aunque era consciente de que la amenaza iba a cernirse sobre ellos de forma continua hasta que aquello terminase, saber que Jorge estaba bien les daba un respiro. Algo más tranquilos, ambos se dirigieron a la cinta de equipajes a por sus maletas y luego, tras recorrer medio aeropuerto, llegaron al mostrador de facturación.

–Y ahora a Nevada –dijo Javier mirando el reloj–. Tenemos por delante un montón de horas de vuelo y de espera.

–Ya descansaremos cuando todo este lío haya terminado.

–Lo de Jorge ha sido un aviso, pero si seguimos con esto alguien podría salir mal parado.

–Lo sé, pero… ¿vamos a dejar que nos intimiden? Yo no.

★ ★ ★

Llegaron a Las Vegas a primera hora de la tarde. El sol caía a plomo sobre aquel árido terreno. Estaban tan cansados que sólo tenían ganas de llegar al hotel y tumbarse en la cama. A través de la ventanilla del taxi ambos observaban aquella imponente ciudad de espectáculos y juego, una ciudad que de día parecía vacía, yerma, y de noche cobraba vida y se llenaba de luces, música y alcohol hasta que salía de nuevo el sol. Erik sentía un especial desprecio por aquel montaje, por aquella ciudad artificial donde la gente se dejaba incluso el dinero que no tenía. Habiendo sufrido durante años las consecuencias de tener un padre ludópata que terminó por arruinar a su madre y abandonarlos cuando aún él era muy niño, aquella ciudad representaba para él todo lo malo que una vez hubo en su vida, vivencias que prefería no recordar.

Javier no había estado nunca allí, pero tampoco se sentía atraído por lo que aquella ciudad podía ofrecerle. Tan sólo recordaba haber tirado una moneda en una tragaperras una vez, cuando era muy pequeño, en el bar de la plaza del pueblo de su abuela paterna. Por aquel entonces, nadie se echaba las manos a la cabeza porque un padre dejase que su hijo tirase un par de monedas a la máquina, se consideraba algo normal. Él, sin dudarlo, habría preferido gastar aquella moneda comprando golosinas en el kiosco de don Elías, en vez de desperdiciarla de aquel modo.

Tras algunos minutos, llegaron al motel que habían reservado por internet. Era un antro de mala muerte situado a varias calles del centro de la ciudad. Tras inscribirse, fueron a sus respectivas habitaciones. Comparado con aquellos inmensos hoteles de cinco estrellas, el suyo era un viejo y cochambroso motel de carretera. De todas formas, para descansar unas horas tampoco necesitaban mucho más. Lo único que le pedían a aquel antro era que estuviese limpio.

–Voy a darme una ducha y si quieres nos encontramos en la recepción en una hora para dar una vuelta y cenar algo antes de acostarnos –propuso Javier pensando en aprovechar aquella corta estancia para dar una vuelta y estirar las piernas.

–Está bien, pero ya te aviso que no pienso jugar ni acercarme a ningún casino, ¿queda claro? –respondió él con un tono algo desagradable.

Javier se dio cuenta enseguida, por la brusquedad de aquella afirmación, de que había cosas del pasado de Erik que a buen seguro le dolían.

–No me gusta el juego, tranquilo –respondió Javier, cuya curiosidad por aquella ciudad era sólo turística.

–Bien, mejor así. Hasta dentro de una hora.

Tras darse una ducha y cambiarse de ropa, la vida se veía de forma distinta, pensó Javier mientras se dirigía hacia la recepción en busca de su compañero. Esta vez, a diferencia de lo que venía siendo habitual, Erik ya estaba sentado esperándole.

–¿Andamos o cogemos un taxi? –preguntó Javier desconociendo la distancia que podía haber hasta Las Vegas Boulevard.

–Pediremos un taxi, andando tardaríamos mucho en llegar al centro; aquí las distancias son enormes.

⋆ ⋆ ⋆

Una vez en el taxi, y tras indicarle al conductor que los dejase en pleno centro, frente al viejo Hotel Flamingo, Javier no dudó en preguntar a su amigo la razón de aquel rechazo tan visceral hacia el juego.

–No es un tema del que me guste demasiado hablar, pero te lo contaré –respondió él haciendo una breve pausa–. Mi padre era ludópata, además de alcohólico y maltratador, y, como puedes imaginar, mis recuerdos de infancia no son precisamente idílicos. Por eso odio todo lo relacionado con el juego. Es un periodo de mi vida que me costó años superar y del que no me siento demasiado orgulloso.

–Ahora lo entiendo, lo siento.

–Ya hace mucho de aquello e imagino que debería aprender a pasar página. Pero no puedo, me cuesta. Aún recuerdo como si fuese ayer las noches oyendo llorar a mi madre porque él se iba a alguna timba ilegal, y todavía más cuando él regresaba, borracho y sin un dólar, y la emprendía a golpes con ella. Una noche, mi hermano se enfrentó a él y un poco más y lo mata. Sólo oírle abrir la puerta yo me ponía a llorar. Créeme si te digo que el que nos abandonase fue lo mejor que nos pudo pasar.

–Tuvo que ser muy duro.

–Lo fue, sobre todo para Mike, mi hermano mayor, que tuvo que dejar de estudiar para trabajar y ayudar a mi madre a pagar las deudas.

–Nadie imaginaría ese pasado viéndote ahora de piloto, con tu ropa cara y tu aspecto de triunfador...

–Se lo debo todo a mi hermano y a mi madre. Ellos se sacrificaron para que yo pudiese estudiar. En cuanto cobré mis primeros sueldos ayudé a mi hermano a montar su restaurante y liquidé la hipoteca de mi madre. Era lo mínimo que podía hacer.

–Vaya historia. Ya veo que no soy el único que ha pasado por una vida complicada.

–Bueno, eso ya es agua pasada. Por suerte pudimos salir adelante –dijo sonriendo–. Vayamos a dar una vuelta por este circo de ciudad –añadió cambiando de tema.

Pasear por aquel bulevar podía ser algo agobiante. Las aceras estaban repletas de turistas, tanto que andar por ellas se convertía en una especie de agotador eslalon. El olor a cerveza y tabaco impregnaba toda la avenida. Era fácil imaginar que de madrugada los servicios de limpieza tendrían una infame alfombra de botellas, papeles y orines a lo largo de todo el paseo. Aunque a ninguno de ellos les atraía en exceso aquel despilfarro de luces y construcciones colosales, había que reconocer que como espectáculo no tenía precio. La gente parecía disfrutar de aquel paraíso de juego y alcohol, aunque era obvio que aquel montaje tenía un punto hortera.

Tras casi media hora deambulando por aquella interminable calle, y abrumados por la multitud, al final entraron en el Palazzo, un hotel de construcción bastante reciente que pretendía recrear los canales de Venecia y la famosa plaza de San Marcos en su interior. Nada más entrar, se encontraron de frente con el casino, que estaba, como en todos aquellos hoteles, repleto de gente dispuesta a dejarse los ahorros de toda una vida por un sueño que prácticamente ninguno podría alcanzar. Allí, en la segunda planta, enseguida encontraron un restaurante, el I love Burgers, un acogedor establecimiento especializado en todo tipo de hamburguesas.

–¿Cómo has quedado al final con los del alquiler del coche? –preguntó Erik.

–Que mañana a las siete y media nos entregan el Jeep Wrangler en el hotel. Ya les he dicho que todavía no sabemos cuántos días lo vamos a necesitar.

–Es decir, que deberíamos estar en la recepción desayunados para esa hora.

–Lamento informarte de que sí.

–Bueno, si luego conduces tú tengo dos horas y pico para dormir sin interrupción.

–Jajaja.., .lo tuyo no tiene remedio.

–Por la noche me apunto a lo que quieras, pero por la mañana no valgo para nada.

–Ya veo. Y dime –dijo Javier cambiando de tercio–, ¿dónde y a qué hora has quedado con ese misterioso topo del Área 51?

–Tenemos que encontrarnos mañana por la tarde con un tal Allan Patterson. Según me explicó Jason, es un tipo alto, delgado, con perilla y pelirrojo. Por lo que comentó, creo que será fácil reconocerle.

–¿Y dónde has quedado?

–Hemos quedado a las cuatro de la tarde en un viejo motel, The Little A Le Inn - Area 51 Bar Motel. Por lo visto el tipo le propuso citarnos en el bar del local. De hecho, creo que lo mejor será alojarse allí.

–¿Y tienes claro cómo llegar?

–Bueno, no estaría mal hacerse con un mapa. Jason me comentó que hay que ir a buscar la SR 375, conocida como «la carretera de los extraterrestres», y que el bar se encuentra a unas cuarenta millas en dirección a Rachel.

–No jodas, ¡menudo nombre! –exclamó Javier, sorprendido por lo *freaky* del apelativo.

–¿Café? –preguntó Erik, que ya estaba acostumbrado a ver a su amigo pedir un expreso después de las comidas.

–Pide ya el café y la cuenta. Mañana nos espera un largo recorrido por el desierto –dijo Javier sintiéndose especialmente cansado.

–Ahora, cuando volvamos, preguntaremos en la recepción sobre el trayecto, no sea que nos terminemos perdiendo –añadió Erik, que sabía que iba a pasarse el viaje dormido y no terminaba de fiarse de la orientación de su amigo. Perderse en el desierto no era en absoluto recomendable. Y menos en una carretera solitaria donde las habladurías decían que se habían visto ovnis y donde habían ocurrido fenómenos paranormales. Erik no pudo por menos que sonreír escéptico mientras sonreía a su compañero de fatigas. La jornada iba a ser intensa, estaba seguro.

CAPÍTULO 11
ENCUENTRO EN RACHEL

A las siete en punto Javier ya estaba abajo y, sabiendo que Erik no iba a ser puntual, decidió irse solo a desayunar al bar de enfrente. El sol apenas empezaba a asomar por el horizonte y la temperatura era todavía muy agradable. Decorado al estilo de los años cincuenta, el bar tenía un cierto encanto. Javier se sentó en la barra y, mientras esperaba a que le sirviesen el desayuno, aprovechó para preguntar algunos datos más a la camarera sobre el trayecto que tenían por delante. Aquella joven vestida con cofia, delantal blanco y vestido rojo de vuelo le estuvo dando indicaciones sobre cómo llegar a su destino.

Como de costumbre, Erik bajó acalorado cinco minutos antes de la hora límite. Tras saludar a Javier, que le esperaba sentado leyendo la prensa en el ínfimo sofá de la entrada del motel, miró su reloj y, viendo que era casi la hora, ni tan siquiera se atrevió a insinuar que iba a por un café. Un par de minutos más tarde el de la agencia de alquiler de coches ya estaba allí.

–Anda, ve y tómate un café con leche bien cargado mientras relleno los papeles –sonrió Javier apiadándose de su compañero.

–Gracias –respondió este dos segundos antes de salir a la carrera hacia el bar.

Tenían por delante algo más de dos horas de coche y, tal y como le había dicho a Javier la camarera del desayuno, debían repostar antes de llegar a Rachel, en Ash Springs, ya que después no había gasolineras. Según les había explicado el recepcionista del hotel la noche anterior, tenían que tomar la I-15 en dirección norte hacia Salt Lake City; luego la US-93 Norte hacia Ely, y, por último, la NV-318 hasta llegar a la famosa carretera de los extraterrestres. Sólo esperaba no perderse en mitad del desierto, cosa que, a juzgar por su desconocimiento de la zona, parecía bastante probable. En cuanto Erik regresó del bar emprendieron su camino.

–¿Tienes claro el recorrido? –preguntó Erik, que, por si las moscas, había comprado un mapa de la zona en la recepción del hotel antes de subirse al coche.

–Digamos que tengo una ligera idea, pero por si acaso no guardes muy lejos ese mapa.

–Lo pongo en la guantera no sea caso que me quede dormido –añadió el americano entre bostezos.

Los pronósticos de Erik se cumplieron apenas diez minutos después y enseguida se le pudo oír roncar profunda y placenteramente. Javier sonrió. Para no sentirse tan solo, encendió la radio y puso música suave de fondo. Luego colocó el mapa sobre el salpicadero por si las moscas. Tras algunos kilómetros, la inmensidad del desierto se fue haciendo cada vez más palpable; era como estar lejos de todas partes. Aquel paisaje polvoriento de fina arena entre rojiza y dorada era tan atractivo como peligroso. A lo lejos, el sol parecía difuminar los confines de aquel árido ambiente creando inciertas visiones de tonos cobrizos. Ya había lidiado antes con terrenos igual de yermos y sabía por experiencia que cualquier despiste te podía costar la vida. Quedarse sin gasolina podría ser una verdadera pesadilla; apenas pasaban coches a los que pedir ayuda. Conducir por esa carretera podía ser arriesgado, no porque el firme fuese tortuoso o por un exceso de tráfico, sino porque la soledad, el silencio y el aburrimiento podían hacer que uno se durmiese al volante casi sin darse cuenta. No era de extrañar que aquellas inhóspitas carreteras hubiesen dado lugar a tantas tramas de película. Había que reconocer que cuando caía la noche en el desierto cualquier cosa parecía posible. Por otra parte, los viejos y decrépitos moteles de carretera eran también dignos protagonistas de todo tipo de inquietantes historias. Las horas al volante parecían hacerse eternas.

Sólo cuando ya estaban llegando a Ash Springs Javier despertó a su compañero de viaje.

–¿Ya hemos llegado? –preguntó este abriendo levemente las pestañas.

–Falta poco.

–Y entonces, ¿por qué hemos parado?

–Para repostar. En Rachel no hay gasolineras y aunque el depósito nos daría para llegar no quiero arriesgarme a quedarnos tirados a la vuelta.

–Creo que aprovecharé para ir al baño –dijo Erik mientras se alejaba.

Javier miró a su alrededor; allí no había nada vivo, salvo el responsable de la gasolinera y ellos. No podía dejar de pensar en lo monótono que debía de ser trabajar y vivir allí; él no lo soportaría. Sin embargo, aquel hombrecillo mayor, escuálido y sosegado, no parecía estar a disgusto. Es más, a juzgar por lo poco expresivo de su rostro, era tácito que ni tan siquiera disfrutaba dando conversación a los clientes. Sin apenas cruzar palabra, tomó la manguera entre sus arrugadas y temblorosas manos, y rellenó el depósito.

En cuanto Erik regresó del baño, Javier aprovechó para ir él también. Al igual que en la mayoría de baños de gasolinera, el nauseabundo hedor a orín y la suciedad campaban a sus anchas. Los restos de jabón secos, desparramados por la pila, daban al lavabo un aspecto mugriento y muy desagradable. Aquellos baños le traían a la memoria imágenes de cuando era pequeño y se iban todos de vacaciones a Almería. Recordaba siempre cómo su difunta madre le decía que en los baños de carretera no tocase nada, que allí se podía pillar incluso la peste.

En cuanto salió, vio que Erik ya había pagado y le esperaba al volante.

–Así podrás echarte una cabezada –dijo sin ser consciente de que Javier jamás se dormía en los coches. Este siempre había tenido la sensación de que al dormirse hacía más probable que al conductor le entrase somnolencia.

Emprendieron la marcha bajo aquel sol que, a diferencia del de primera hora de la mañana, se hacía insoportable. Aquel paisaje marchito y aburrido les acompañaba miraran donde mirasen. Entre el calor y aquella aridez, era fácil imaginarse por qué las personas podían terminar viendo espejismos. Tan sólo tres cuartos de hora más tarde llegaron al The Little A Le Inn - Area 51 Bar Motel. Estupefactos, ambos miraron aquella construcción de hojalata en mitad de la nada que más parecía un barracón provisional que un edificio sólido y habitable. Adornado en el exterior con una especie de platillo volante metálico sujeto por un camión grúa, aquel motel decadente era a todas luces el sitio más infame en el que jamás se había hospedado cualquiera de los dos. Tras aparcar el coche a un lado y coger el equipaje, ambos entraron en el bar con cierta reticencia. Sorprendidos, vieron que el The Little A Le Inn era como una catedral para los seguidores de los fenómenos

UFO. De su techo colgaban cientos de billetes de un dólar dedicados por los clientes a los extraterrestres, y en sus estanterías se podía observar un arsenal de figuritas y objetos relacionados con los aliens. Aquello era como estar en un parque temático para tarados, pensaron ambos sorprendidos.

–¿A dónde me has traído? –preguntó Javier con los ojos como platos.

Erik sonrió en silencio para no echarse a llorar.

–Buenos días –les saludó una mujer de mediana edad algo tosca y de pelo cano que, desde el otro lado de la barra, los observaba expectante. Sólo verla era evidente que allí los tintes y el maquillaje brillaban por su ausencia. Su piel, tostada en exceso por aquel sol, estaba tan arrugada y llena de manchas que era evidente que la hacía parecer mayor de lo que era en realidad. De la comisura de su boca colgaba un cigarrillo medio encendido con la boquilla tintada de carmín, que de vez en cuando sujetaba con aquellas manos de uñas mal pintadas.

–Buenos días. Querríamos un par de habitaciones –contestó Javier, no sin pensar que aquello no parecía una buena idea.

–Han tenido suerte, justo me quedan las dos últimas. –respondió ella con una sonrisa, orgullosa del aparente éxito del lugar.

–¡Quién iba a decir que un sitio así podía estar lleno! –musitó Erik.

–Si me dejan su documentación...

–Sí, claro.

–¿Vienen de turismo?

–No exactamente –replicó Erik, que no podía dejar de preguntarse sobre la clase de turismo que podía hacerse en un lugar como aquel.

Tras registrarse, ambos fueron a dejar sus cosas a sus respectivas habitaciones y diez minutos más tarde se encontraron de nuevo.

–¿Qué tal tu habitación? –preguntó Javier entre risas.

–Digamos que si no fuese por los pósteres de Star Trek me quedaría a vivir en ella, es de ensueño –respondió Erik con cara de circunstancias. Creo que jamás he estado en un motel tan raro –añadió sin salir de su asombro.

–Yo tampoco.

–Y dime, ¿qué vamos a hacer hasta las cuatro? Me temo que no hay mucho que ver por aquí cerca. A lo sumo podemos echar un par de partidas al billar –propuso Javier mirando la descalabrada mesa que estaba en mitad del local.

–Disculpe –dijo Erik dirigiéndose a la recepcionista–. ¿Cómo suele distraerse la gente por aquí?

–Los turistas hacen excursiones a localizaciones cercanas donde se dice que se han avistado OVNIS –respondió ella extrañada–. Este lugar es famoso por ello, pensaba que estaban aquí por eso, como casi todos.

–¡Ah!... ¿Y algo más que valga la pena ver?

La mujer lo miró perpleja y encogió sus hombros sin entender muy bien la razón de la pregunta. Era obvio que para ella no existía mejor distracción que aquella. En una de las mesas un par de hombres los miraban también sorprendidos por lo anómalo de su consulta. Lo normal es que sólo los vecinos o los fanáticos de la fenomenología OVNI se acercasen a aquellas latitudes. Allí los raros eran, sin lugar a dudas, ellos. Ambos se miraron desconcertados y trataron de disimular.

–¿No tendrá unas cartas por casualidad? –preguntó Javier, viendo que era difícil que hubiese mucho más que hacer allí.

–Sí, claro, aquí al fondo, en la tienda, tienen varias cosas.

Ambos se acercaron algo más animados hasta aquella especie de bazar de lo insólito que arropaba la esquina derecha del bar. Tazas imitando la cabeza de un alien, estatuillas de marcianos, ceniceros con forma de platillo volante, camisetas e imanes con el logo del Área 51 y, como no podía ser de otra forma, juegos de naipes con estampaciones de extraterrestres. Aquello no tenía desperdicio.

–Menos da una piedra –exclamó Javier sonriendo–. Seguro que si buscases estos objetos en Nueva York no te iba a ser nada fácil encontrarlos. Jajaja... –remató entre risotadas.

Resignados, se sentaron en una mesa dispuestos a jugar unas cuantas manos y tomar un par de cervezas hasta que llegase el tal Allan. El tiempo en aquel lugar podía hacerse eterno y, aunque en teoría el motel estaba lleno, no se veían demasiados clientes. Supusieron que estarían haciendo turismo ufológico a más de cuarenta grados en pleno desierto. Igual hacia la hora de comer algunos de ellos regresaban o, a lo peor, al día siguiente verían sus esquelas en el diario local: «Mueren por insolación diez turistas pirados». En cualquier caso, el lugar no invitaba a estar allí demasiado rato. Las incómodas sillas y lo vulgar y poco acogedor del espacio hacían la estancia bastante desagradable.

Fue sobre las cuatro menos diez, tras comer un «Encuentros en la tercera fase» y una «Invasión de los ultracuerpos» poco hecha, y tomarse un par de cafés, cuando un hombre alto, delgado y pelirrojo llegó al local. Aquel tipo de mediana edad y de aspecto desgarbado echó una vistazo a la sala como buscando a alguien. Sus cabellos rojizos parecían no haber conocido peine y los cuatro pelos que adornaban su perilla eran más un accidente que un intento real por decorar aquella blanquecina y pecosa cara.

–Es él –exclamó Javier.

–Eso parece.

Erik se incorporó haciéndole una señal.

–¿Allan Patterson? –preguntó cuando lo tuvo cerca para asegurarse.

–Sí, soy yo.

–Erik Freeman –se presentó estrechándole la mano–. Jason me comentó que usted podría ayudarnos a entrar en el Área 51.

Algo nervioso, aquel hombre miró a ambos lados para asegurarse de que nadie estuviese escuchando. Con un ligero movimiento de la palma de la mano les indicó que debían hablar bastante más bajo. Luego, agarró una silla de la mesa colindante y se sentó junto a ellos.

–¿Quiere tomar algo? –le propuso Javier tratando de ser amable.

–No, gracias, vengo con el tiempo justo.

–Entonces vayamos al grano, Allan. Dígame, ¿se puede entrar realmente en la base?, ¿puede ayudarnos? –insistió Erik.

–Sí, puedo ayudarles, de hecho hay una forma aceptablemente segura de entrar.

Erik y Javier escuchaban muy sorprendidos por lo fácil que parecía el tema.

–Aunque el Área parece un lugar inexpugnable, tiene sus fallos.

Ambos le miraban absortos.

–El único personal no militar que puede entrar allí es el de servicios –añadió aquel hombre casi susurrando–. Ahí está el principal fallo de seguridad.

–¿Servicios? ¿A qué se refiere? –inquirió Erik.

–Quiero decir técnicos informáticos, personal de limpieza, de restauración, o, cuando se estropea algo, fontaneros o electricistas... Como pueden imaginar, allí dentro también se estropean cosas y hay necesidades que sólo pueden cubrirse desde el exterior.

–Ya, pero imagino que ese personal estará controlado. Quiero decir, que sabrán quiénes son. No creo que pueda entrar cualquiera ahí dentro.

–En el caso de la gente habitual de plantilla sí, pero cuando hay alguna reparación o servicio extraordinario se avisa a empresas externas.

–Entiendo.

–A ver, no se engañen, no digo que vaya a ser sencillo, pero es viable.

–Ya.

–El tema es que la única forma de que puedan entrar es estropeando algo y que ustedes vengan en nombre de la compañía con la que solemos trabajar.

–Pero... conocerán al personal, imagino.

–No necesariamente. A veces vienen suplentes y, además, el personal de acceso al recinto tampoco es siempre el mismo. Hay turnos, rotaciones...

–¿Y cómo haremos eso? –preguntó Javier, al que todo aquello le parecía demasiado fácil.

–Tendrán que secuestrar a los operarios antes de que lleguen al recinto y hacerse pasar por ellos –dijo el tipo tan tranquilamente dándoles un par de carnés de la empresa con sus nombres estampados en ellos.

–¡Madre mía! –exclamó Erik–. Pero, oiga, nosotros sólo somos un par de civiles. Como comprenderá, no hemos secuestrado nunca a nadie.

Ambos se miraron perplejos. Ninguno de ellos había contemplado aquella hipótesis. Secuestrar a alguien sonaba muy serio.

–Miren, eso no es mi problema, tendrán que espabilarse como sea –les contestó el pelirrojo–. Deberán pegar en la esquina superior derecha una fotografía suya y plastificarlo con esto –dijo dándoles un trozo de film adhesivo–. Si no tienen alguna, háganse una fotocopia a color de la del pasaporte.

Javier se quedó estupefacto al oír aquella respuesta y decidió escuchar el resto de la conversación sin soltar palabra.

–No hay otra forma de hacerlo –dijo aquel hombre, consciente de la cara de susto que ambos tenían–. Aquí apuntada está la dirección de la empresa de mantenimiento –añadió mientras le daba a Erik un papel–. Tendrán que vigilarles y encontrar el momento oportuno para suplantarlos.

–Pero... ¿cómo sabremos que los han avisado?

–Intentaré que sea a primera hora de la mañana, sobre las nueve. Aun así, les haré una llamada perdida para avisar. Apunten mi número.

Erik anotó el número de su móvil en la agenda del teléfono.

–Le rogaría que no pusiese mi nombre real..., nunca se sabe.

–Ya imagino –añadió Erik escribiendo «XXX» en la agenda–. ¿Y una vez dentro?

–Jason me ha dado muy poca información sobre lo que andan buscando... ¿Qué necesitan para ser exactos?

–¿Le suena el nombre de Tom Evanson?

–No, ¿debería sonarme?

–En teoría trabajaba en el Área.

–Que yo no le conozca no significa nada. Allí dentro trabajamos muchas personas y es muy difícil conocer a todo el mundo. Eso juega a su favor, ya que una vez dentro podrán circular con libertad sin llamar la atención. Salvo en algunas zonas muy restringidas, el personal circula libremente por la base.

–El tema es que necesitamos averiguar en qué trabajaba ese hombre, por qué salió huyendo de allí y qué llevaba consigo cuando se fue.

–Entiendo –respondió pensativo dejando que las yemas de sus dedos golpeasen con insistencia la mesa de forma rítmica–. Para todo eso necesitarán acceder al ordenador central, y va a ser lo más complicado. Allí están tanto los datos del personal como los archivos de todos los casos en los que se interviene.

El hombre se quedó por unos instantes callado, como tratando de buscar la respuesta acertada.

–La persona que controla el acceso al ordenador central es Amber Crabbs. Amber es una pieza importante allí dentro y no va a ser sencillo esquivarla. Les marcaré en rojo sobre un plano del Área dónde está la zona que les interesa.

–¿Y esa zona es de las de difícil acceso?

–Bueno, no es de las peores. Lo que más les costará es romper el sistema de seguridad del ordenador.

–De acuerdo –dijo Erik, pensando cómo demonios iban a conseguir eso un piloto de aviones y un arqueólogo.

–Deberán buscar la forma de que Amber abandone su puesto de trabajo durante el tiempo suficiente como para entrar en su ordenador.

–Parece complicado –añadió Javier, que cada vez se sentía más descorazonado.

–Una vez dentro sólo les podré cubrir durante una hora, hora y media a lo sumo, lo que se supone que puede durar la reparación del aparato de refrigeración que yo mismo me encargaré de inutilizar para que sea preciso que ustedes, los de la empresa de mantenimiento, vengan a repararlo. Si tardan más me veré obligado a dar la voz de alarma. Si les descubren, negaré cualquier vínculo con ustedes. Cuando terminen me mandarán un mensaje para que yo reactive los sistemas de refrigeración. ¿Queda claro?

–¿Y en ese tiempo podremos despistar a Amber, acceder al ordenador, descifrar el *password* y conseguir la información que buscamos? ¿Estáis los dos borrachos? –exclamó Javier alzando la voz y haciendo que las mesas cercanas les mirasen.

Allan se llevó el dedo índice a la boca indicándole que bajase la voz. Erik le miraba sin saber qué responder.

–Quizá pueda alargar el tiempo de la reparación e intentar obtener, antes de que lleguen a la base, el código de acceso, pero nada más. El resto corre de su cuenta. ¿Estamos?

–Estamos –dijo Javier, bastante asustado con todo aquello.

Erik asintió con la cabeza.

–Mañana, en cuanto haya estropeado el sistema de refrigeración, les mandaré un mensaje. La refrigeración, como comprenderán por las temperaturas que sufrimos aquí, suele considerarse un tema prioritario. Los avisos son rápidos y las reparaciones pueden tardar entre dos y tres horas dependiendo de la gravedad.

–Perfecto.

–Les daré dos horas y media, ni un minuto más.

–Entendido.

–Bien, les deseo mucha suerte, pero sobre todo recuerden que pase lo que pase ustedes y yo no nos conocemos.

Ambos asintieron mientras Allan se incorporaba dispuesto a abandonar el local, algo que hizo tras despedirse de manera tosca. Mientras aquel hombre larguirucho se alejaba, Javier seguía completamente absorto, tratando de procesar toda aquella información.

–¿Soy sólo yo el que está acojonado con todo esto? –le preguntó a su compañero.

–No, a mí también me parece bastante complejo. Lo cierto es que no imaginaba que todo fuese tan difícil.

–¿Y qué creías? ¿Que nos iban a recibir con los brazos abiertos? Si quieres pedimos la fiesta especial de bienvenida con daiquiris y guirnaldas... Eres un ingenuo, Erik. Creo que venir hasta aquí ha sido un tremendo error, ojalá no te hubiese hecho caso. Deberíamos volver a casa. Lo que pretendemos hacer es meternos directamente en la boca del lobo. Ni somos espías, ni somos delincuentes, ni hemos secuestrado nunca a nadie, ni robado códigos ni información secreta. Al menos yo.

Erik tomó un trago de cerveza de la jarra y miró por la ventana pensativo. Allí fuera el sol caía a plomo y el polvo se agitaba movido por el viento; era como estar en el infierno. De vez en cuando, rompiendo la monotonía, el aire arrastraba alguna de aquellas bolas de matojos que allí denominaban *tumbleweeds*, haciéndola rodar hasta donde la vista alcanzaba. Entonces, como con una fuerza renovada, Erik se volvió hacia Javier y explotó como nunca lo había hecho antes, dando un puñetazo en la mesa.

–Quizá tengas razón y sea mejor dejarlo todo donde está, incluida tu hija. Porque, visto lo visto, piensas dejarla allí tirada, ¿no? –le espetó, bastante cansado de tener que estar continuamente tirando del carro y aguantando los miedos e inseguridades de Javier.

–¿Cómo dices? Pero, ¿por qué te pones así? ¿Acaso no tengo razón? –replicó Javier con brusquedad, bastante molesto por aquella afirmación de dudoso gusto.

Bajando de nuevo el tono, Erik prosiguió:

–Mira, tú al menos la has encontrado, a tu hija, quiero decir, pero yo ni tan siquiera puedo decir eso. ¿Te crees que no me da miedo todo esto? Sí, claro que me da miedo, y mucho, estoy muy asustado. Pero no quiero, no puedo permitir que el pánico me haga desistir de perseguir la verdad, de saber por qué un hatajo de criminales mató a mi mujer. –Tras una pausa prosiguió–: Si quieres puedes quedarte o irte, haz lo que quieras, pero deja de dudar de una vez. Yo ya tomé una decisión en Perú, y pensaba que tú también.

Sorprendido por aquel inesperado arranque de genio, Javier respiró hondo y se sentó de nuevo tratando de tranquilizarse. Desde la barra la propietaria les miraba con expectación.

–De acuerdo, lo haremos –dijo Javier tras ingerir un trago de cerveza–. Pero nunca, jamás, vuelvas a hablar de mi hija de ese modo. ¿Queda claro?

–Lo siento, yo... A veces, cuando me cabreo, digo cosas que no debería.

Ambos se quedaron durante un rato sin hablar, tan sólo mirando por la ventana, como hipnotizados. Al rato, Javier cambió de tema tratando de suavizar la situación.

–Deberíamos buscar algo para cubrirnos las caras durante el secuestro, ¿no crees? –dijo de repente.

–¿Perdona? –La expresión de Erik era un poema.

–Si vamos a secuestrar a los del aire acondicionado y no queremos que nos reconozcan tendremos que cubrirnos las caras, ¿no?

Erik, que todavía estaba anclado en la conversación anterior, miró entonces hacia la esquina donde estaba la tienda; allí había caretas de ET. Sin poder evitarlo ambos se echaron a reír a carcajadas. Nada más imaginarse con aquellas máscaras hizo que la tensión se disipase, al menos por el momento.

–Deberíamos ir a ver dónde está la empresa de mantenimiento y en qué lugar, y cómo podemos secuestrar la furgoneta sin llamar la atención –dijo Erik cuando consiguió dejar de reír.

–Y deberíamos buscar unos pasamontañas o algo parecido. Si compramos esas caretas no habrá duda de quiénes fueron los gilipollas que secuestraron la furgoneta…, porque no creo que vendan caretas de ET cada día.

Erik esperó a terminarse la cerveza y luego se acercó un segundo a la barra; tras pagar la cuenta, le preguntó a la mujer de la entrada si había en la zona algún comercio donde hacer fotocopias y comprar algo de ropa.

–Sí, claro, un par de calles detrás del hotel, en Groom's Avenue, hay un comercio; tienen un poco de todo y también una fotocopiadora bastante moderna. Tenga –dijo la mujer dándole un mapa–. Como puede ver, es difícil perderse –añadió haciendo referencia a las seis o siete calles que formaban aquel pequeño pueblo.

Erik tomó el mapa y se acercó a Javier. Lo cierto es que aquello, más que un pueblo, era un conjunto de calles mal dispuestas.

–Tanto la tienda como la empresa del aire están muy cerca…, la verdad es que aquí todo está muy cerca –dijo mostrándole el mapa.

–Pues si quieres vamos a dar una vuelta. Bueno, a menos que te hayas apuntado para ir a algún avistamiento –respondió Javier, sin olvidar su sentido del humor.

Pese a que ya eran las cinco y media de la tarde, el sol seguía achicharrando las calles de aquel pueblo sin dar tregua alguna. No era de extrañar que los pocos habitantes de la zona no saliesen de sus casas hasta casi caer la noche. Era tal el silencio que reinaba en aquellas cuatro calles desiertas que más que un lugar con vida aquello parecía un pueblo fantasma. En dos minutos llegaron a Groom's Road y enseguida vieron la tienda. Tras echar una mirada desde el exterior se detuvieron a un lado.

–Aquí no creo que encontremos pasamontañas ni nada de nada –dijo Javier al ver desde fuera aquella tienducha tan poco surtida.

–Me temo que no. Sólo se me ocurre que compremos dos camisetas oscuras, aguja, hilo y unas tijeras.

Javier le miró extrañado.

–Tendremos que fabricarnos algo parecido nosotros mismos.

–Creo que lo mejor será que entre sólo uno. Cuanto menos nos vean por aquí mejor. Por cierto, necesitaremos fotocopiar las fotos del pasaporte o, mejor aún, del carné de conducir.

–Tienes razón –dijo Erik colocándose su gorra y las gafas de sol–. Todavía no hemos hecho nada y ya me siento como el criminal más buscado de los Estados Unidos. Dame tu documentación.

En el interior, un hombre de mediana edad cuya enorme barriga a duras penas le permitía sentarse recto esperaba adormecido a que algún cliente entrase. Tratando de no llamar demasiado la atención, Erik accedió a la tienda con la mirada baja y caminó hasta el fondo. Allí tomó dos camisetas negras de los percheros ubicados junto a la pared trasera y un *kit* de costura para viajes. Luego se acercó a la caja y sin casi mirar al tendero pidió hacer dos fotocopias.

–Si no le importa preferiría hacerlas yo –dijo impostando una voz algo distinta a la suya–, son papeles privados.

El hombre, que a duras penas podía acercarse al mostrador, le miró extrañado, pero no puso ningún problema. Tras fotocopiar los carnés, Erik pagó en efectivo a fin de no dejar rastro y salió lo más rápido que pudo del interior.

–¿Todo bien? –quiso saber Javier, que le esperaba algo inquieto.

–Sí, ya lo tengo todo. Ahora vamos a inspeccionar la empresa del aire acondicionado –respondió sacándose la gorra y secando el sudor de su frente con su antebrazo.

Siguieron andando por Groom's Avenue hasta Sagebrush Way y luego giraron a mano derecha. Era tal el silencio reinante en aquellas calles que los propios pasos resonaban haciendo eco. A muy pocos metros de allí vieron la entrada de la empresa que buscaban. Estaba señalizada con un rótulo de neón cuyas luces no funcionaban y al lado podía verse la entrada del garaje de la misma. Se acercaron con cuidado para no ser vistos. Dentro del aparcamiento, cuya puerta estaba abierta de par en par, se podía ver la furgoneta blanca de la que Allan les había hablado. Era evidente que aquello era un pueblecito y que lo tenían todo abierto, sin ningún tipo de seguridad.

–Bueno, ¿tienes claro cómo asaltarlos? –le preguntó Javier a su compañero.

–Sí, claro, me dedico a secuestrar gente cada día –respondió Erik algo agobiado por la situación.

Javier esbozó una leve sonrisa.

–¿Y si en vez de asaltarlos en mitad de la calle nos colamos en la furgoneta? Me parece más fácil reducirlos desde dentro que hacerles parar en mitad de la calle y no ser vistos –propuso Erik.

–Puede que tengas razón, pero ¿cómo quieres hacerlo?

–Pues colándonos dentro antes de que cierren las puertas –dijo Erik mirando su reloj–. No creo que tarden en echar el cierre.

–Parece lo más sensato, aunque no puedo evitar tener una sensación de nerviosismo en mi estómago.

–Normal, yo también, pero no tenemos muchas más opciones.

Ambos avanzaron con tiento hasta colarse en el garaje. El corazón les latía a mil por hora. ¿Y si alguien entraba allí en aquel instante? Por otra parte, aunque era muy probable que la furgoneta estuviese cerrada, dada la poca seguridad del lugar, era probable que las llaves no anduvieran muy lejos. Javier echó un vistazo al lugar por si las tenían a la vista. Luego, tratando de no hacer demasiado ruido, miró en el interior de un armarito blanco que había en la pared trasera mientras Erik vigilaba que no se acercase nadie.

–¡Las tengo! –exclamó con entusiasmo mientras se dirigía a la puerta trasera del vehículo.

–¡Shhhh! –siseó Javier, asustado ante la posibilidad de que alguien pudiese oírles.

Tras abrir la furgoneta volvió a colocar las llaves en su lugar. Nadie debía sospechar que habían estado allí.

–Vaya nochecita nos espera –añadió Erik al ver que la parte trasera del vehículo se hallaba repleta de materiales y apenas quedaba espacio para sentarse–. Y encima con el estómago vacío.

Javier se encogió de hombros y se sentó donde pudo.

–Sí, va a ser una noche muy larga.

Entonces, a los pocos segundos, oyeron unas voces acercándose. Ambos se sobresaltaron. Las gotas de sudor descendían por la frente de Javier hasta llegar a sus cejas. Erik cerró los ojos tratando de contener el nerviosismo que le invadía. Luego, el sonido inconfundible de la persiana del garaje cerrándose hizo que se tranquilizaran.

–Un poco más y nos pillan –suspiró Javier, que justo acababa de cerrar la puerta del vehículo.

Erik abrió los ojos y suspiró aliviado.

–Mejor que estemos un rato en silencio hasta estar seguros de que ya no queda nadie –susurró Erik al oído de su compañero.

Javier asintió con la cabeza sin atreverse a pronunciar ni media palabra. Aquello le parecía sin lugar a dudas mucho más peligroso que pasar una noche en la selva. Tras más de una soporífera hora de espera, por fin tuvieron el valor de salir de allí dentro.

–Necesitaremos algo de luz, aunque sólo sea para coser esto –dijo Erik refiriéndose a las camisetas.

–¿Sabes coser? Porque yo es una asignatura que me debí de saltar.

–Digamos que sé dar puntadas.

–¡Suficiente! –exclamó Javier aliviado–. También deberíamos buscar algo con lo que amenazar a los operarios y con lo que atarlos y amordazarlos, ¿no crees?

–Entraremos en la oficina y busquemos alguna luz discreta que no se vea desde la calle.

–Imagino que en la empresa hallaremos todo lo necesario –añadió Javier mientras bajaba de la furgoneta tratando de no golpearse con nada.

Aquello estaba muy oscuro y lleno de trastos con los que era fácil tropezar. A tientas y sin separarse, ambos avanzaron poco a poco hasta la puerta que conectaba aquel garaje con el interior de la oficina. Allí estaba igual de sombrío que en el garaje. Sólo cuando se acercaron hacia la fachada pudieron guiarse con la poca luz que entraba por las ventanas. Por no haber, ni tan siquiera había farolas en las calles, tan sólo la luz de la luna entraba de forma discreta por aquellos ventanales. Tratando de no darse con las mesas, avanzaron hasta la que parecía ser una pequeña cocina.

–¡Ya podría haber luna llena! –exclamó Javier tras golpearse la pierna contra una silla.

–Aquí encontraremos los cuchillos –añadió Erik viendo que había una especie de alacena. Por suerte la cocina no daba a la calle, así que se atrevió a encender la luz de la campana extractora.

–Esto es otro cantar –murmuró Javier, cuya miopía no ayudaba demasiado a desenvolverse a oscuras.

–Pues nada, cuando quieras ya puedes empezar a coser.

La noche prometía ser larga.

Capítulo 12
El Área 51

Debían de ser las ocho y media de la mañana cuando oyeron abrirse la puerta del garaje. Los dos, de forma instintiva, dieron un respingo y se escondieron entre los trastos que había en la furgoneta tratando de no hacer demasiado ruido. Sólo pensar que alguien abriese la puerta trasera para guardar algo y los pillase por sorpresa les ponía los pelos de punta. Así que ambos contuvieron la respiración y esperaron inquietos a que los operarios entrasen en la furgoneta.

–¿Tienes el móvil en silencio? –susurró Javier temiendo que el mensaje de Allan sonara y fuesen descubiertos.

Erik asintió con la cabeza mientras se llevaba el dedo índice a la boca pidiendo a su amigo que no hablase. Esperar allí detrás oyendo a los operarios deambular por el garaje sin saber si en algún momento abrirían la puerta alteraba la tranquilidad de cualquiera. Debió de pasar casi media hora hasta que el teléfono de Erik vibró en su bolsillo; era Allan, avisándolos de que ya había dado el aviso. En el mensaje, tal y como les había prometido, también había escrito el término clave para entrar en el ordenador central: Sigma889435. Los operarios no tardarían en montarse en la furgoneta, así que ambos se pusieron aquellas máscaras improvisadas que, sin lugar a dudas, no iban a ganar un premio al diseño ni a la buena costura. Si antes de salir se les ocurría abrir la parte trasera de la furgoneta o la ventana opaca y alargada que separaba la cabina del furgón, no tendrían más opción que atacarles allí mismo, poniendo en riesgo la misión. Entre el calor, la asfixia que daba llevar aquel sofocante pasamontañas y el nerviosismo que los invadía, Javier y Erik sintieron cómo el sudor recorría sus espaldas y se deslizaba cintura bajo. Era tal la congoja que sentían que el espacio trasero de aquel vehículo les parecía incluso más angosto y agobiante que la noche anterior; se les antojaba hasta claustrofóbico.

Entonces, un par de hombres de altura media y no demasiado robustos entraron en la parte delantera del vehículo mientras hablaban entre risas del bonito culo de una de las chicas de la oficina. Por fortuna, la noche anterior Erik, que parecía estar en todo, había dejado la ventana que comunicaba el furgón con la cabina algo abierta para facilitar la visibilidad y el acceso cuando llegase el momento de hacerse con el vehículo.

A juzgar por su aspecto, aquellos hombres no parecían estar muy en forma ni ser demasiado fuertes. Javier y Erik tenían claro que esperarían a estar fuera del pueblo antes de detener aquel vehículo. Cuantas menos posibilidades de ser vistos mejor. El conductor, que era el que llevaba la voz cantante, no cesaba de dar clases sobre las mujeres a su tímido e inexperto compañero, que lo miraba con respeto y admiración. Erik y Javier, sorprendidos, no podían evitar sonreírse ante algunas de las aseveraciones que el tal individuo soltaba como dogmas de fe. Si aquel desgraciado debía aprender algo sobre mujeres de aquel individuo, la raza humana podía darse por perdida.

Aquellos minutos de espera se les hicieron eternos. Dentro de aquel furgón, con el sol sobre el techo y sin aire acondicionado, ambos creyeron morir deshidratados. Habrían recorrido algo más de dos kilómetros desde que la furgoneta había salido del garaje cuando se miraron sabiendo que había llegado el momento idóneo. Tras un suspiro, Erik levantó el pulgar indicándole a su compañero que había llegado la hora de actuar. Se incorporaron y, tras abrir con rapidez la ventana opaca que les separaba de la cabina, colocaron los cuchillos que habían tomado prestados de la cocina de la empresa en el cuello del conductor y del copiloto obligándoles a parar.

–Detengan el vehículo y nadie resultará herido –dijo Erik con voz seca y fuerte.

Javier sintió como le temblaba el pulso y su estómago se encogía hasta la mínima expresión. Sólo esperaba que aquel estúpido tembleque no le llevase a lastimar accidentalmente el cuello del operario. Por si le quedaba alguna duda, ahora tenía claro que él no servía para esto. Nunca, ni cuando de niño había tenido que pelear con algún matón en el colegio, había tenido las agallas necesarias para amenazar o hacer daño a nadie.

Tan o más asustados que los propios secuestradores, los operarios no mostraron apenas resistencia. El copiloto, preso del pánico, tan sólo fue capaz de ofrecerle a Erik su cartera con la paga del mes y el reloj que llevaba en la muñeca.

–No, no queremos dinero, tan sólo que cooperéis –dijo Erik aclarando la tensa situación.

Sin dudarlo, el conductor detuvo el vehículo en el arcén, tal y como le indicó Javier.

–No nos hagan daño, por favor –suplicó el copiloto con voz entrecortada.

–Nadie va a hacer daño a nadie –añadió Erik–. Sólo cooperen y todo irá bien.

Con discreción, y tras asegurarse que no había nadie a la vista, Javier y Erik les hicieron bajar del vehículo y, después de hacerlos pasar a la parte trasera para taparles los ojos, atarlos y amordazarles con cinta americana, se pusieron al volante de la furgoneta.

* * *

–Si están tranquilos enseguida volverán a su casa –puntualizó Erik mientras cerraba la puerta trasera y se aseguraba de que nadie los había visto–. Esto no tiene nada que ver con ustedes.

–No ha sido tan complicado, ¿no? –dijo Javier entrando en el asiento del conductor–. Aunque te juro que con mi precaria situación económica estuve tentado de aceptar la cartera –añadió bromeando en voz baja.

–Menos mal que no ha pasado ningún coche. Te juro que mientras los estábamos atando atrás estaba de los nervios.

Ahora se sentían algo más relajados, sobre todo porque ya podían sacarse aquel pasamontañas y secarse el sudor que descendía por sus frentes.

–Mejor no hablemos demasiado, no queremos que reconozcan nuestra voz –dijo Erik entre susurros mientras miraba sobre el mapa dónde se encontraba la entrada a la base militar.

–Te he visto bastante suelto, como si hubieses hecho esto toda tu vida.

–Sí, claro, cada fin de semana me dedico a secuestrar a gente –respondió Erik en tono irónico–. Es que o lo hacía yo o no te veía a ti con demasiado aplomo.

–No, no lo tenía. Imagino que sorprende que con todo lo seguro que me siento en entornos salvajes y de aventura extrema luego no sepa reaccionar en este tipo de situaciones. Me he quedado paralizado, lo sé.

Ahora empezaba la verdadera aventura y la parte más complicada de toda la operación. Mientras Javier conducía por aquella carretera desierta, las preguntas acudían a su mente sin cesar.

–¿Y si los de seguridad abren la parte trasera para registrar el vehículo? –preguntó con preocupación–. No creo que en una base militar te dejen entrar sin mirar nada, y si abren...

Erik frunció el ceño; aquella posibilidad parecía muy real y debía ser tenida en cuenta.

–¿Qué hacemos?

Pensativo, Javier miró a lo lejos tratando de hallar inspiración. Era evidente que en todo aquello todavía había varios cabos sueltos, cabos que les podían costar más de un disgusto.

–Creo que lo más inteligente es deshacernos de estos dos –propuso Javier con decisión.

–¿Cómo? –exclamó Erik, cuyo rostro de susto no distaba mucho del de aquellos pobres desgraciados, que en cuestión de segundos habían palidecido fundiéndose con el color blanco de la furgoneta.

–Bueno..., quiero decir dejarlos en alguna parte. ¿No habrás pensado que yo...?

–A juzgar por su reacción –dijo Erik mirando de reojo por la ventana que daba a la parte trasera a los dos operarios que, desesperados, trataban de chillar y de desatarse con todas sus fuerzas–, todos hemos entendido lo mismo.

–Pues no, no somos asesinos, ¿saben? –los tranquilizó Javier mirando hacia atrás y perdiendo la carretera por un momento de vista–. Pueden estar ustedes muy tranquilos, de veras. Siento haberles asustado –añadió, demostrando que tenía de secuestrador lo mismo que Blancanieves.

–Bien, ¿y dónde propones que los dejemos? Como puedes imaginar, esto no es como dejar un saco de patatas en mitad del campo. Nadie puede verles. Tenemos que ocultarlos.

–¿Atados a algún poste en mitad de la nada? No podemos llevarlos a ningún sitio poblado sin levantar sospechas.

★ ★ ★

Javier paró el coche en la cuneta y ambos miraron alrededor un tanto agobiados. Dejarlos a la vista era impensable y allí, en mitad del desierto, tampoco había tantos lugares donde elegir.

–Tendremos que dar una vuelta y buscar un sitio. Aquí, en mitad de la ruta principal, dudo que encontremos nada –afirmó Erik inquieto.

–Quizá si nos metemos por algún camino de estos... –Javier señalaba unos caminos vecinales que parecían adentrarse en dirección a ninguna parte

Sin dudarlo, Javier pegó un volantazo, que hizo que los dos operarios cayesen tumbados al suelo de la furgoneta sobre su costado, y se desvió hacia el interior.

–¡Joder! –exclamó Erik–. Tampoco hacía falta dar semejante volantazo.

Aquello era tan plano y poco poblado que no iba a resultar fácil encontrar un lugar adecuado para dejarlos. Por otra parte, tampoco podían tardar mucho en retomar su camino; si lo hacían, corrían el riesgo de que alguien de la base llamase a la empresa extrañados por la tardanza.

Tras dar algunas vueltas por la zona y no encontrar un lugar idóneo, Javier decidió que no quedaba más opción que correr riesgos.

–¿Ves aquella zona con árboles? –le preguntó a su compañero.

Allí, al fondo, lejos de la carretera principal, había una zona con varios árboles cuyas copas lucían casi desnudas y algunos matorrales.

–Ya sé que no es la panacea, pero va a ser muy difícil que encontremos algo mejor –añadió Javier dirigiéndose a la zona ante la cara de preocupación de Erik.

–Pero... ¿y si pasa algún coche?

Javier se encogió de hombros.

–Vamos mal de tiempo y no tenemos muchas opciones.

–Está bien.

Erik suspiró resignado y en cuanto estuvieron delante del lugar, bajó de coche. Tras dar un vistazo al sitio regresó en busca de aquellos hombres.

–Creo que si los atamos al árbol que está justo en medio los matorrales ayudarán a que no se les vea desde la carretera.

–Ideal para el caso –respondió Javier aliviado bajándose del vehículo para abrir la puerta trasera.

–Ahora os bajaremos del coche y más vale que andéis rapidito. No nos hemos cargado nunca a nadie, pero nunca se sabe –dijo Javier intentando intimidar a aquellos hombres–. Estaremos de vuelta muy pronto, así que si queréis volver a casa sanos y salvos no hagáis estupideces. ¿De acuerdo?

Ambos asintieron con la cabeza mientras Javier miraba a todos lados temeroso de que alguien les viese. Cogió cuerda y cinta del interior de la furgoneta y, tras comprobar la zona nuevamente, le hizo una señal a Erik para que avanzase con el primer rehén. Cuando vio que ya lo tenía sentado en el suelo, miró otra vez alrededor y salió con el otro hombre a la carrera.

–Los ataremos al tronco, parece muy resistente –dijo Erik, que había probado antes a romperlo a patadas, sin éxito.

Javier tomó la cuerda y la cinta americana, y los anudó espalda contra espalda al árbol.

–Espero que no hagáis ruido, de lo contrario esta aventura podría terminar muy mal para vosotros –apuntó Javier–. Vamos a dejar a alguien vigilando –añadió tratando de infundirles algo más de miedo e inseguridad–, y si hacéis alguna tontería tiene órdenes de rebanaros el cuello. ¿Entendido?

Ambos asintieron con la cabeza.

De vuelta en la furgoneta, Erik y Javier suspiraron un poco más relajados. Estaba claro que como secuestradores eran un verdadero desastre; sólo esperaban que nadie los encontrara antes de que ellos estuviesen de vuelta. Dejarlos allí no había sido la mejor de las opciones, pero tampoco tenían tantas alternativas.

–Bueno, vamos allá –dijo Javier poniendo el vehículo otra vez en marcha.

Ya de camino a la base, y por miedo a que el personal de seguridad del Área encontrase los pasamontañas, los tiraron por la ventana. A medida que se acercaban un nudo se iba afianzando en sus respectivos estómagos. Era tan fácil que algo saliese mal... Todas las dudas afloraron otra vez en Javier.

–Y si… –dijo con voz temblorosa.

–¿Y si qué? –replicó Erik, que veía venir a Javier de lejos–. Ya no hay vuelta atrás.

–Bien, tienes razón –murmuró, acallando sus miedos y sepultando sus dudas.

Tras recorrer varios metros en paralelo a la reja de seguridad del Área, por fin pudieron ver a lo lejos el puesto de control y al personal que lo custodiaba. Inquietos y bastante alterados, aunque intentando aparentar normalidad, se acercaron a él; cuatro hombres de uniforme y armados vigilaban la puerta. Aquellos tipos no tenían nada que ver con los pusilánimes que acababan de secuestrar. Todos eran altos, fornidos y con unos bíceps más anchos que sus dos piernas juntas. Un puñetazo de cualquiera de ellos te podía mandar al otro barrio en un abrir y cerrar de ojos. Detuvieron la furgoneta junto al puesto de control y bajaron las ventanillas. Uno de los hombres se acercó y les pidió la documentación que les acreditaba como instaladores. En paralelo, los otros tres, cuyo aspecto no era demasiado sociable, abrieron la furgoneta de par en par para registrarla. Mientras revisaban el vehículo, Javier creyó desfallecer y Erik, que no cesaba de mordisquearse las uñas, sintió que su corazón le iba a salir despedido por la boca.

–Pueden seguir. En la puerta les indicarán –dijo el militar que estaba a su lado tan pronto como los otros tres hubieron concluido con el registro.

Inquietos, se miraron sabiendo que tan sólo habían superado la primera prueba y que la cuenta atrás había empezado.

–¿Cómo vamos a distraer a la tal Amber Crabbs? –preguntó Javier, cuya cabeza iba pasada de revoluciones–. Con lo del secuestro ni tan siquiera hemos pensado en ello.

–Déjame a mí. Las mujeres son una asignatura que siempre apruebo con nota.

–Ya veo, pero aun así, ¿qué piensas hacer? Me quedaría más tranquilo si tuvieses un plan.

–Ya se me ocurrirá algo. Ahora centrémonos en pasar el segundo control.

Javier le miró sonriendo, aunque con bastante preocupación; era obvio que Erik no tenía problemas de autoestima, pero ese exceso de confianza y la falta de un plan concreto le ponían algo tenso. Él siempre había sido de improvisar, incluso en situaciones bastante peligrosas, pero en aquel contexto tan ajeno a su realidad la falta de un esquema de actuación concreto no le hacía sentir muy cómodo.

Llegaron a la puerta del edificio principal y, tras mostrar de nuevo la documentación, otro militar les instó a aparcar el vehículo, a bajarse del mismo y a coger todas sus herramientas para pasar al interior. Tras cruzar los arcos de seguridad y pasar las mochilas llenas de herramientas por el escáner, les acompañó a la zona donde se suponía que debían efectuar la reparación. Después de mostrarles dónde estaban los baños más cercanos, los dejó solos en la sala. Aquella era sin lugar a dudas la sala de máquinas del edificio. Repleta de conductos, cables y diversos aparatos, la habitación parecía ser el corazón del Área. Javier miró todo aquel enjambre de máquinas desde la más completa de las ignorancias. Jamás le había interesado la electrónica. Cuando en casa María Helena le había pedido que reparase alguna cosa, ante el riesgo de estropear lo que fuese todavía más, siempre había llamado a un electricista. Si tenía que fingir ante alguien estaba apañado. Por suerte, no vino nadie a supervisar su supuesto de trabajo.

Esperaron unos segundos y sacaron el plano de las instalaciones que Allan les había facilitado. Aquello era enorme, pero el ordenador central no parecía estar lejos de allí. Tras tener más o menos claro el recorrido que debían hacer, decidieron abandonar la sala.

–Creo que lo más adecuado será que yo la distraiga mientras tú accedes al sistema –dijo Erik.

–¿Y si no eres su tipo?

Erik le miró de reojo con un cierto desdén mientras salían de aquel lugar lleno de motores y tuberías. Ambos avanzaron por los fríos pasillos de hormigón del edificio tratando de aparentar normalidad. A su paso se fueron topando con todo tipo de personal, tanto militar como civil, pero, tal y como Allan les había anunciado, nadie se percató de que su presencia en aquella zona era ilegal. De hecho, parecía como si nadie hablase con nadie. Era un ambiente distante y poco dado, aparentemente, a la confraternización. Aquello les hizo sentir algo más tranquilos, aunque sabían que no podían bajar la guardia. Algo más adelante, en el centro de una amplia zona repleta de cubículos donde el personal estaba sentado frente a su ordenadores, vieron aquel espacio de cristal bastante más amplio que el resto.

–Creo que es la mujer del fondo, la que está dentro del receptáculo acristalado, de espaldas, con camisa rosada –dijo Erik con una certeza casi absoluta.

–Eso parece. ¡Suerte! Y no olvides usar el nombre de la tarjeta de acceso, y no el tuyo propio.

–Disculpen –les interrumpió un hombre de uniforme acercándose a ellos por la espalda y haciendo que Javier se sobresaltara.

Ambos se giraron en seco y, aunque trataron de disimular, en sus caras era fácil ver reflejado el miedo.

–¿Sí? –respondió Javier, cuyo rostro iba tornándose por momentos tan blanco como la cera.

–¿Son ustedes los técnicos informáticos? –preguntó aquel hombre señalando la pantalla de su ordenador.

–No, no. Nosotros somos de la empresa de mantenimiento del aire –respondió Erik temiendo que Javier fuese a desfallecer de un momento a otro.

–Lo siento, es que este cacharro está haciendo de las suyas y he avisado a la central, y al verlos a ustedes con esas acreditaciones he pensado que… Bien, disculpen la confusión –añadió mientras regresaba a su puesto.

–Tranquilo, no pasa nada –respondió Erik con una sonrisa más que impostada.

–¡Dios! Creía que me lo hacía todo encima –murmuró Javier cerrando los ojos y tratando de recuperar el aliento–. Otro susto así y a mí me sacas de aquí en ataúd.

–Lo extraño es que él no se haya dado cuenta; parecías de cartón piedra.

–Si es que yo no sirvo para estas cosas, prefiero mil shushupes a esto.

–Bueno, sigamos con lo nuestro –apuntó Erik dirigiéndose hacia donde se encontraba Amber.

Erik se acercó a ella con un absurdo caminar de ligón de playa. Javier, que todavía no había tenido la oportunidad de verlo en acción en plan depredador sexual, esbozó una sonrisa. Era difícil no darse cuenta de sus intenciones viéndolo avanzar hacia su presa de aquel modo. Por un instante, creyó estar viendo un reportaje del *National Geographic*.

–Hola –saludó golpeando con suavidad el cristal de la mampara con los nudillos.

Una hermosa mujer de pelo castaño y negros ojos almendrados se giró al oír su voz.

–¿Puedo ayudarle en algo? –respondió ella con un tono que no invitaba precisamente a darle conversación.

–Mi nombre es Steven –dijo con aquella sonrisa de conquistador que solía utilizar con las azafatas.

–¿Y? –replicó ella mirándolo de arriba abajo con clara indiferencia.

–Bueno, sólo quería conocerte; es difícil no fijarse en una mujer tan guapa –añadió él con engreída actitud.

–Lárgate de aquí o aviso a seguridad –le soltó ella frunciendo el ceño y denotando cierto desprecio.

–Pero… ¿Cómo? No hay por qué ponerse así, yo sólo… –dijo por lo bajo alejándose bastante desconcertado y sin saber cómo actuar frente a aquella inesperada respuesta.

Amber Crabbs era una mujer segura de sí misma, una mujer dura y acostumbrada a bandearse en un mundo especialmente sexista. Ser mujer, latina y tan guapa en un entorno de hombres le había costado más de un disgusto. Con el tiempo había aprendido a cortar de raíz con cualquier insinuación, por sutil que fuese, en pro de su carrera. Allí dentro no podía permitirse que nadie la viese como a una mujer, sino como a un militar. Los que la conocían sabían que aquella coraza era el fruto de años de lucha por alcanzar un cargo de relevancia. Cuando comenzó en el ejército nadie hubiese apostado por ella. Sus compañeros bromeaban con su capacidad para realizar las pruebas físicas, y tan sólo la veían como a una niña guapa de curvas generosas y labios carnosos que estaba allí porque se habría encaprichado de algún militar, o él de ella. Sus superiores esperaban ansiosos al día en que pidiese dejar el cuerpo; su presencia les incomodaba. Sólo con el tiempo y con mucho esfuerzo les demostró a todos ellos que era tan capaz o más que cualquier hombre.

A lo lejos, Javier la miraba dándose cuenta de que aquella conversación no iba por buen camino. Amber no era como las chicas a las que Erik solía tratar, y sus técnicas de discoteca no iban a surtir efecto con ella. Decidido, avanzó hasta ellos tratando de dar solución a aquella absurda situación. Sin dudarlo, se acercó a ella y tocándola con sutileza en el hombro para que se volviese le preguntó:

–Disculpe, ¿podría indicarme dónde está la cafetería? Acabo de incorporarme hoy y no conozco demasiado bien las instalaciones.

Erik, que se alejaba completamente descolocado, le miró sorprendido y con preocupación, sin entender nada lo que estaba haciendo. Entonces Amber se volvió y pareció sorprenderse al ver a Javier. Lo miró con una calidez que sorprendió a Erik, medio indignado porque un cuarentón como Javier lograra despertar el interés de aquella mujer que apenas dos minutos antes lo había despachado a él de mala manera.

–Pues siga por este pasillo, luego tome el primer pasillo a mano derecha, el segundo a la izquierda y después cruce el área de laboratorio y…

–Creo que ya me he perdido antes de empezar –dijo Javier con una amplia y cálida sonrisa ante la empatía de ella–. Esto es tan grande… Siento molestarla, pero si me pudiese al menos acompañar un tramo…

–No se preocupe, de hecho también me irá bien un café. Ya le acompaño, no me cuesta nada.

–Mi nombre es Mikel –se presentó extendiendo su mano a modo de saludo.

–Amber, Amber Crabbs.

Sorprendido, Erik vio cómo su amigo le levantaba la pieza con suma facilidad. Aquello era bastante humillante, pensó, habituado a conseguir siempre a la chica que se proponía. No estaba acostumbrado a que las mujeres le ignoraran, y menos a que se lo sacaran de encima de aquella manera. Nunca hubiese imaginado que su compañero pudiera desenvolverse mejor que él. Era obvio que aquella mujer era distinta a las que él solía frecuentar. En cualquier caso, de una forma o de otra, habían conseguido su objetivo: que Amber abandonase su puesto de trabajo. Esperó unos segundos a perderlos de vista por el pasillo y, disimuladamente, se sentó frente al ordenador central, no sin antes asegurarse de que estaba de espalda a las cámaras de seguridad y que nadie le observaba. Con el corazón acelerado y sintiendo que le temblaba el pulso, se puso manos a la obra.

«Introduzca el *password*», pudo leer en la pantalla. Sin dudarlo, tecleó la clave que Allan les había facilitado: Sigma889435. Acto seguido pudo leer: «Acceso autorizado». Temiendo ser descubierto, miró de nuevo a ambos lados, asegurándose de que nadie le miraba, y se apresuró a teclear el nombre de la persona que viajaba en aquel Boeing. Sabía que si le daba a *buscar* en todas las unidades del ordenador el proceso podía ser muy largo, y era evidente que no iba a tener tanto tiempo. Por ese motivo, escogió empezar por una unidad principal e ir probando suerte.

–Empezaremos por la unidad C y cruzaremos los dedos –murmuró por lo bajo.

Tras más de diez largos e interminables minutos de rastreo el mensaje no se hizo esperar: «Ningún elemento coincide con el criterio de búsqueda».

–¡Mierda! –exclamó dando un golpe fuerte y seco sobre la mesa y haciendo que el personal más cercano a él le mirase–. Probaré otra vez –se dijo tratando de tranquilizarse mientras algunos de sus vecinos de mesa todavía le observaban extrañados.

Mientras, inquieto, veía cómo la gente pasaba por los pasillos que bordeaban su sitio, aunque, por fortuna, parecían no percatarse de su presencia. Tratando de no darse por vencido, Erik insistió una vez más mientras miraba su reloj de forma casi compulsiva y frenética. Estaba tan inquieto que sentía cómo su garganta se secaba por instantes haciéndole carraspear y toser continuamente. Sólo esperaba poder encontrar algo relevante antes de que su compañero regresase con Amber y no quedase tiempo para seguir con aquello.

Trabajar bajo presión nunca había sido su punto fuerte, y aquella extenuante cuenta atrás le estaba matando. Escribió otra vez el nombre de Tom Evanson sobre la pantalla y le dio a *buscar* en otra unidad del ordenador. Para su desesperación, tras algunos minutos aquella maldita respuesta volvió a aparecer.

«Ningún elemento coincide con el criterio de búsqueda.»

Respiró hondo y trató de tranquilizarse. Perder los nervios no iba a ser de gran ayuda. Necesitaba calmarse y pensar con frialdad, o aquello se convertiría en una trampa seguramente mortal.

Capítulo 13
Una pareja inesperada

Mientras Erik seguía peleándose con el ordenador, en la cafetería Javier trataba de entretener a Amber el máximo tiempo posible. Aquel era un establecimiento parecido al de los hospitales, aséptico, blanco, minimalista y con un limitado aunque en apariencia decente autoservicio. El lugar no era exactamente acogedor, tan sólo funcional. Era obvio que no estaba concebido para que la gente perdiese allí demasiado tiempo.

Sentado frente a una mesa metálica, miró a la mujer con detenimiento. Estar con Amber no le parecía un trabajo demasiado complicado, más bien todo lo contrario. Estar con ella era una tarea muy agradable que le producía una sensación que hacía tiempo que daba por olvidada. Desde la muerte de María Helena se había acostumbrado a no ver a las mujeres como tales, posiblemente a modo de autodefensa. Era como si de pronto el sexo femenino hubiese perdido todo su encanto. Se había centrado tanto en su hija que en su mente no había espacio para nada más. Pero Amber tenía algo que en cuestión de minutos le había hecho recordar lo que se podía llegar a sentir frente a una mujer hermosa e inteligente. Lo más complicado, estando junto a ella, era no olvidar por qué estaba allí. Debía mantener la cabeza fría si quería salir airoso de aquella situación.

–¿Y en qué departamento dices que trabajas? –preguntó ella poniéndolo en un brete.

–Bueno, no soy más que un operario de mantenimiento –respondió él tratando de salir airoso.

–¿Entonces trabajas con Niki?

Aquellas preguntas podían llevarlo al cadalso, pensó angustiado. Si se equivocaba en algo, Amber se daría cuenta al instante de que no era quien decía ser y daría la voz de alarma. Su búsqueda habría concluido en un abrir y cerrar de ojos.

–Sí, sí, con Niki –contestó, consciente de que no tenía ni la más mínima idea de quién era ese Niki y de que debía cambiar de tema lo antes posible–. ¿Y tú a qué te dedicas?

–Digamos que soy algo así como el hermano mayor de esta organización. Toda la información, incluso la más delicada, pasa por mí. Gestiono el centro de control de datos.

–Es decir, estoy hablando con uno de los jefazos de esto y yo sin saberlo... ¡Vaya!

–Digamos que sí. Pero, tranquilo, fuera de estas paredes soy una mujer muy normal –añadió ella sonriendo y bajando la mirada de un modo muy sensual.

–Siempre he admirado a las mujeres como tú. Con un puesto de tanta responsabilidad no será fácil sacar tiempo para tu familia, ¿no? –preguntó él.

–No tengo familia, ni tan siquiera estoy casada. Supongo que mi trabajo aquí es muy absorbente y he dejado que el tiempo pasase sin más. Aunque, bueno, tampoco soy tan mayor..., aún estoy a tiempo –añadió con una media sonrisa, consciente de que estaba contándole a un completo extraño detalles de su vida que muchos de allí no conocían.

–Seguro que sí.

–Y dime, ¿más allá de ser operario de mantenimiento imagino que tendrás otros intereses? –dijo Amber tratando de desviar el foco de atención.

–Sí, claro. Soy un apasionado de la arqueología, de la historia... Mi principal *hobby* es viajar a lugares recónditos donde se encuentran las raíces de nuestra civilización. Hay tantas incógnitas sobre nuestros verdaderos orígenes... –se explayó dejando que su verdadero yo aflorase.

–Interesante y muy distinto a lo que se suele oír por aquí dentro. No pareces el perfil típico de los hombres que trabajan en el Área. A la mayoría sólo les interesan los temas militares –dijo agradablemente sorprendida–. Imagino que habrás viajado mucho.

Javier tragó saliva dándose cuenta de que sin quererlo se estaba alejando de su papel de simple operario y estaba dejando que sus pasiones afl orasen de forma imprudente. Pero esa mujer le gustaba, y mucho. Jamás habría pensado cuando estaba entrando en la base con la furgoneta del servicio de mantenimiento que ahora estaría allí, dejándose envolver por la suave voz de aquella mujer a la que debía engatusar para lograr cumplir la misión que los había llevado hasta allí. Javier prosiguió su charla, tratando de no descubrirse más.

–Sí, bueno, viajo lo que puedo. La mayor parte de mis ahorros se van en viajes, no puedo evitarlo –respondió mientras ella lo escuchaba absorta.

La miró entonces dándose cuenta de que Amber también había sentido aquella extraña química entre ellos. Era obvio, incluso para él, que no solía enterarse de nada, que Amber estaba coqueteando descaradamente. Por desgracia, aquella historia no iba a ir muy lejos. En cuanto saliesen de aquel lugar no iba a volverla a ver. Amber era una mujer impresionante, y era evidente que podía tener al hombre que quisiera. Aquellos profundos y oscuros ojos que parecían embrujarlo, el sedoso pelo cobrizo, aquella escultural figura y el lunar cerca de la comisura de sus labios rojos hacían que a Javier le costase mantener la cabeza centrada y en su sitio. Sin darse cuenta, empezaron a hablar de viajes, de historia y de una infinidad de temas que nada tenían que ver con la base militar y que, en cambio, estaban mostrando al verdadero Javier. Mientras tanto, el tiempo pasaba sin que ninguno de ellos fuese consciente de ello.

En la otra punta del edificio, Erik seguía luchando desesperadamente por sacar información del maldito ordenador central. Nervioso por el tiempo que ya llevaba allí sentado, volvió a teclear con rapidez el apellido de aquel hombre en otra de las unidades. Pasados unos cinco minutos el sistema le dio la respuesta no deseada: «Ningún elemento coincide con el criterio de búsqueda».

—¡Joder! —exclamó con nerviosismo y temiendo ver a Amber acercarse en cualquier momento—. ¿Y si...? Por probar no pierdo nada...

Sin dudarlo, tecleó entonces otro texto muy distinto en el motor de búsqueda: Boeing 767.

Bajo aquel texto empezaron a aparecer decenas de archivos, demasiados para empezar a leer. Tenía que concretar un poco más la búsqueda o no le daría tiempo a revisar todo. Con premura, añadió el nombre de la compañía: Caribean Way. Tras algunos minutos el sistema le arrojó tan sólo un par de archivos: uno que parecía un documento sin mayor trascendencia y fechado mucho tiempo antes del suceso que les ocupaba, y otro de gran tamaño y con fecha posterior al accidente. Lo abrió y ojeó unos instantes su contenido.

—¡Por fin! —dijo suspirando.

Miró su reloj con intranquilidad, Javier y la chica no tardarían en regresar. El hecho de que no pudiesen llevar consigo ningún *pendrive* o disco duro dificultaba su tarea. ¿Y si en vez de leerlo lo imprimía? Pero... ¿dónde estaría la impresora asociada a aquel ordenador? Allí había varias y no tenía ni idea de por cuál de todas ellas saldría el documento. Abrió el menú de impresión y se percató de que había más de ocho terminales para escoger, así que decidió probar suerte con la primera. Sin pensarlo demasiado, le dio a imprimir y trató de guiarse por el ruido que las impresoras hacían. Tras recorrer tres o cuatro pasillos temiendo que alguien leyese aquellos papeles antes de que él llegara, dio con ella.

–¡Tres páginas de setenta y cinco!... ¡Dios!, espero que dé tiempo –exclamó desesperado, temeroso de que alguien lo descubriera allí.

En el bar, Amber miró su reloj.

–Creo que debería regresar al trabajo, aunque quizá... No sé, igual podríamos comer juntos. Lo cierto es que no es sencillo encontrar gente tan agradable e interesante con la que conversar.

–No puedo creer que una mujer tan hermosa tenga problemas para encontrar con quién comer –respondió él perplejo por su respuesta y algo preocupado por si Erik no había tenido suficiente tiempo para sacar todo lo necesario del ordenador.

–Bueno, siempre hay algún cretino dispuesto, pero eso no significa que a mí me interese. La mayoría son lerdos hasta aburrir. Sólo ven en mí una cara bonita y su conversación deja mucho que desear. Tú eres diferente, nada que ver con el resto. ¿Comemos juntos?

Javier sintió que algo en su interior se removía. Aquello no era justo, por primera vez en mucho tiempo había encontrado a una mujer capaz de hacerle sentir vivo de nuevo y sabía que no volvería a verla. Bloqueado por la situación, no supo qué contestar.

–Sí, quizá... –respondió tratando de eludir el tema.

Amber le miró sorprendida y algo molesta, no estaba acostumbrada a que los hombres la rechazasen de aquel modo.

–Perdona si te he molestado –dijo algo contrariada–. Creía que los dos estábamos pasando un rato agradable.

–No, no lo has hecho. De hecho es increíble que una mujer tan... especial quiera comer conmigo, pero...

–¿Entonces? –preguntó ella mientras jugueteaba impaciente con su pelo.

Javier tenía que encontrar una explicación razonable para su respuesta. No quería aceptar aquella invitación y dejarla después plantada. Siempre había sido un caballero, e incluso en aquella situación se negaba a actuar de otra forma. En un intento por justificar lo injustificable, Javier dejó que su verdadera personalidad saliese a la superficie.

–Verás, perdí a mi mujer hace dos años y a mi hija hace tan sólo seis meses. Supongo que me he acostumbrado a estar solo y me he ido encerrando en mí mismo. He perdido la costumbre de conocer gente y dejar que esta entre en mi vida, sobre todo mujeres. No imaginas cuánto hacía que no estaba así de a gusto con alguien. Yo..., no sé, creo que la situación me ha sobrepasado y quizá no he sabido gestionar mi respuesta de la mejor manera...

–Oh, Dios mío, lo siento, yo...

–Tranquila, tú no sabías nada. De hecho no es algo de lo que me guste demasiado hablar. Aunque no lo parezca, las mujeres todavía me intimidáis bastante. No pretendía ofenderte, nada más lejos de mi intención.

–Siento si he sido muy directa, pero tú eres tan distinto

a los hombres que suele haber por aquí. Eres interesante, muy interesante.

–Me lo tomaré como un cumplido –contestó Javier sonriendo y tratando de ganar tiempo.

–Imagino que lo tienes que haber pasado muy mal.

–Sí, lo de María Helena lo había empezado a superar, pero lo de mi hija... Eso no sé si llegaré a superarlo jamás.

–Tal y como te he dicho, yo no estoy casada ni tengo hijos, pero puedo imaginarme... Lo siento de veras.

–Gracias.

–Podemos ser amigos, ¿no? No quiero que te sientas amenazado por mí, prometo portarme bien –añadió con una amplia y deliciosa sonrisa que iluminaba todo su rostro haciéndola, a ojos de Javier, todavía más deseable.

–Por supuesto, estaré encantado de ser amigo de una mujer como tú.

–Me vas a sonrojar.

–No lo creo. Una mujer como tú debe de estar más que acostumbrada a que le digan cosas bonitas.

Amber sonrió nuevamente con dulzura.

–Deberíamos irnos –dijo incorporándose–. Se está haciendo tarde.

–Ya –respondió Javier mirando con disimulo su reloj, preocupado por Erik–. Aunque no me importaría estar un rato más... –añadió tratando de ganar algo más de tiempo por si las moscas.

–No puedo, tengo mucho que hacer.

–¡Lástima!

–Ya habrá más ocasiones. ¿Quieres que te lleve donde Niki?

–No, no, no hace falta. Yo te acompañaré a tu sitio. Desde allí sé ir y me gusta ser un caballero –dijo con nerviosismo.

–Está bien, sólo espero que no te pierdas.

—No lo haré, te lo prometo.

—Y bien, ¿podemos vernos para comer? Sólo como amigos…

—Sí, claro, ¿te paso a buscar sobre la una y media? —dijo Javier, que, desarmado, no podía negarse una vez más. Sintiéndose fatal por el plantón que le iba a dar, accedió a verla a la hora de la comida.

—Perfecto, a la una y media me va bien —contestó ella mientras regresaban hacia su puesto de trabajo.

Disimuladamente, Javier agarró su móvil y, sin que Amber se percatase, envió un mensaje a su compañero avisándole de que iban hacia la mesa. Erik miró el mensaje y suspiró nervioso. Aún quedaban algunas hojas por salir de la impresora. Tomó su móvil y tecleó: «¡¡Necesito cinco minutos más!!».

La cabeza de Javier iba a mil por hora y su corazón parecía quererse salir del pecho. ¿Cómo iba a conseguir esos cinco minutos adicionales que le pedía su compañero? Estaban a punto de llegar al puesto de trabajo de Amber y no se le ocurría nada. En un acto de desespero, y echando mano de toda su creatividad, miró al techo tratando de situar dónde estaban las cámaras de seguridad. Viendo que junto a las máquinas de venta de agua había un punto muerto que, además, quedaba apartado de las miradas ajenas, agarró a Amber de la cintura y, sin pensarlo, la besó como hacía mucho tiempo que no besaba a nadie. Pese a la sorpresa inicial, Amber se dejó llevar por aquella inesperada aunque deseada situación. Cuando por fin sus labios se separaron, Amber miró expectante a Javier aguardando una explicación lógica a aquel súbito y más que agradable cambio de actitud.

—Yo, no sé qué es lo que ha pasado por mi cabeza. Te juro que no suelo actuar así, pero tú…, tú eres distinta, tan perfecta, tan... Siento si me he propasado, siento si he hecho algo que no debía... Yo... Debes de pensar que estoy loco –dijo él balbuceando y sorprendido por haber tenido los redaños de besarla.

Entonces Amber, cuyos ojos negros se clavaban en los de Javier haciéndole perder el poco juicio que aún le quedaba, sin dejarle terminar la frase le sonrió y se abalanzó sobre él abrazándolo y besándolo nuevamente. Javier no podía salir de su asombro, esa increíble mujer parecía sentir exactamente lo mismo que él. Aquello no hacía más que empeorar, pensó. Ahora el trabajo iba a ser suyo para ser capaz de olvidarla, y sabía que debería hacerlo nada más salir de allí. Por otra parte, en su interior un volcán de emociones le hacía sentirse eufórico. Aquel subidón de adrenalina le acababa de recargar a tope las pilas. Sentía que era capaz de cualquier cosa. Si el gallito de su compañero pudiese verle en aquel preciso instante seguro que no iba a dar crédito a sus ojos, pensó.

Unos metros más adelante, Erik recogía estresado las últimas hojas impresas y se apresuraba a desconectar el ordenador de Amber y a borrar con su ropa cualquier huella que hubiese podido dejar sobre el teclado. Nadie debía notar que había estado fisgando en él. Cargado con un fajo de folios, sudando a mares y con los nervios a flor de piel, Erik regresó raudo al cuarto de mantenimiento para esconder todo aquel pliego de papeles dentro de alguna de las cajas que habían llevado. Algo más calmado, esperó sentado sobre el suelo de la habitación a que su amigo regresara. Javier, que tras dejar a Amber en su mesa todavía andaba como en una nube, no se hizo aguardar.

–¿Lo tienes? –dijo al entrar en la habitación.

–Sí, más de setenta hojas con todo lo referente al accidente. Lo he impreso, no tenía tiempo de leerlo en pantalla.

–Perfecto, un documento impreso siempre es mejor.

–Y… ¿qué tal tú con Amber?

Javier se quedó mudo, sus mejillas se sonrojaron levemente y una estúpida sonrisa afloró en su rostro dando a entender más de lo que él quería contar.

–No me digas que te la has ligado… Pero, ¡serás cabronazo! Sólo tenías que entretenerla.

–Creo que me he enamorado.

–¡Pero qué dices! ¿Cómo vas a enamorarte en tres cuartos de hora? ¿Estás tonto o qué?

–Lo que oyes. Es perfecta, y lo peor es que sé que no voy a volverla a ver.

–Más te vale, nos jugamos mucho con esto.

–Lo sé, lo sé.

–Ya veo que eres un romántico sin remedio… ¡Increíble! Yo que te tenía por un aventurero intrépido…

–Bueno, pues seré un romántico pero es lo que siento… Hacía años que no sentía nada así. No te imaginas lo maravillosa que es... ¡Qué mujer!

Erik lo miraba con incredulidad y preocupación. Lo último que necesitaba ahora a su lado era a un loco enamorado.

–Dime, ¿qué sentiste cuando viste a Natalie por primera vez? –preguntó Javier dejando a Erik desarmado.

Este enmudeció y se transportó por unos segundos lejos de allí, recordando como si fuese ayer aquel hormigueo que lo recorrió entero en cuanto la vio. Supo que era ella, la mujer de su vida, desde el primer momento. Durante unos instantes su rostro se iluminó y su mente voló al pasado.

–Ya, pero la situación es distinta…–añadió tratando de hacer que su amigo regresase a la realidad.

–Sí, lo sé, pero no puedo evitar sentir lo que siento.

–Bueno, baja de la nube y concentrémonos en salir de aquí, ¿quieres? Ahora no puedes estar distraído, te necesito con los cinco sentidos en esto.

–Sí, vamos a ello.

–Llevamos más de tres cuartos de hora aquí dentro, así que vamos bien de tiempo, quizá demasiado bien y todo.

–¿Qué quieres decir?

–Que si salimos demasiado pronto también podemos levantar sospechas. No creo que un sistema de refrigeración se repare en tan poco tiempo.

–Entiendo.

–Yo esperaría algunos minutos antes de enviarle el mensaje a Allan para que reactive los sistemas. ¿Te parece?

–De acuerdo –dijo Javier, cuya cabeza seguía absorta pensando en Amber y en el beso que acababan de darse.

–¿Crees que ella siente lo mismo que tú? –preguntó Erik tratando de pasar el rato.

–Nos besamos.

–¿Cómo? ¡Joder con la mosquita muerta!

–Bueno, me pediste cinco minutos y yo...

–Pues vaya con los cinco minutos. No quiero ni pensar que hubieses hecho si te llego a pedir diez.

Javier no pudo evitar reír tras aquel comentario.

–No me extraña que ahora estés en el limbo –añadió sonriendo–. La verdad es que la chica lo merece.

–Ya te digo... Por cierto, ¿y si nos revisan al salir? –se planteó Javier regresando a la realidad.

Erik lo miró horrorizado, dándose cuenta de lo sensato de aquella apreciación. Lo cierto es que no había pensado en esa opción y era a todas luces factible. Al igual que al entrar, lo lógico es que la seguridad del Área volviese a revisar todas sus pertenencias antes de dejarles marchar.

–¿Qué hacemos? –preguntó Erik.

–Coge la mitad de los papeles y hazles fotos con tu móvil; yo haré lo mismo con la otra mitad. Luego nos desharemos de los documentos. Creo que será lo más práctico, ¿no? –respondió Javier tratando de ser resolutivo.

–Buena idea.

–No se me ocurre nada mejor.

Sin perder tiempo, ambos se pusieron manos a la obra; ahora ya nos les iba a sobrar tanto tiempo, sino que corrían el riesgo de retrasarse más de lo convenido. Algo estresados, dispusieron los papeles en un par de pilas sobre el suelo. Ambos empezaron a hacer fotografías sin parar; aquello les iba a llevar un rato.

Tras más de veinte minutos, y una vez terminaron, Javier tomó el pliego de papeles y, saliendo de la sala con discreción, buscó una de aquellas papeleras con destructor de documentos incorporado. Era previsible que en aquel lugar hubiese varias. Tras recorrer un par de pasillos dio con una de ellas. Con paciencia, fue introduciendo uno a uno todos los folios.

Mientras estaba allí, un militar se levantó de una de las mesas cercanas y se aproximó a él generando en Javier un nuevo ataque de pánico. Erik, que miraba la escena desde la lejanía y que sabía que su compañero no era precisamente un buen actor, cerró los ojos temiéndose lo peor. Llevándose la mano a la cara, empezó a hiperventilar al pensar que habían sido descubiertos.

–¿Tienes para mucho? –dijo aquel joven y robusto militar–. Lo digo porque si va para largo vuelvo más tarde. Tengo que destruir unos cuantos formularios, aunque tampoco me corre excesiva prisa.

–No, tranquilo, enseguida termino, no me queda mucho –respondió Javier con voz temblorosa, aliviado al darse cuenta de que no estaban en peligro–. En unos cincos minutos te dejo la máquina libre –añadió, sintiendo que le temblaba todo el cuerpo.

–¿Te encuentras bien? –le preguntó el hombre al ver cómo el rostro de Javier palidecía por instantes.

–Sí, sí, estoy bien –contestó este tratando de aparentar normalidad–. Es sólo que hace bastante calor aquí dentro.

–Sí, por lo visto se ha estropeado el aire acondicionado; no creo que tarden mucho en solventarlo –dijo el muchacho tratando de ser simpático mientras esperaba a que terminase.

Javier sonrió de forma forzada sin dejar de invocar a todos los santos para terminar con aquello cuanto antes. En cuanto acabó de destruir los documentos se despidió y regresó a la habitación. Erik, que todavía no se había recuperado del susto, le miró con la expresión descompuesta.

–Si no me ha dado un desmayo hoy no me da en la vida –exclamó suspirando–.Pensaba que no salíamos de esta, sobre todo cuando te he visto la expresión. Espero que nunca se te ocurra meterte a actor, serías pésimo.

Javier encogió los hombros y sonrió. Luego miró su reloj y algo nervioso espetó:

–Vamos muy justos de tiempo, o aceleramos o nos pillan con el carrito del helado.

–¿Con el qué? –exclamó un sorprendido Erik.

–Nada, una expresión muy de mi tierra. Anda, vámonos.

Ahora tenían que correr y salir cuanto antes de allí si no querían arriesgarse a que Allan diese la voz de alerta. Apenas les quedaban diez minutos para cumplir con las dos horas y media que habían pactado y todavía tenían que llegar a la salida.

Capítulo 14
De vuelta en Las Vegas

Una vez lo recogieron todo, Erik mandó el mensaje a Allan para que reactivase el sistema de refrigeración. Algo más tranquilos, aunque todavía alerta, se dispusieron a salir del Área. Cogieron las cajas de herramientas y se acercaron a la salida del edificio, donde el guardia de seguridad ya les estaba esperando. Tal y como habían sospechado, aquel militar no dudó en abrir todas sus pertenencias y revisar con cuidado que no hubiese nada fuera de lo normal. De haberse llevado las hojas ahora tendrían serios problemas.

De vuelta en la furgoneta respiraron aliviados; todo parecía haber salido bien. Ahora sólo quedaba dejar atrás el recinto y liberar a los dos operarios. Aunque, pensándolo mejor, aquello les podía suponer un problema, ya que todas las alarmas iban a saltar en cuanto aquellos hombres denunciasen el secuestro. Quizá lo más inteligente fuera no soltarlos y abandonar la furgoneta cerca del pueblo, con una nota dando la localización exacta de aquellos hombres. Cuando los echaran de menos y hallasen la furgoneta abandonada podrían encontrarlos con facilidad. De esta forma, ellos tendrían tiempo más que suficiente para huir del lugar sin que nadie los relacionara, *a priori*, con el caso.

Así que, justo antes de entrar en el pueblo, dejaron el vehículo aparcado en el arcén de la carretera y ambos se dirigieron dando un sofocante paseo hasta el motel.

–Cuando lleguemos al hotel entraremos en el ordenador que hay en el bar y cerraremos los vuelos –dijo Javier, que ya estaba ansioso por marcharse de aquel lugar.

Con el fin de poder analizar toda la documentación conjuntamente, Erik había accedido a volar a México con Javier. En México, además, se aseguraban de que, en caso de ser descubiertos antes de poder hallar todas las respuestas, al gobierno americano no le fuese tan sencillo ir a por ellos. Si volvía a Nueva York, Erik podía ser una presa fácil.

–Sólo espero que queden plazas en el vuelo a México del mediodía, no me gustaría tener que esperar –apuntó Erik.

–De no haber plazas, yo volaría al primer destino disponible fuera de Estados Unidos y luego, una vez lejos del país, ya buscaríamos un vuelo de conexión.

En cuanto llegaron al hotel, y tras realizar el *check out*, se pusieron frente al ordenador. Por suerte, el vuelo del mediodía no estaba todavía completo y pudieron realizar sus reservas sin ningún problema antes de coger el coche de vuelta a la ciudad. Ahora tenían por delante dos largas horas de viaje por carretera y luego el vuelo de regreso desde Las Vegas.

–¿Crees que tardarán mucho en atar cabos? –preguntó Erik a Javier, que, atento, no quitaba ojo al asfalto.

–Espero que sí, sobre todo porque tampoco puedo correr demasiado. Ya sabes que, aunque esto parezca desierto, cuando superas la velocidad máxima aparecen polis incluso debajo de las piedras.

–Es cierto. Espero que nos dé tiempo a tomar el avión antes de que se enteren de lo que hemos hecho.

–Necesitamos revisar toda la documentación cuanto antes. Seguro que en ella hallamos la forma de que no puedan hacernos nada.

–En cuanto lleguemos a México pasaremos todo a un ordenador –propuso Erik.

–Si todavía tuviésemos nuestros portátiles podríamos revisarlo todo o una gran parte en el mismo avión. Ganaríamos mucho tiempo, ¿no crees?

–Bien, en los aeropuertos venden de todo. Quizá podamos comprar algo no muy caro que nos permita leerlo casi todo a bordo.

–Querrás decir que quizá puedas, ¿no? Yo ya he consumido mi presupuesto mensual hace días.

–Lo sé –respondió Erik consciente de las limitaciones económicas de su amigo.

–¿Y si nos esperan en la agencia de alquiler de coches?

–No seas paranoico. Además, si no devolvemos el coche sí que es más que probable que nos relacionen con lo sucedido. Por el momento, de tener algo, como mucho tendrán meras conjeturas. ¿Por qué iban a relacionarnos con el secuestro de esos dos operarios?

–Supongo que tienes razón.

–Piénsalo bien. Primero tienen que echar en falta la furgoneta, encontrarla y dar con los operarios para averiguar lo ocurrido. Cuando estos relaten lo que pasó, no podrán dar datos de nuestras caras, y sólo entonces los de la base empezarán a sospechar qué fue lo que hicimos allí dentro. Sólo la gente del Área vio nuestras caras, y tardarán bastante en hacer un retrato robot. Luego las autoridades tendrán que averiguar a quién corresponden esos retratos y sí, acabarán en el motel donde seguramente averiguarán nuestro nombres, pero… ¿cuánto tiempo crees que durará ese proceso? Muchas horas.

–Cierto –respondió Javier, que, absorto, trataba de imaginar cuál sería la reacción de Amber al averiguar su verdadera identidad y lo que había hecho.

–Para entonces ya estaremos en México tomándonos unos margaritas.

Javier sonrió, aunque no podía sacarse sus miedos ni a Amber de la cabeza.

–Recuérdame al llegar que contacte con Stew, el compañero de trabajo que está haciendo mis guardias. Tendré que pedirle que me cubra algunos días más si no quiero terminar en el paro.

–¿Qué crees que pensará Amber? –dijo Javier, que seguía enfrascado en su propio mundo.

–¡Y qué más te da lo que piense! Despierta, amigo, a ella le importas un comino.

Javier suspiró con sentimiento de pérdida y resignación. Lo cierto es que no iba a volverla a ver.

–Deberíamos repostar gasolina antes de devolver el coche –comentó.

–Pararemos al llegar a Las Vegas, en las gasolineras del camino es más sencillo que se fijen en nosotros. No creo que tengan muchos clientes a lo largo del día.

–Tienes razón.

Tras dos aburridas horas de camino, aquel cartel ochentero de Las Vegas les dio la bienvenida. Ahora sólo quedaba repostar y devolver el coche en la agencia del mismo aeropuerto. Su vuelo salía a las tres y cuarto de la tarde, así que no tendrían que esperar demasiado para embarcar. El poco tiempo que les quedaba lo emplearían en buscar algún dispositivo con el que empezar a leer toda la documentación que habían fotografiado en la base. Lo cierto era que a ambos les corroía la curiosidad por saber qué contenían los misteriosos papeles. Sólo esperaban que toda aquella aventura hubiese valido la pena.

–Espero que no nos detengan en el control de seguridad o justo antes de subir al avión –dijo Javier, que no acababa de sentirse seguro.

–Si nos tuviesen identificados ya nos habrían detenido en facturación, ¿no crees? Anda, cálmate un poco, en estas situaciones es importante no parecer nervioso. Al final harás que nos detengan pensando que llevas algo ilegal encima.

–Lo siento, pero estoy algo nervioso. No sé cómo lidiar con esta situación.

–¿Acaso crees que yo sí? ¡Ni que me dedicase a secuestrar gente y robar información secreta cada semana!

–Será que soportas mejor el estrés.

Como ya era habitual en Las Vegas, las largas colas de turistas que esperaban para pasar el control se tornaban desesperantes. En cuanto lograron pasarlo, Erik se dirigió sin perder tiempo a la primera tienda de electrónica que vio. Era factible que allí pudiese hallar algún soporte válido para cargar los documentos. Al final, y tras revisar todas las tiendas de la terminal, Erik optó por comprar una *tablet* compatible con el teléfono.

* * *

–Habrá que cargarla antes de embarcar –dijo al salir de la tienda.

–Creo que allí delante hay un punto wifi. Imagino que la podremos conectar.

A falta de cinco minutos para entrar en el avión la *tablet* ya estaba casi al cien por cien de carga.

–En cuanto subamos traspasaremos los archivos –anticipó Javier, ansioso por empezar a leer.

–¿Qué crees que encontraremos?

–Espero que lo suficiente como para hacer justicia o, al menos, salvar nuestros culos.

–No sé si eso será tan sencillo; sospecho que hay gente importante en el ajo. Lo del avión es muy grave, Javier, y es posible que haya implicados a los que no les gustaría salir en las portadas acusados de un crimen como ese.

–Habrá que buscar la forma. No hemos llegado hasta aquí para pasarnos la vida huyendo.

Una vez sentados en el avión, y tras el despegue, Erik conectó su móvil y traspasó los documentos que él había fotografiado; después hizo lo propio con el móvil de Javier. Con los datos ya transferidos, ambos se dispusieron a leer.

El documento contenía gran cantidad de datos técnicos que incluso Erik a duras penas terminaba de entender. El informe empezaba describiendo el avión y dando todos los datos de vuelo. Sólo empezar quedaba claro que, tal y como Jason le dijo a Erik, el avión siniestrado era en realidad un Boeing 767, y no un Boeing 747. Después, se adjuntaba una lista con todo el pasaje y tripulación a bordo del vuelo, donde se podía leer el nombre de Tom Evanson. A partir de ese punto empezaba el relato de la historia, de la real, y no de aquella mentira que les habían hecho creer. Todas sus sospechas iban cobrando, página tras página, mayor veracidad, todos sus miedos parecían hacerse aún más reales. No había duda alguna de que el virus había salido del Área 51. Alguien, de cuya identidad aún no sabían suficiente, había sido el responsable de que aquella amenaza hubiera traspasado los límites del área establecida…

Debían de estar sobre la cuarta parte del documento cuando el avión empezó a descender y la azafata les indicó que debían apagar el dispositivo. Tendrían que esperar a llegar a casa de Javier para proseguir con aquella reveladora lectura. Ansiosos por llegar y seguir leyendo el documento, tras desembarcar y recoger el equipaje, ambos salieron del aeropuerto para buscar un taxi.

Javier suspiró aliviado al ver de nuevo las calles de su ciudad.

–Debo confesar que por un momento pensé que no volvería a ver esto –dijo con emoción contenida.

Tras aquella aventura, la ciudad de la que tantas veces había renegado le parecía especialmente hermosa. Tomaron un taxi en dirección a su casa y de camino Javier se recreó la vista descubriendo otra vez los barrios que en innumerables ocasiones había recorrido. Aunque la noche ya había caído sobre sus calles, admirar las siluetas de los viejos edificios que, iluminados por las farolas, creaban imágenes casi fantasmagóricas, le hacía sentir en casa. Sus gentes, sus plazas, incluso la pobreza que seguía invadiendo las esquinas de algunas zonas le parecían particularmente bellas. Era evidente que, pese a todo lo acontecido, seguía queriendo aquella tierra tanto o más que a la suya propia.

Por su parte, Erik, que tan sólo había estado una vez hacía muchos años en la capital mexicana, recordaba algunas zonas e iba descubriendo los muchos cambios que el tiempo y la mano del hombre habían obrado allí.

–Creo que es una de las ciudades con mayores contrastes sociales y mayor corrupción que conozco –exclamó.

–Es posible, pero también es una de la ciudades más hermosas y acogedoras en las que he vivido –puntualizó Javier, que adoraba las tradiciones, la comida y la simpatía de sus gentes.

–¿Cuántos años llevas aquí?

–Quince. Vine a dar una conferencia, conocí a mi mujer y ya no regresé.

–Bonita historia.

–Sí, sin lugar a dudas lo fue –respondió él con una cierta tristeza recordando todo lo que había tenido y todo lo que la vida le había arrebatado–. Jamás hubiese imaginado que acabaría viviendo aquí, y menos casándome con una mexicana.

–Y después de esto, ¿piensas seguir aquí? Quiero decir que tus raíces con esta tierra ya no son las que eran.

–Eso es cierto, y no te negaré que en algunos momentos la idea de volver a España ha pasado por mi imaginación. Pero esta ciudad se ha convertido ya en mi casa, en mi hogar…, creo que no sabría vivir fuera de aquí.

Su casa no era muy grande ni tenía demasiados lujos, pero estaba ubicada en una de las mejores zonas de la ciudad, cerca del famoso mercado rosa, en la calle Hamburgo. Destinó a su compra todos sus ahorros y parte de los de su mujer; sabía que estaba haciendo una buena inversión. Aunque la gente más rica solía vivir en urbanizaciones cerradas, aquella parte de la ciudad también era bastante segura. Cuando compraron la vivienda tuvieron que reformarla entera, pero el buen gusto de María Helena convirtió aquellos escasos ochenta metros en un hogar acogedor donde criar a su hija. Aquellas paredes de suave color melocotón combinaban de forma armónica con los tostados suelos de madera de cerezo. Era obvio que la gama cromática de aquella estancia no había sido dejada al azar, sino pensada para generar un ambiente cálido y acogedor.

–Bonita casa –dijo Erik al entrar–. Todavía se nota la mano femenina.

–Es que no quise cambiar nada, todo sigue igual que cuando ella se fue.

–Debiste de quererla mucho.

Javier asintió con la cabeza haciendo aquella extraña mueca con los labios que solía hacer cuando no quería llorar. Aunque ya hacía dos años desde que su mujer se fue, todo lo acontecido durante los últimos días había removido sus recuerdos haciéndolo especialmente vulnerable.

Entraron en el salón y, tras encender las luces, Javier subió la persiana y abrió el balcón de par en par para ventilar un poco la casa. El calor se había acumulado en el interior durante aquellos días.

–Pongámonos cómodos, deshagamos el equipaje y después seguiremos con esto –propuso Javier mientras le ofrecía a Erik la habitación de su hija.

Con cuidado, apretó la ropa de la pequeña en el armario para ceder espacio a su compañero. Luego, retiró algunas prendas de los estantes agrupándolas en otros para que Erik pudiese poner sus cosas. Mientras, este contenía incómodo la respiración sabiendo que para Javier no debía de ser fácil dejar que alguien durmiese en aquel lugar. Sin dudarlo, decidió interrumpir aquella dura y a su parecer innecesaria escena.

–Puedo dormir en el sofá del salón, no hace falta que toques esto por mí.

–Debo hacerlo, cuanto antes me haga a la idea mejor. Ella no va a volver, ahora tengo la certeza –puntualizó roto de dolor, aunque tratando de contener las lágrimas.

–Tú mandas –dijo Erik apoyando su mano en el hombro del desolado padre.

Aquel hermoso cuarto de paredes malvas estaba tal y como ella lo había dejado. Sus dibujos y las fotos con sus amigas todavía seguían colgados en el corcho de la pared, sobre la cama. En el escritorio todas sus cosas permanecían tal y como Melanie las había dejado justo antes de partir. Sobre su cama, junto a la almohada, descansaban aquel par de peluches que a buen seguro la habían acompañado durante su corta vida.

Erik bajó la cabeza algo afectado por la situación y trató de no decir nada más durante un rato. Sabía que Javier necesitaba tiempo para recuperar la serenidad.

–En cuanto deshagas el equipaje y te pongas cómodo podemos seguir con esto –añadió Javier cerrando la puerta de la habitación a su espalda.

–Perfecto –contestó Erik mientras se sentaba en la cama sintiéndose profundamente apenado.

Apoyado tras la puerta, Javier se dejó caer al suelo y rompió a llorar.

Capítulo 15
Un informe revelador

Mientras Erik se ponía cómodo, Javier, que había dejado su bolsa sin deshacer en la habitación y tan sólo se había puesto unas zapatillas, encendió su ordenador. Cuanto antes se pusiesen con aquello antes podrían pasar página.

Erik no tardó demasiado en salir del cuarto. Sorprendido por la celeridad de su compañero, se afanó en coger la *tablet* de su habitación.

–Aquí tienes –le dijo alcanzándole la tableta para que pudiese traspasar los documentos al ordenador.

–No creo que tarde mucho, este bicho es bastante rápido –respondió Javier mientras lo conectaba.

En cuanto hubo cargado el documento, y pese al cansancio del viaje, ambos se sentaron y prosiguieron la lectura desde el punto exacto donde lo habían dejado; les esperaba una noche muy larga.

A medida que iban avanzando el contenido de aquel informe se iba tornando más duro, tanto, que de vez en cuando uno u otro necesitaban parar, secarse las lágrimas y tomar aire para proseguir. No les cabía en la cabeza cómo aquella gente, que eran padres, hermanos o hijos de alguien, habían tenido las agallas y el estómago para cargarse a unos doscientos inocentes de aquella forma. La descripción de los hechos era tan cruenta, tan desgarradora, que Javier no pudo evitar acabar vomitando lo poco que tenía en su estómago. Habían provocado un aterrizaje forzoso, los pasajeros habían sobrevivido en su mayoría, asustados en medio de la selva…, sólo para que poco después una unidad secreta norteamericana acabará con todos ellos a sangre fría y organizara todo aquel montaje a ojos del mundo.

–¡Hijos de puta! –exclamaba Javier una y otra vez lleno de dolor y rabia.

Mientras, Erik, que parecía estar en estado de *shock*, sacudía su cabeza de lado a lado tratando de negar aquella barbarie.

–¡Todo por un error, un absurdo error de seguridad! –clamaba Erik fuera de sí.

–¿Acaso no podrían haber pensado otra solución? –se preguntaba Javier sin dar crédito a aquella terrible lectura.

Lo peor de todo, lo que más les dolía, era observar con qué frialdad se hablaba de los hechos y de la escena. Aquellas descripciones bien podrían haber sido extraídas de algún documento de un campo de exterminio nazi. El desprecio que allí se mostraba por la vida ajena era tan grande, el relato era tan inhumano que era difícil no romperse al leerlo. Nadie merecía morir así.

Mientras las horas avanzaban en el reloj, cada nueva información que ambos leían era, si cabe, todavía peor que la anterior.

–Creo que deberíamos hacer una pausa y cenar algo. Es tarde, y porque esperemos un día más no va a pasar nada. Yo estoy agotado –dijo un abatido Erik entre bostezos.

–Está bien –respondió Javier, que tampoco podía con su alma.

–Lo más importante ya lo hemos leído. Y no puedo más, por hoy ya es suficiente.

–Es cierto. ¿Te parece si pedimos una pizza? Tengo la nevera casi vacía –dijo Javier mientras tomaba el teléfono para encargar la cena.

–Perfecto.

Ya no era únicamente el cansancio del viaje, sino el agotamiento psicológico que les estaba suponiendo todo aquello. Reventado, y tras colgar el inalámbrico, Javier se sentó en el sofá tratando de reflexionar acerca de lo leído con su amigo.

–¿Por qué la humanidad es tan rebuscada? ¿Por qué nos empeñamos en destruir en vez de construir? –exclamó Javier.

–En realidad siempre ha habido rumores de este tipo, pero nunca nadie ha podido probar nada. Creación de virus y de armas biológicas, manipulación de la opinión pública, campañas hechas de mentiras, y todo por interés, sin importar para nada las consecuencias, las vidas humanas en juego.

–En otra situación hubiese dado una fortuna por saber lo que acabamos de leer en ese informe; ahora sólo deseo que alguien pague por ello.

–Te creo. Entiendo que para un periodista vinculado a un medio de comunicación una noticia así es la bomba.

–Bueno, incluso sin tener pruebas, en más de una ocasión se han barajado hipótesis como esta.

Pensativo, Javier miró por la ventana dejando que su pensamiento volara lejos de allí, como tratando de buscar un poco de sosiego. Tras algunos minutos retomó la conversación.

–Si no te importa, voy a llamar a Daniel.

–¿Daniel?

–Sí, el director del programa de radio en el que colaboro y un gran amigo.

–¿Crees que es buena idea hablar de esto con alguien más? –dijo Erik, algo reticente a compartir aquella información con personas desconocidas.

–Él está conmigo en esto desde el principio, y además…, al igual que Jason, está al corriente de todo. No te preocupes, es de confianza, como si fuese de la familia. Y en estos momentos necesitamos manos amigas.

–De acuerdo, llámale.

Javier tomó de nuevo el teléfono y marcó el número de la casa de Daniel. Su respuesta no se hizo esperar.

–¿Bueno?

–¿Daniel?

–Sí, soy yo. ¿Javier?

–Sí, ya estoy en casa, he llegado esta tarde.

–¡Qué alegría oírte! ¿Cómo fue todo, güey?

–Bien, pero me gustaría que vinieses a casa un rato. Hay algo importante que te querría comentar y no puedo hacerlo por teléfono, es delicado.

–Voy ahora mismito –dijo sin pedirle más explicaciones y colgando casi en el acto.

Aunque Daniel no vivía en el centro de la ciudad, apenas tardó veinte minutos en cruzarla y presentarse en casa de Javier. En cuanto entró, ambos se fundieron en un emotivo abrazo y Javier, sin poder evitarlo, rompió a llorar como si de un niño pequeño se tratase. Con Daniel era todo más fácil, era como estar de nuevo en casa, y en ese instante era lo que más falta podía hacerle. De pronto, muchos de los sentimientos contenidos durante su periplo afloraron sin control alguno liberando su pecho de la angustia que sentía. Durante algunos minutos tan sólo se oyeron sus llantos desgarrados.

Erik, que observaba la escena sobrecogido y con los ojos llorosos, se sentó en el sofá y esperó con paciencia a que Javier se tranquilizara.

Cuando por fin consiguió serenarse, Javier presentó a Erik y a Daniel.

–Así que también tenía familia en el maldito avión –dijo Daniel, que justo acababa de saber la relación entre Erik y Javier.

–Sí, Natalie, mi mujer, era azafata en aquel vuelo.

–¿Y qué han averiguado? –preguntó Daniel, sabiendo que aquello era tan sólo la punta del iceberg.

–Espero que no tengas prisa –dijo Javier preparándole para todo lo que se le venía encima mientras sacaba una cerveza de la nevera–. Voy a llamar antes al de las pizzas para que nos traiga una más.

–¿Y bien? –insistió Daniel en cuanto Javier hubo colgado.

Sentados en los sofás del salón, Javier y Erik empezaron a contarle toda su aventura desde el principio. Mientras lo hacían, el repartidor llegó y les dejó la cena. Pasó casi una hora antes de que terminasen de contar toda la historia. Daniel, perplejo, no salía de su asombro.

–¡Pero están locos! –exclamó asustado por aquella narración–. Pueden venir a por ustedes en cualquier momento. Esa gente no se anda con chiquitas.

–Pues aún te queda lo peor –añadió Javier.

–¿Hay más? –El rostro de Daniel reflejaba la tensión que le provocaba todo lo que le estaban revelando.

–Sí, claro, el informe –apuntó Erik.

–No sé si quiero saber qué es lo que pone en ese informe.

–Sí que quieres, por supuesto que vas a querer –dijo Javier, que sabía que Daniel, como buen periodista, mataría por dar una noticia así en la emisora.

Daniel le miró extrañado sin entender la seguridad de aquella afirmación.

–Voy a ahorrarte los detalles más escabrosos e innecesarios de este documento, pero sí te diré que en esos papeles está la confirmación de algo que siempre se ha sospechado.

–¿De qué? –dijo Daniel con impaciencia.

–De que en el Área 51 se experimenta con virus humanos y animales con el fin de crear armas bacteriológicas. Es más, se afirma de forma explícita que tanto el VIH como el ébola fueron fruto de pruebas de laboratorio.

–Para ser más exactos, se certifica que, por ejemplo, el VIH fue desarrollado a partir del SIV de los simios, un virus muy similar, con el fin de expandirlo en una región de África y así poder testarlo como futura arma biológica –añadió Erik.

–Sólo que cometieron tres grandes errores: no aislar la zona de pruebas, no desarrollar un antídoto y no contar con que algo así viajase a América.

Daniel, que se hallaba a mitad de beber un trago de cerveza, comenzó a toser y escupió, sin querer, una parte sobre el suelo. Con los ojos llorosos tras haberse atragantado, les miraba atónito.

–¿Cómo? –preguntó impactado.

–Lo que oyes –afirmó Javier.

–Y algo parecido ocurrió con el ébola. Sólo que en ese caso su propagación se debió a un error de seguridad. Alguien de la base se infectó por accidente y se llevó el virus a casa. El que se vendiese que su origen fuera también africano fue un bulo, una cortina de humo –apuntó Erik.

–Pero entonces, ¿estáis diciendo que la causa del accidente del avión es un virus de laboratorio?

–Efectivamente. Resulta que en el Área 51 estaban experimentando con distintos compuestos sobre un pobre mendigo al que denominaban «sujeto alfa 644». En este caso la intención de esos experimentos era crear un nuevo virus con el fin de controlar la sobrepoblación mundial –prosiguió Javier.

–¡La reconcha! ¿Estáis diciendo que los norteamericanos están jugando a ser Dios?

–Más o menos. De hecho, en el informe hacen referencia a las plagas históricas cómo fórmula para equilibrar de forma periódica la población mundial. Está claro que con los avances de la medicina epidemias como la peste o la gripe española han desaparecido. Esto ha llevado a que en algunas zonas del planeta la sobrepoblación haya adquirido cuotas preocupantes. Y, claro, nuestro planeta posee recursos limitados...

–¿Sabes que lo que me estáis contando podría ser la noticia más importante de los últimos años? ¡Esto es gravísimo!

–¿Te imaginas las consecuencias mundiales de hacer público algo así? –le dijo Javier.

–Sabes que no dejarán que esa información se filtre, ¿no?

–Lo sé, pero aún hay más...

–¿Más?

–Desgraciadamente sí. En el Área había un topo, un militar infiltrado de algún país de Oriente Medio, según las deducciones posteriores que constan en el informe. En el documento no se especifica cuál era su misión exacta dentro, pero con seguridad no tenía nada que ver con el sujeto alfa 644. Sin embargo, cuando este individuo fue descubierto, en su intento por huir impune tomó uno de esos frascos, los que contenían el virus, amenazando con usarlo primero sobre el personal de la base y después sobre la población civil, si no le dejaban escapar –añadió Javier.

–Creo que ya veo a dónde vas...

Javier asintió con la cabeza.

–El hombre llegó al aeropuerto y, desesperado, subió al primer avión internacional que pudo, que, para nuestra desgracia, fue el que hacía escala en México, en el que viajaba Natalie y al que subiría dos horas después Melanie.

–Mierda…

–Podría haber sido cualquier otro avión, pero el destino quiso que tomase ese –apuntó Erik.

–Pudo no haber pasado nada –dijo Javier retomando el hilo–. Pero la CIA tomó cartas en el asunto y, en cuanto supo en qué avión había montado el sujeto, habló con el piloto sobre la presencia del pasajero Tom Evanson. En ese momento el avión ya había dejado el aeropuerto de México.

–Está claro que al piloto nunca le dijeron que ese hombre llevaba encima una sustancia tan peligrosa, sólo le dijeron que trataran de controlarlo, de vigilarlo, sobre todo cuando el avión tomase tierra –dijo Erik–. Que le estarían esperando en el aeropuerto de destino. Ese fue el primer error…

–Tom Evanson se percató enseguida, al ver un cierto ajetreo entre la tripulación, de que algo extraño ocurría, y al sentirse acorralado hizo lo que había prometido: vertió el contenido de aquel recipiente sobre el pasaje, infectándolos a todos –concluyó Javier–. Si le hubiesen contado la verdad al piloto quizás hubiesen ido con más tiento.

–¡Dios mío! –exclamó Daniel, que, estremecido, no salía de su asombro.

–El segundo y el peor de los errores fue comunicar lo ocurrido a tierra. Inmediatamente saltaron todas las alarmas sanitarias y se ordenó al piloto que aterrizase la nave en mitad de la selva por seguridad –prosiguió Javier–. En cuanto los ocupantes bajaron del aparato los estaban esperando. Los cosieron a tiros, a todos… Sin excepción. No querían asumir riesgos ni que aquello pudiese llegar a la opinión pública.

Daniel respiró hondo, muy afectado por aquella narración. Todo, absolutamente todo parecía sacado de una película.

–Hay que tener sangre fría para matar así a civiles inocentes –exclamó horrorizado.

–Después de eso, y con el fin de neutralizar el virus, incineraron los cuerpos y los enterraron a unos tres o cuatro kilómetros del lugar del suceso, en mitad de la selva. Por lo visto, el fuego a altas temperaturas es lo único que puede eliminar la toxicidad del virus –aclaró Erik.

–Ahora nos toca analizar qué hacer con todo esto y cómo utilizarlo. Si queremos salir vivos y traernos a Melanie y a Natalie de vuelta a casa, tendremos que ser más inteligentes y rápidos que ellos –dijo Javier.

Pensativos, los tres se miraron sin saber por dónde empezar.

–Digo yo que en esta situación tan sólo caben dos posibles alternativas. Hacer el tema público o guardarlo en secreto, ¿no? –concretó Daniel.

–En el primer caso pueden ocurrir muchas cosas. La más sencilla es que nos desacrediten y que, más adelante, terminemos entre rejas o muertos –contestó Erik–. Esa hipótesis no contiene ningún seguro para nuestras vidas, sólo un intento por buscar justicia.

–Pero tampoco veo que la segunda pueda ofrecernos esa tranquilidad –exclamó Javier–. El hacer algo público en cierto modo también te protege… Cuando mucha gente sabe algo es difícil pararlo, ¿no crees?

–Sí, pero puede que la segunda os ofrezca mayor seguridad –matizó Daniel–. El tema sería negociar con ellos las condiciones bajo las cuales esa información jamás sería desvelada. No es un camino fácil pero puede ser efectivo.

Los tres meditaron durante algunos minutos cómo lidiar con aquella compleja tesitura.

–Se me ocurre algo –dijo Javier rompiendo el silencio.

Daniel y Erik lo miraron con expectación.

–Podríamos dejar preparadas tantas copias del documento y de nuestras fotografías y vídeos como víctimas hubo. Todas ellas preparadas para ser enviadas informáticamente a las familias, a los principales medios de comunicación y, quizá, hasta a otros gobiernos. Después, deberíamos elaborar un sistema según el cual, si tú o yo no activamos al menos una vez por semana una clave de seguridad, se ejecute de forma inmediata el envío a todos los afectados.

–Imagino que con una sola copia habría bastante. Se podría almacenar esa copia en un servidor seguro, al que sólo se podría acceder mediante una contraseña –añadió Daniel, que se manejaba mejor que Javier en lo que al tema informático se refería–. Sólo haría falta enviar un *link* por correo electrónico a esa gente para que se pudiesen descargar el archivo.

Erik miró con satisfacción a Daniel y a Javier. Aquello sonaba bastante bien.

–Pero este plan tiene un problema –dijo Daniel.

–¿Cuál? –preguntó Erik.

–¿Cómo pensáis conseguir todas esas direcciones electrónicas? –puntualizó, desconociendo por completo los contactos que Erik tenía en la FAA.

–Eso es pan comido, créeme. Este hombre está muy bien relacionado –exclamó Javier sonriendo, refiriéndose a su compañero de fatigas.

–A cambio de no realizar el envío, ellos deberían comprometerse a que no nos pasase nunca nada, a indemnizar a todas las familias afectadas y a devolvernos los cuerpos de Melanie y Natalie –concluyó Erik.

–Bien, yo no lo hubiese dicho mejor –comentó Javier, que empezaba a ver algo de luz en aquel oscuro túnel en el que se habían metido.

–¡Pues manos a la obra! –exclamó Erik.

–Creo que Rodrigo, el compañero de piso de Emilio, podría ayudarnos con esto –dijo Javier mirando a Daniel.

–Sí, tienes razón, ese chico sabe mucho de ordenadores y te tiene un gran aprecio –terció Daniel, que conocía bien al muchacho.

–Ahora mismito le llamo. Ojalá que pueda pasarse por aquí mañana por la mañana como tarde.

Pese a que ambos sabían que esa era la mejor opción, en su interior la necesidad de hacer justicia seguía atormentándoles y, posiblemente, lo hiciese durante el resto de sus vidas. Aquello no dejaba de ser un parche, una solución intermedia, pero casi seguro era la única opción plausible.

Capítulo 16
A contrarreloj

Aquello iba a ser una carrera contra los elementos y lo sabían. La noche había sido muy larga, y, aunque tras la marcha de Daniel habían intentado dormir algunas horas, el cansancio y la luz del sol hacían que las cosas se viesen todavía más apremiantes que la noche anterior. La claridad de la mañana, que entraba directamente por la ventana de la habitación, ineludible, despertó a Javier sobre las nueve menos cuarto. Erik ya llevaba un rato deambulando por el salón; le había costado mucho dormir de un tirón. En aquel momento ya era previsible que todo el mundo en el Área 51 supiese de su existencia. Su vida corría peligro y dormir a pierna suelta no le parecía la mejor alternativa.

Erik, que ni tan siquiera había desayunado, esperaba nervioso frente al ordenador de Javier a que Jason le pasase todos los datos de las víctimas del vuelo. Le había despertado nada más levantarse; el tema lo justificaba.

–Si van a por vosotros pueden acabar llegando hasta mí, ¿lo sabes, no? –le había dicho Jason al finalizar aquella llamada telefónica.

Aun así, Jason estaba dispuesto a ayudarles y Erik le prometió incluirlo en el acuerdo al que llegasen. Tras más de media hora de larga espera el *email* llegó.

–Lo tenemos –exclamó Erik.

Javier, que todavía se estaba desperezando, respondió sin casi abrir los ojos.

–¿Tenemos el qué?

–La lista con el pasaje, sus direcciones, correos…

–¿Cuánto hace que estás despierto? ¿Y si nos tomamos antes un café?

–No hay tiempo.

–Está bien –dijo Javier abandonando de golpe aquel estado de letargo–. Pásalo a la *tablet* cuanto antes, no sea que nos intervengan el ordenador y todo desaparezca en un abrir y cerrar de ojos.

–Enseguida –respondió Erik mientras sonaba el timbre de la puerta.

–Ahí llega el experto informático del que te hablé –dijo Javier, que, sorprendido por la hora, miró su reloj mientras se acercaba a abrir la puerta–. Está visto que hoy no desayunamos.

Un hombrecillo algo escuálido, con pinta de genio loco, de cabellos castaños engominados y en punta, y gafas azules de pasta, entró en la casa. Rodrigo era el compañero de piso de Emilio, el técnico del programa de radio, y, por suerte para todos, era programador informático, y de los buenos. Rodrigo y Emilio se conocían desde niños y, además de compartir piso, eran grandes amigos. Javier sabía que podía confiar en él, que nunca los iba a dejar tirados. Además, Rodrigo le debía varios favores.

–Si ayer cuando me llamaste no te entendí mal, necesitáis programar un envío a mucha gente o algo parecido, ¿no? –dijo el muchacho al pasar al interior de la vivienda.

–Buenos días, Rodrigo –saludó Javier antes de entrar en materia–. Os presento: Erik, Rodrigo; Rodrigo, Erik. Y una vez hechas las presentaciones, ¿un café?

–No, gracias, acabo de tomarme uno en casa.

–Pues nada, sin café… Está visto que hoy no toca –exclamó con desesperación mientras se acercaba al ordenador.

–Vayamos al grano –dijo Rodrigo sentándose junto a Erik con impaciencia.

–Verás, la idea es generar un archivo que esté escondido en alguna parte del ciberespacio y al cual se pueda acceder tan sólo con una contraseña –le explicó Javier sin desvelar más de lo imprescindible–. Es más, tendríamos que crear una clave que deberá ser introducida por alguno de los dos una vez a la semana. Si eso no fuese así, un *link* que lleve al archivo, con la contraseña de acceso al mismo, será remitido a más de doscientas personas de forma automática.

–¿Y eso? ¿En qué historia estáis metidos?

–Cuanto menos sepas mejor. De hecho, no queremos ni que leas el documento ni que veas las fotografías y vídeos adjuntos a él… Es por tu seguridad. Además, una vez montado todo, nadie más que nosotros debe poder acceder a ese archivo.

–Está claro, *brother* –respondió el muchacho–. A ver si os he entendido: queréis encriptar un archivo que contenga texto, imágenes y vídeo, y que en caso de que os pase algo se active y alerte a toda esa peña. Y queréis que yo me olvide de su existencia… ¿Es así?

–Exacto.

–Me encantan los retos y más si son ilegales –exclamó él con entusiasmo.

El tema era en apariencia sencillo, según la opinión de Rodrigo. Subirían el documento a la nube, lo encriptarían, de modo que sin la clave fuese absolutamente ilegible y, evidentemente, se asegurarían de que nadie pudiese llegar hasta él de forma accidental. Luego generarían un *link* que, llegado el momento, se autoenviaría por *email* a los afectados. Estaba claro que aquellos que no tuviesen correo electrónico no recibirían la información, pero esos eran sólo una minoría.

–¿Cuánto crees que puedes tardar?

–No mucho, a lo sumo un par de horas.

–Bien. Recuerda que no puedes hablar de esto con nadie y que una vez hecho ni tan siquiera tú debes poder acceder.

–Lo he captado hace rato, compadre.

Mientras Rodrigo trabajaba frente al ordenador, Erik y Javier se alejaron del salón y, en la cocina, hablaron de los próximos pasos que debían seguir. No podían perder el tiempo, cualquier error a esas alturas podía ser fatal para ambos.

–Ahora sólo falta saber cómo y con quién contactar –dijo Javier pensativo.

–Y antes de que nos localicen ellos…

–Es que si lo hacen ellos no habrá negociación, estaremos o muertos o presos...

–Está claro.

–¿Y si llamamos al tal Allan Patterson?

–No sé si es una buena idea. Tengo la sensación de que tampoco tenía un gran cargo ahí dentro. Además, nos dejó bastante claro que no quería saber nada más del tema.

–¿Qué perdemos por probar? Tampoco va a delatarnos, él también se juega mucho en esto.

–Bien, podríamos intentarlo –respondió Erik cerrando la puerta de la cocina por prudencia.

Marcó el teléfono en su móvil y esperó en silencio.

–Sí, diga... –dijo una voz ronca al otro lado.

–¿Podría hablar con Allan?

–Sí, soy yo, dígame.

–Soy Erik, Erik Freeman, el amigo de Jason Chase.

–¿Cómo? Les dije que se olvidaran de mí. ¿Qué parte de esa frase no entendió?

–Lo sé, lo sé –dijo Erik cerrando los ojos y frunciendo el ceño en un intento por no oír los gritos–. Pero necesitamos su ayuda.

–¿Ayuda? Lo siento pero yo no puedo ayudarles; tras su visita, esto anda muy revuelto. Imagino que debieron de llevarse algo muy importante... Se ha abierto una investigación.

–Lo siento, pero o nos ayuda o se enterarán de que entramos gracias a usted. No tenemos otra opción.

–*Shit!* Si descubren que les ayudé a entrar soy hombre muerto, ¿comprende?

–Sí, lo sé, pero no tienen por qué enterarse.

–¿Qué quieren ahora de mí?

–Que nos ponga en contacto con el máximo responsable de este tinglado.

–¿Cómo?

–Queremos negociar con quien dirige la investigación.

–¿Negociar? Están locos. Con la CIA no se negocia.

–Pues nosotros lo haremos, a menos que quieran ver el documento que sacamos de ahí y todo un reportaje gráfico de la zona del accidente y de los cuerpos calcinados en manos de todos los afectados, de la prensa internacional y del resto de gobiernos.

–¿Qué accidente? No sé de qué demonios me hablan. ¿Qué cojones quieren que haga?

–Mejor que no sepa de qué se trata, eso hará más creíble el hecho de que lo escogimos como contacto al azar.

–¿Al azar?, ¿qué azar?, ¿y cómo narices iban a saber mi nombre y mi teléfono?

–Diremos la verdad, que tengo un amigo que le conoce y que, tras comentar el tema con él, nos facilitó su contacto con el fin de poder llegar a la CIA y negociar.

–No van a creerle..., esto no va a salir bien...

–Tendrán que hacerlo, o lo que nos llevamos verá la luz.

–Está bien, está bien... ¿Qué quieren que les diga? –respondió Allan desesperado, sabiendo que no tenía muchas alternativas a las que aferrarse.

–En estos momentos el archivo que nos llevamos está encriptado en el ciberespacio y sujeto a un programa informático en cuya base de datos están todas las direcciones de *email* de los familiares de las víctimas del accidente que le acabo de mencionar, la de los principales medios de comunicación internacionales y la de algunos políticos relevantes. Si una vez a la semana no nos conectamos para introducir un *password*, el mensaje con el *link* y el código de acceso se mandará de forma automática a todos ellos.

–Pero... ¿y si les capturan y les obligan a darles el *password*?

–Hay más gente metida en esto además de nosotros dos, y si nos pasa algo ellos introducirán un código especial que active el sistema –dijo Erik saliendo del paso en un golpe de genialidad y ante la sorpresa de Javier.

Sabía que en cuanto colgase debería hablar con Rodrigo para que habilitara algo parecido, pero aquel farol le había sacado de momento del brete.

–¿Y cuáles son sus condiciones?

–En primer lugar, seguir vivos, y eso va también por usted y por nuestros amigos o familiares. En segundo lugar, repatriar y poder dar un entierro digno a la hija de mi compañero y a mi mujer, ambas muertas en el accidente. Y por último, que se dé una indemnización económica coherente a las familias de las víctimas.

–Puestos a pedir, ¿por qué no piden un apartamento en las Bahamas? –replicó Allan molesto y sintiendo que aquello era una pérdida de tiempo.

–¿Tiene ganas de cachondeo? ¿Se está burlando de nosotros, de nuestros muertos? –exclamó Erik alterado. Trató de tranquilizarse, respiró hondo y permaneció unos segundos en silencio esperando, con paciencia, a que Allan cambiase de actitud.

–¿Saben que no va a ser fácil, no? Ellos no actúan como el resto de los mortales, no negocian, no ceden... No darán su brazo a torcer –dijo Allan mientras transcribía todo aquello en un papel.

–Lo sé, pero cuento con su inteligencia y su posición ahí dentro para hacerles entender que es lo mejor para todos.

–Si descubren que fui yo quien les ayudó a entrar...

–Tranquilo, Jason me dio su número hace tan sólo un par de días –dijo Erik.

–Gracias.

–Yo se las daré cuando todo esto acabe.

–¿Hago que le llamen a este número?

–Exacto.

–De acuerdo, deséeme suerte, la voy a necesitar.

–Crucemos los dedos –dijo Erik colgando.

Javier miró a su amigo, sorprendido por el aplomo y la soltura con que había gestionado la situación. Era como si hubiese gestionado negociaciones de aquel tipo toda su vida.

Tras colgar, ambos salieron de la cocina en busca de Rodrigo. El tiempo apremiaba. Este, sintiendo la presión sobre sus hombros, trató de relajarlos.

–Ya falta poco, aguántenme un poquito más.

–Necesitaremos que añadas una función a eso –pidió Erik.

Rodrigo lo miró frunciendo el ceño.

–Si nos capturasen y nos obligaran a darles el *password*, alguien desde fuera debería poder poner una clave distinta y activar igualmente el envío.

–Tiene sentido. Me pongo a ello, no creo que me retrase demasiado, es sencillo. Me temía algo peor…

–Sí, pero date prisa –apremió Javier.

Sabían que desde el instante en que Allan hablase con la CIA los buscarían hasta debajo de las piedras y que su casa sería uno de los primeros lugares.

–Deberíamos recoger nuestras cosas y salir de aquí zumbando, este será el primer lugar que visiten –le dijo Javier a su compañero.

–Tienes razón –respondió Erik dirigiéndose a la habitación de Melanie para recoger sus enseres–. Luego avisaré a Jason de todo esto. Su nombre aparecerá en mitad de la negociación y podría estar en peligro. Quizá debería tomarse unas vacaciones hasta que esto esté controlado.

–¡Ya está! –exclamó Rodrigo a los pocos minutos, orgulloso de su obra–. Acercaos y os explico el funcionamiento.

Ambos se acercaron con prisa.

–Este es el archivo encriptado –dijo mostrando un icono en la pantalla–. Como podéis ver, aunque trate de abrirlo es ilegible.

–Vale.

–Luego le ponemos esta clave y al momento… ¡Tachán! Ya se puede ver tanto el documento como los adjuntos.

–¿Y qué más? –insistió Javier.

–El archivo está colgado en esta dirección que tenéis en el *link*. Esta dirección no es fácilmente rastreable, y el archivo no se encuentra en cualquier nube, sino en un espacio creado para la ocasión.

–¿Y cómo y dónde metemos la clave?, ¿y cómo funciona el tema de los *emails*? –quiso saber Erik algo impaciente.

–Bien, este que veis aquí es el programilla generador del *spam*. Lo instalaré en todas las plataformas que me digáis. Sólo tenéis que entrar y poner la clave. La que he puesto ahora, cambiadla tan pronto como salga de aquí –dijo mostrándoles en el ordenador cómo debían hacerlo.

–¡Perfecto! –exclamó Javier acercándole su móvil y la *tablet* de Erik.

–¿Y si lo queremos instalar en algún sitio más cuando tú ya no estés? –apuntó Erik.

–Lo dejaré grabado en este *pen* para que podáis cargarlo donde queráis.

–¡Buena idea! –Javier estaba más que satisfecho.

–Si en una semana, 168 horas para ser exactos, no introducís el código correcto, el mandato se ejecutará y no habrá vuelta atrás. El *link* y el código serán enviados de forma inmediata a la base de datos, por cierto bastante extensa, que está debidamente cargada en el sistema operativo del programa.

–Visto –dijo Erik–. ¿Y la clave de emergencia?

–Yo me quedaré con ella. Si no sé de vosotros en una semana la activaré. Dudo que nadie controle mejor que yo el programa y sus tiempos.

–Muchas gracias –le dijo Erik aliviado–. ¿Te debemos algo?

–Nada, de verdad, ha sido un placer poder echaros un cable. Javier me ha hecho muchísimos favores en estos años y ya iba siendo hora de que yo pudiese hacerle uno a él. Id con mucho cuidado... Me temo que andáis metidos en algo peligroso.

–Tú también –añadió Javier–. Si alguien te pregunta sobre algo, niega cualquier encuentro con nosotros. Cuanto menos te relacionen con esto mejor.

–¡Suerte! –dijo Rodrigo al cerrar la puerta.

–Nos hará falta, te lo aseguro.

Tras acabar de recoger toda su ropa y pertenencias, Javier decidió guardar en un disco externo aquellos documentos y fotos de su ordenador que quería conservar. Luego, cuando hubo terminado, se dispuso a formatear el PC y a dejarlo como si fuese de fábrica. Esa era la única forma de asegurarse de que nadie encontraría ningún rastro de ellos. Ahora tocaba irse de allí lo antes posible.

Capítulo 17
La llamada

Javier tenía claro que debían esconderse en algún hotel perdido, uno de esos donde nadie les pidiese explicaciones o la documentación. Para ello deberían adentrarse en algún barrio marginal y poco recomendable de la ciudad. Allí nadie preguntaba más de la cuenta.

Bajaron hasta el garaje de la finca dispuestos a coger el coche de Javier, pero, a medio camino, se dieron cuenta de que era mejor no usarlo; ese era también un elemento fácilmente identificable. Era más seguro coger un taxi o el transporte público; debían ser muy prudentes e intentar pasar desapercibidos.

Para cuando consiguieron instalarse en aquella pensión de mala muerte del barrio de Tepito, uno de los barrios bravos, como llamaban allí a las zonas más degradadas y conflictivas de la ciudad, el reloj marcaba las cuatro de la tarde. De paredes desconchadas y baños de dudosa limpieza, aquella pensión superaba con creces a todos los hoteles decrépitos en los que habían estado. Sólo con pensar en el resto de inquilinos que se alojaban allí, a Erik se le ponían los pelos de punta. Con recelo, este observó durante unos segundos las sábanas de su cama. Además de que estaban tremendamente viejas y gastadas, era difícil tener la seguridad de que hubiesen sido lavadas tras la estancia del anterior huésped. Por un instante, el norteamericano sintió que todo su ser se rebelaba contra aquella experiencia, pero sabía que no tenía más remedio que pasar por ella.

–¿Tienes hambre? Porque yo hoy no he desayunado y me podría comer un elefante –dijo Erik tras dejar su maleta y salir al pasillo.

Viendo la limpieza del lugar, él, que estaba acostumbrado a deshacer su maleta y colgar la ropa nada más llegar a cualquier lugar, prefirió dejarla dentro de su maleta.

–¿Desayunar? –preguntó Javier con ironía–. Ni tú, ni yo y… No será por no haber insistido. Bajaremos enseguida a comer algo. Pero antes deja escondido en la habitación ese impresionante reloj que llevas. En este barrio no se puede ir con algo así por la calle, a menos que quieras que te atraquen. Ya se te ve demasiado sin necesidad de eso.

–Ya veo –dijo Erik volviendo a la habitación–. Estaba pensando... –añadió mientras salía de nuevo de su cuarto– que hasta que tengamos esto más o menos encarrilado deberíamos establecer algunas medidas de seguridad, ¿no crees?

–Sí. No es que sepa mucho de eso, pero hay cosas básicas que no estarían de más. De hecho, estaba valorando la idea de guardar las tarjetas actuales de los móviles, para que no puedan rastrearnos, y comprar unas nuevas. Aunque estaría bien acercarnos antes a un cibercafé y traspasar todos los contactos de la agenda, o los datos necesarios, de una tarjeta a otra.

–Sí, parece una buena idea. Pero tendremos que avisar a Allan de que cuando quiera hablar con nosotros nos mande antes un mensaje. Si no, se encontrará el móvil desconectado. Y nosotros tendremos que ir comprobando los mensajes del viejo número de vez en cuando.

–Efectivamente. Necesitaremos ir comprobando de vez en cuando si han mandado algo, pero al menos tendremos la tranquilidad de que no van a rastrear el número.

–Le diré que ya seré yo quien les llame cuando estén preparados. Así, además podemos controlar el tiempo de duración de la llamada y evitar que nos localicen –añadió Erik.

–No sé, quizás he visto muchas películas, pero prefiero pasarme por precavido.

–¿Acaso crees que yo habría imaginado que tendría que controlar el tiempo de una llamada para no ser localizado? De hecho, no tengo ni idea de cuánto tiempo es necesario. Me siento como si estuviésemos en el rodaje de *Misión imposible* –dijo Erik provocando la risa de Javier.

–A veces tengo la sensación de que esto se nos ha ido de las manos.

–Es posible, pero ya no tiene remedio. A todo esto, al final no he llamado a Stew para pedirle que me cubra unos días más... –recordó Erik algo agobiado.

–Ahora no deberías llamarle. Cualquier contacto que hagas supone un riesgo no sólo para nosotros, sino también para la persona a la que llamemos.

–Bueno, lo que puede pasar es que cuando esto acabe me encuentre sin trabajo –dijo Erik con resignación.

–Hablando de seguridad, habría que untar al recepcionista para que si alguien viene preguntando por nosotros se olvide de nuestra existencia. Sólo faltaría que después de todo lo que hemos pasado nos pillasen por algo tan tonto.

–Ahora, cuando volvamos de comer, hablamos con él; aunque entre todos los moteles de la ciudad, este antro sería el último en el que nadie buscaría.

Salieron de la pensión mirando con desconfianza a todos lados; tenían la sensación de que cualquiera podía estar observándolos. El aspecto lúgubre de aquellas fachadas y el semblante de los transeúntes no les infundían precisamente seguridad. Intranquilos, se disponían a cruzar la calle cuando el teléfono de Javier sonó; era Emilio.

–¿Alo?

–Hola, Javier. Ayer noche nos dijo Daniel que ya habías regresado. Y Rodrigo me acaba de comentar que ha estado en tu casa esta mañana. Ya podrías haber dicho algo... ¿Estás bien?

–Sí, más o menos, pero no interesa que nadie sepa que estoy por aquí. De hecho, es posible que nos estén buscando, por eso no he llamado a casi nadie.

–¡Qué mala onda!

–Ya te digo. Dile a Daniel que voy a cambiar la tarjeta del móvil para evitar rastreos. Si necesito algo ya buscaré la forma de avisaros, ¿vale?

–¿Tan mal andan las cosas?

–Peor...

–Si puedo ayudaros en algo, ya sabes dónde localizarme.

–Gracias, Emilio. Muchas gracias, de verdad.

–Por cierto, tengo a un par de informáticos tras lo de la llamada.

–¿Qué llamada? –dijo Javier, que, con tantas cosas en la cabeza, ya no sabía de qué le estaba hablando su compañero.

–La que en teoría hizo tu hija a la emisora –respondió Emilio–. Dicen que es complicada de localizar porque llamaron desde un número oculto, pero van a hacer un par de pruebas, a ver si hay suerte.

–Gracias de nuevo, amigo.

–Si averiguamos algo te lo hago saber vía *mail*.

–Perfecto. Un abrazo –dijo Javier despidiéndose.

–Otro para ti y cuidaos.

Tras colgar, cruzaron la calle. Justo enfrente del hotel había un pequeño restaurante que para el caso podía servir. Según ponía en el cartel que colgaba torcido y medio descuajeringado al lado de la puerta, tenían las mejores enchiladas de todo México. Aunque su aspecto, deslucido y deteriorado, dejaba bastante que desear, era tarde y no les interesaba andar dando paseos por la ciudad, y menos dejándose ver por aquella zona, así que entraron y se sentaron en una de aquellas oxidadas mesas metálicas. Tras dar un vistazo a la carta, Javier pidió un pozole y unas carnitas, y Erik optó por los tamales y los tacos al pastor.

–Yo de ti hubiese pedido los tacos con la salsa aparte –dijo Javier, acostumbrado a los excesos de picante con los que uno se podía encontrar.

–No hay problema, me gusta mucho el picante –aseveró Erik con ingenuidad.

–Espero que sepas bien lo que haces. ¿Sabes una cosa? Yo siempre que como en un sitio así, procuro no acercarme a la cocina.

–¿Y eso?

–Porque si la viera estoy seguro de que no comería... Sólo con mirar al camarero ya me basta –dijo refiriéndose a aquel tipo desaliñado que les había atendido.

Erik sonrió con aquella mueca de complicidad con la que solía hacerlo de adolescente en la escuela, cuando sus amigos criticaban a algún compañero.

Mientras esperaban la comida, la cabeza de Javier andaba muy lejos de allí, anclada en el día de aquella inquietante y emotiva llamada. El comentario de Emilio le había hecho pensar en aquello de nuevo. Aunque le había dado mil vueltas al tema, no podía imaginar qué o quién podía haber tras aquello. Pensar que realmente le había llamado su hija muerta era tan aterrador como increíble; pensar que lo había hecho otra persona despertaba en él una agresividad y unas ansias de venganza enormes. Erik, que podía imaginarse de sobra en qué andaba meditando su compañero, prefirió dejarle un rato tranquilo y contemplar la zona desde la ventana de aquel antro. Acostumbrado a moverse en ambientes finos y elegantes, aquel barrio y sus gentes le producían urticaria.

A los pocos minutos llegó la comida y, aunque los platos no tenían un aspecto demasiado cuidado, ambos se lanzaron hambrientos sobre ellos. Tal y como Javier esperaba, los tacos eran tan picantes que Erik creyó arder por dentro. Sofocado y sin parar de toser y de llorar, agarró el vaso de agua que Javier acababa de servirle y se lo bebió de un trago. Las lágrimas caían de sus ojos a pares y su tez lucía tan roja como la piel de los tomates maduros. Las gotas de sudor afloraban en su frente tratando de refrescar de algún modo aquel calor que le corroía por dentro.

–Si es que a mí también me gusta el picante, pero su concepto de picante y el nuestro no se parecen –dijo Javier bromeando y acercándole una torta de maíz para aplacar aquella quemazón–. Esto te irá mejor que el líquido –añadió.

–Muchas gracias –dijo Erik con el hilo de voz que todavía le quedaba.

Tan pronto como consiguió suavizar su garganta y hablar con normalidad, y viendo que su compañero continuaba lejos de allí, Erik le interrumpió.

–Imagino que la curiosidad por saber quién hizo esa llamada debe carcomerte.

–Es una sensación muy extraña. Por una parte quisiera creer que fue ella quien me guió hasta encontrarla, pero por otra esa posibilidad, en la que supongo que en el fondo no creo, me pone los pelos de punta. Imaginar que tras la vida nos quedamos aquí, acompañando de forma silenciosa a nuestros seres queridos, me parece de lo más angustioso.

–Espero que podáis averiguarlo. Aunque deberías contemplar la probabilidad de que nunca lo sepas.

–Lo sé, y es casi seguro que esa probabilidad sea lo que mayor inquietud me produce –respondió Javier, que todavía se hallaba medio ausente.

Cuando terminaron de comer, y tras tomar un expreso que más que café parecía agua sucia, decidieron regresar al motel. Al entrar en él, Erik se acercó a aquel hombre barrigón y bigotudo que, sentado en la recepción, parecía dormitar tranquilamente. Su tez cetrina, teñida además por los rayos del sol, había sobrepasado con creces el tono rojizo o dorado que uno podía envidiar. Aquel color se asemejaba más a la roña que a un sano moreno.

–Disculpe.

–¿Sí? –contestó él abriendo tenuemente uno de sus ojos.

–Verá, nos gustaría que si alguien viniese preguntando por nosotros, o por dos extranjeros, o algo parecido, se olvide de que estamos aquí –dijo Javier dándole bajo mano unos cuantos dólares.

–Como que ahorita mismo ya me estoy olvidando de sus caras... –respondió él con aquel canturreo típico de los mexicanos que a Erik siempre le había hecho tanta gracia.

–Aunque si eso ocurriese le agradeceríamos que nos avisara lo antes posible –añadió Javier–. Sea la hora que sea, no nos importa que nos despierte.

–Descuide, yo siempre estoy alerta –replicó el tipo ante la incredulidad de ambos–. Si alguien pregunta por ustedes les aviso enseguida.

–Menos da una piedra –dijo Javier en voz baja mientras se alejaban de él en dirección a sus habitaciones.

–¡Qué entenderá ese buen hombre por estar alerta! –exclamó Erik entre risas.

Ambos subieron las escaleras hasta la primera planta y entraron en la habitación de Javier para hablar. Se sentaron unos segundos sobre la harapienta cama para decidir cuáles iban a ser sus siguientes pasos.

–Yo me bajaría ahora mismo e iría a comprar dos tarjetas nuevas para los teléfonos; total, no tenemos nada mejor que hacer y cuanto antes lo hagamos mucho mejor –señaló Javier–. Luego, si quieres, nos acercamos a un cibercafé para hacer lo de los contactos.

–Perfecto. Yo aprovecharé justo antes para mandar el mensaje a Allan y después sacaré la tarjeta de memoria y colocaré la nueva –añadió Erik.

–Bien.

–¿Tienes idea de dónde está el cíber más cercano? Lo digo porque yo no sé ni dónde estamos.

–Tendremos que preguntar a nuestro amigo de abajo, el vigilante que siempre está alerta... –respondió Javier con una sonnrisa burlona.

–A saber dónde nos manda ese personaje... –especuló Erik, al que aquel individuo no le inspiraba la menor confianza.

Unos minutos más tarde, y tras preguntar un par de direcciones al recepcionista, llamaron a un taxi y abandonaron de nuevo la pensión no sin cierta cautela. En cualquier caso, era preferible salir entonces, cuando el sol todavía iluminaba las calles, que al anochecer. Cuanto menos paseasen por la zona menos riesgos asumirían.

Capítulo 18
Peones de una partida de ajedrez

Tras regresar del cibercafé, ambos subieron nuevamente a la habitación; aunque claustrofóbico y deprimente, era el lugar donde se sentían más a salvo. Sentados sobre la cama de Javier, dejaron pasar el rato. No tener nada que hacer les estaba matando. Mientras Javier cambiaba la tarjeta de su móvil y verificaba que la agenda de contactos se hubiese copiado sin errores, Erik se entretuvo en hojear algunas páginas donde se exponían diversas teorías sobre cuál fue el verdadero origen del sida y del ébola. Nunca hubiese imaginado que existieran tantos foros donde se hablase del tema. Las teorías sobre la creación de ambos virus eran variadas. En algunos casos, se sostenía que habían sido experimentos fallidos de las farmacéuticas; en otros, armas bacteriológicas fuera de control. También los había que hablaban de enfermedades animales que por algún accidente inexplicable se habían transmitido al ser humano. En todos los casos, con independencia de la teoría que sostuviese la gente, había un nexo de unión, y este era la teoría de que el gobierno norteamericano conspiraba para hacerse con el control mundial.

–Necesito tomar el aire –dijo Javier rompiendo aquel silencio–. Estar aquí encerrado me está volviendo loco.

–¿Y a dónde quieres ir? No creo que pasear por estas calles sea una buena idea.

–Estaba pensando que lejos de aquí, en la otra punta de la ciudad, hay una zona tranquila y poco poblada donde poder dar una vuelta. Si no recuerdo mal, allí también hay algún lugar donde podríamos cenar más tarde.

–Bien, pero busquemos algo un poco más refinado que lo de este mediodía, si puede ser –replicó Erik, que todavía podía sentir los efectos del picante en sus tripas.

Salieron de aquel tugurio en cuanto llegó el taxi que habían llamado, dispuestos para ir al otro extremo de la ciudad. Javier, acostumbrado a no estar apenas en casa, sentía que aquellas cuatro paredes se le caían encima. Allí no habría riesgo de que nadie les reconociese; estaban lejos de todas partes.

–Creo que aprovecharé el trayecto para llamar a Jason y contarle cómo van las cosas –dijo Erik mientras marcaba el número en su teléfono–. Me preocupa que puedan ir a por él.

Sin embargo, y tras más de tres intentos, el teléfono móvil le decía que no existía ningún terminal con aquella numeración. Erik probó entonces el número de su casa, pero nadie lo cogía. Miró a Javier con preocupación.

–Sé que estoy marcando el número correcto, pero me sale un mensaje diciendo que el número no existe... Esto no me huele nada bien.

Javier le miró sabiendo que, efectivamente, aquello tenía mala pinta.

–¿Tienes el teléfono de alguien más que le conozca?, ¿familia?, ¿amigos comunes?

–Pues no, tan sólo el de su casa, y tampoco lo coge nadie...

–No sé… Siempre podemos llamar a la FAA y preguntar por él.

–¿A estas horas?

–Habrá que esperar a mañana, claro.

–¿Y si…? –aventuró Erik temeroso.

–Procura no pensar en ello por ahora. Tampoco podemos hacer nada al respecto. Y además, no pienses necesariamente en lo peor. Quizás esté en el cine.

Pero pese a las palabras de Javier, Erik estaba muy inquieto.

–¿Por qué no llamas a Daniel? Estoy empezando a temer por toda la gente involucrada en esto.

–Ahora lo hago, estate tranquilo, por favor –respondió Javier mientras llamaba a su amigo.

Tras tres tonos, Daniel contestó al otro lado de la línea.

–¿Bueno?

–¿Daniel?

–Sí, ¿quién llama?

–Soy Javier desde otro teléfono. He desconectado el otro número por miedo a que lo rastrearan.

–¡Qué gusto oírte! ¿Cómo va todo?

–De momento bien, pero estamos en plenas negociaciones –respondió Javier–. ¿Y tú?, ¿has detectado algo fuera de lo normal?

–Todo sigue tranquilo. ¿Por qué lo preguntas?, ¿debería preocuparme? –demandó sorprendido por la pregunta.

–Es sólo que está pasando algo raro con el amigo de Erik, el que nos pasó los datos del vuelo. Su teléfono parece haberse volatilizado, como si jamás hubiese existido... No sé si sería mejor que tú también desaparecieses una temporada.

–Hombre, eso huele mal, pero no adelantéis acontecimientos.

–Lo sé, pero no tenemos forma de verificar nada hasta mañana por la mañana.

–Tranquilo, andaré con mucho ojo, te lo prometo.

–Espero poder llamarte en breve con mejores noticias.

–De acuerdo. Id con cuidado.

–Lo haremos. Un abrazo, Daniel –dijo Javier mientras bajaba del taxi.

Ambos abandonaron el taxi no sin cierta preocupación. Aquello parecía complicarse por minutos y, aunque sabían que sería así, no podían evitar que aquella sensación de ansiedad les atormentase.

La noche estaba apacible pese al calor. Caminaron en silencio por aquellos solitarios bulevares mientras el reflejo de la luna guiaba sus pasos. Apenas si se oían sus pisadas sobre el firme. La mayor parte de las edificaciones parecían deshabitadas. Sólo de vez en cuando se podía ver algún coche a lo lejos.

–Empezaron a urbanizar estos terrenos hace unos años con el fin de crear una nueva zona residencial, pero al final la mayor parte de los constructores no consiguieron despertar el interés de un mercado inmobiliario saturado y la mayoría de las edificaciones se quedaron a medias. Salvo por un par de bloques, el resto está vacío –explicó Javier a su compañero.

–Vaya...

–Sólo se salvaron un par de restaurantes, el banco y la farmacia, el resto de comercios tuvieron que cerrar. Cuando pasó lo de Melanie, solía venir aquí a pasear. Este silencio me daba mucha paz.

–Javier, perdona, pero sigo angustiado... ¿Y si le ha pasado algo a Jason? –dijo Erik cambiando de tema.

–Esperemos que no, pero ahora no vas a poder hacer nada por él. Imagino que no debe de ser sencillo olvidarse del asunto y esperar a mañana.

–Pues no –respondió Erik, en cuyo rostro crispado podía verse la preocupación.

Se sentaron un rato en uno de los bancos de madera del bulevar.

–Si le ha pasado algo seré el único responsable, el único. –repetía Erik con ansiedad y sintiéndose culpable.

–No puedes culparte, sabes que Jason te hubiese ayudado de todas formas aunque no se lo hubieras pedido.

Erik bajó la cabeza hundido ante aquella posibilidad. Pensar que le pudiese haber ocurrido algo a su amigo le hacía enfermar. Tras algunos minutos, ambos se incorporaron y pasearon en dirección al restaurante.

Frente a ellos, un pequeño pero acogedor restaurante francés les esperaba. Decorado siguiendo la estética parisina, aquel lugar parecía haberles transportado lejos de aquellos confines. Sus toldos de rayas rojizas, su terraza bordeada de tiestos con flores, los muebles blancos de forja y en el interior aquellas elegantes mesas con manteles de hilo recordaban a los refinados *bistros* de los Campos Elíseos de la capital gala. Por desgracia, su estado de ánimo no invitaba a disfrutar de aquella experiencia.

Se sentaron en el interior de aquel restaurante dispuestos a cenar, aunque su mente se hallaba en otro lugar. Nervioso, Erik no dejaba de golpear la mesa con la punta de sus dedos.

–Si le ha pasado algo a Jason no me lo voy a perdonar en la vida –repetía un obsesionado Erik, que no dejaba de darle vueltas al tema.

–Esperemos que no, que tan sólo haya cambiado de número de teléfono, o que se le haya estropeado. O que, como dice Daniel, quizá se haya ido al cine.

–Hablando de teléfonos, deberíamos comprobar si Allan ha contestado a nuestro mensaje.

–Es verdad.

–En cuanto miremos la carta cambio de tarjeta.

Tras escoger lo que iban a cenar, Erik sacó el móvil de su bolsillo.

–Bien, conectemos la otra tarjeta.

Erik introdujo la tarjeta antigua en su teléfono y un minuto después ya estuvo en funcionamiento. Los mensajes en la pantalla de su móvil no se hicieron esperar.

–Cinco llamadas perdidas y un mensaje de texto –anunció sorprendido por tanta actividad.

–Parece que tienen interés…

–Desde luego. Me juego algo a que las llamadas no las hizo él –afirmó Erik mientras abría el mensaje.

–¿Qué pone?

Erik leyó el texto en voz alta:

«Aquí están todos demasiado nerviosos, aunque parecen dispuestos a negociar. Intentaron llamaros varias veces sin éxito. Por sus conversaciones, deduje que habían hecho algo que no debían; no sé a qué o quién podían referirse. Les oí hablando en el exterior y sus palabras fueron: "Ya es tarde para uno de los peones, para el que jugaba desde dentro; esperemos que esto no afecte a la partida". Espero que para vosotros tenga algún sentido… Esperan vuestra llamada a cualquier hora. Allan.»

Javier miró con tristeza a Erik, sabiendo que ese peón del que hablaban era posiblemente Jason.

–*Fucking bastards!* –exclamó este roto de dolor y con lágrimas en los ojos.

Javier acercó su silla a la de Erik tratando de consolarle. Ambos se fundieron en un abrazo ante la mirada atenta del personal. Aquello era muy injusto y cruel.

–Jason fue quien nos presentó, ¿sabes? –dijo Erik con voz entrecortada.

–¿Te refieres a Natalie?

–Sí. Era uno de mis mejores amigos. Ahora llevábamos un tiempo desconectados, pero siempre he sabido que si lo necesitaba estaría allí.

–Lo siento mucho, de veras. Aunque hasta que no tengamos una confirmación de lo que ha pasado no debemos lanzar la toalla con Jason. Aún puede haber alguna posibilidad de que siga con vida…

–Tenía una mala intuición ya desde que Jason no me ha contestado al teléfono, Javier, y ahora esto. No, creo que no, que han acabado con él. Habíamos compartido tantas cosas…

–De todos modos, mañana haremos la llamada a la FAA para asegurarnos.

Erik asintió con la cabeza tratando de contener las lágrimas. Los camareros los miraban con curiosidad. Era evidente que tras aquella noticia difícilmente iba a cenar.

Tras apenas probar los deliciosos platos que les habían traído, Javier pidió la nota y que les llamasen a un taxi. En aquella ciudad, a diferencia de otras, era impensable y muy peligroso cogerlos a pie de calle.

El camino hasta el motel transcurrió en el más absoluto y tenso de los mutismos. Preocupado, Javier no podía evitar pensar en que era evidente que si Jason estaba muerto aquello iba a empeorar la negociación. Sólo esperaba que nadie más resultase herido antes de que alcanzaran un acuerdo. Mientras, Erik, algo más calmado, miraba por la ventana ausente, como en estado de *shock*. La luz de la luna entraba por la ventana del coche iluminando su compungido rostro y dejaba patente el dolor que le carcomía por dentro.

Al bajar del taxi, el recepcionista se acercó a ellos.

–Hace un rato vinieron un par de policías preguntando por los extranjeros alojados en el hotel.

Ambos se miraron sobresaltados, sabiendo que cada vez el cerco se iba haciendo más pequeño. No tardarían en encontrarlos, y para entonces debían haberlo resuelto todo.

–No teman. Les aseguré que no había ninguno y les enseñé los registros y algunas habitaciones. Se fueron convencidos. No creo que vuelvan por aquí.

–Gracias, amigo –dijo Javier mientras Erik sacaba un par de billetes de su cartera para ponerlos en la mano que aquel hombre blandía por lo bajo.

–No hay de qué. Siempre a su servicio…

Agotados y preocupados por todo lo acontecido, subieron a sus respectivas habitaciones decididos a intentar descansar al menos unas horas. No sabían lo que el día siguiente les iba a deparar.

Capítulo 19
La huida

Al amanecer, Erik, que apenas había podido pegar ojo, buscó el teléfono de la FAA en su *tablet*. Miró su reloj ansioso por llamar, pero todavía era demasiado temprano. Sabiendo que su compañero aún no se habría levantado, se vistió y se dispuso a salir del hotel para tomarse un café bien cargado. Fue entonces, bajando la escalera, cuando oyó aquel enorme bullicio abajo, en la recepción.

–Ya les dije ayer a sus compadres que aquí no hay ningún güerito. Todos mis clientes son mexicanos.

Asustado, Erik subió las escalones de tres en tres y llamó con agitación a la puerta de su amigo.

–¿Qué pasa? –dijo Javier abriendo la puerta todavía medio sonámbulo.

–¡La poli vuelve a estar abajo preguntando por nosotros!

–¡Joder!

–¿Qué hacemos?

Javier, que todavía estaba de lo más adormecido, trató de pensar con rapidez.

–Por la puerta no podemos salir. ¿Quizá por arriba?

–¿Por arriba?

–Sí, por la azotea. No hay otra salida.

–Está bien, coge tus cosas y nos vemos en dos minutos en el terrado. Me temo que van a subir. Tendremos que saltar de tejado en tejado. No se me ocurre nada mejor.

–¡Enseguida voy! –respondió Javier, que empezaba a oír los gritos que el recepcionista profería para tratar de avisarlos.

Nerviosos, recogieron sus enseres y subieron veloces al terrado. Por fortuna, en aquella zona de la ciudad la mayoría de azoteas eran colindantes y era bastante sencillo, incluso para un par de neófitos, el pasar de una a otra. Sin embargo, la falta de experiencia les hizo palidecer.

Con miedo, Erik sobrepasó el primer muro comprobando que no era tan complicado como podía parecer. Mientras saltaban al bloque vecino, oyeron cómo los policías subían las escaleras dispuestos a registrar el hotel. Al menos contaban con cinco o diez minutos hasta que se percataran de que habían huido.

–¿A dónde vamos? –preguntó Erik.

–Estoy llamando a Daniel para que nos venga a buscar con su coche. De momento, tendremos que escondernos.

–Sólo espero que todas las azoteas estén pegadas, si hay que saltar en alguna sé que no voy a ser capaz –farfulló Erik.

–Ni tú ni yo. A ver si te crees que yo soy un acróbata de circo, a mis casi cincuenta años.

Cuando hubieron saltado al menos seis bloques de casas, hallaron un edificio cuya puerta no estaba cerrada y decidieron bajar y ocultarse en su interior.

–Hemos tenido mucha suerte –dijo Javier–. Esto mismo en otra zona hubiese sido impensable.

–¿Crees que se darán cuenta de que hemos huido por la azotea?

–Si nos hubiese dado tiempo a hacer la cama quizá no, pero en cuanto vean las habitaciones deshechas sin ocupantes ni equipajes atarán cabos.

Afortunadamente, la llamada de Daniel anunciándoles su llegada no se hizo esperar. Con prudencia, tratando de no encontrarse con ningún vecino, bajaron hasta la entrada de aquel bloque de apartamentos y subieron al auto tratando de no despertar interés.

–Creo que ni tan siquiera habéis desayunado, ¿no? –dijo Daniel al ver a su amigo en pijama.

–¿A ti qué te parece?

–Hay que hablar con ellos y hacerles ver que esto va en serio. Me da la sensación de que no se creen nuestras amenazas –interrumpió Erik.

–Se me ocurre una idea...

Daniel y Erik le miraron expectantes.

–Puede que sea una locura, pero puede funcionar –añadió Javier, cansado de tanta agitación.

–Nos tienes en ascuas.

–Vamos a publicar un anuncio en el *USA Today*.

–¿Cómo?, ¿a qué te refieres? –exclamó Daniel mirando por el retrovisor.

–Sí, algo así como «Si quiere saber la verdad del accidente del Boeing 767 llame al... Tenemos el informe de la CIA al completo».

–¿Estás loco o qué? –le espetó Erik.

–Nadie va a llamar, y si llaman el número va a ser falso. Pero cuando Allan les enseñe el anuncio se pondrán muy nerviosos. Quizás entonces crean que vamos en serio.

–Descabellado, pero... quizá sirva –dijo Daniel sonriendo.

–Está bien. Mientras escribes el texto voy llamar a la FAA.

–¿Has conseguido el teléfono?

–Lo he buscado al levantarme, pero era muy temprano para llamar y luego con el revuelo ya no he podido.

Erik marcó el número y la telefonista de la centralita no tardó en contestar.

–Está usted llamando a la central de la FAA. ¿En qué puedo ayudarle?

–Buenos días. Desearía hablar con Jason Chase.

–Un momento, por favor, no cuelgue.

Tras una larga espera, y como todos temían, la telefonista le dijo que nadie contestaba y que probase más tarde.

–¿Podría pasarme con alguien del mismo departamento? –preguntó Erik.

–Sí, por supuesto –dijo la muchacha con amabilidad.

Después de un par de tonos una voz femenina respondió.

–¿Sí, diga?

–Buenos días, estaba tratando de hablar con Jason Chase pero desde ayer no consigo contactar con él. Me preguntaba si podría ayudarme.

–¿Y usted es?

–Erik, un buen amigo suyo.

–Hace un par de días que Jason no ha aparecido por aquí y no se ha puesto en contacto con nosotros. Es extraño porque él no suele hacer estas cosas.

–Lo sé, está desaparecido, por eso trato de localizarlo. He llamado aquí porque no contesta ni en su casa ni en el móvil. ¿No tendrá por casualidad el teléfono de sus padres o de algún familiar cercano?

–Yo no, pero… sobre su mesa tiene la agenda, quizá… –dijo la chica no sin mostrar un cierta reticencia.

–Por favor, si es tan amable. Le prometo que soy un buen amigo. Es que temo que le pueda haber pasado algo…

Tras algunos segundos la chica retomó el auricular.

–Apunte. Aquí tiene uno que creo que es el de sus padres y otro que puede ser de su hermano…, pero, por favor, no le diga que he sido yo quien se lo ha dado; no me gustaría que pensara que me dedico a hurgar entre sus cosas.

–Descuide.

Tras colgar, Erik marcó el número de los padres de Jason esperando buenas noticias.

–¿Dígame? –respondió una voz de hombre algo sobresaltada.

–¿Está Jason?

–¿Quién pregunta?

–Soy Erik, Erik Freeman, un buen amigo.

–No sabemos nada de él desde hace un par de días y estamos bastante preocupados. De hecho, cuando ha sonado el teléfono esperábamos que fuese él –dijo aquel hombre haciendo que el corazón de Erik se encogiese dentro de su pecho.

Entonces oyó una voz masculina que hablaba por el fondo y que, al final, terminó poniéndose al aparato.

–Hola, soy Paul, su hermano. ¿Con quién hablo?

–Hola, Paul, soy Erik, un amigo de tu hermano –repitió conteniendo la rabia y las ganas de llorar.

–Sí, Jason me habló de ti hace unos días y me dijo que si desaparecía o le pasaba algo contactara contigo. Parecía algo nervioso. Cuando desapareció te llamé al número que me dejó pero no daba señal.

Erik bajó la cabeza roto de dolor. Un nudo oprimía con fuerza su garganta haciendo que incluso le costase hablar.

–Tuve un problema y no me quedó más opción que cambiar de número. ¿Cuándo hablasteis con él por última vez?

–Hace dos días. Estamos muy preocupados, su móvil está desconectado y tampoco está en casa. Jason no es de hacer estas cosas.

–Lo sé, Jason no es así. Si averiguo algo os llamo. Gracias por la información, Paul.

–¿Si necesito localizarte puedo hacerlo en este número?

–Sí, claro, por supuesto. Gracias de nuevo.

–Gracias a ti. Estamos en contacto.

Tras colgar, Erik rompió a llorar. ¿Qué les iba a decir a sus padres y a su hermano cuando todo aquello acabase? ¿Cómo iba a mirarles a la cara sabiendo que el único culpable de aquello había sido él? Destrozado, trató de tranquilizarse. Durante algunos minutos permaneció en silencio intentando no pensar, no sentir. No poder contarle la verdad a su familia le hacía sentirse todavía peor. Daniel y Javier trataron de consolarlo lo mejor que pudieron, pero nada podían hacer para suavizar la tristeza de su amigo.

–Si sirve de algo, lo siento mucho –dijo Daniel, sabiendo que el desaparecido también podría haber sido él.

–¡Acabemos ya con esta mierda! –gritó Erik con los ojos encendidos de rabia y dolor.

–Ya tengo el texto –dijo Javier–. Ahora se trata de llamar, comprar un anuncio por palabras y notificárselo a Allan para que mañana compre una copia.

–Hecho –dijo un súbitamente recuperado Erik, que ya había buscado en su *tablet* el teléfono del *USA Today* y se lo había pasado a Javier para que llamase.

Mientras, cambió la tarjeta del móvil y mandó un corto pero claro mensaje a Allan: «Mirad mañana en la sección de anuncios del *USA Today*. Esto no va en broma».

Ahora sólo quedaba esperar al día siguiente para ver la reacción que aquello propiciaba.

–Tendremos que buscar un lugar donde dormir. No vamos a estar todo el día dando vueltas con el coche, ¿no? –dijo Javier mientras se vestía como podía.

–Hasta que no resolváis esto no vais a estar a salvo en ninguna parte –comentó Daniel–. ¿Y si os instaláis en algún camping o similar a las afueras?

–Poco práctico. Y además, ¿con qué *roulotte*, con qué coche? ¿O vamos con tienda de campaña? No lo veo claro –dijo Javier.

–¿Y si regresamos a donde estábamos? –propuso Erik–. ¿Quién iba a volver a buscarnos allí?

–Dependerá de qué le haya pasado al recepcionista. Imagino que cuando la poli detectó que nos habíamos fugado se le debió caer el pelo. En este país la policía no se anda con bromas.

–Es posible.

–¿Sabes si han ido a tu casa? –le preguntó Daniel a Javier.

–Ni idea.

–Lo digo porque si ya hubiesen pasado por allí podía ser una buena opción.

–Sí, pero... ¿y si la están vigilando? Con esta gente uno no puede fiarse.

–Cabe la posibilidad –añadió Erik.

–Os diría que vinieseis a la mía, pero para el caso estaríamos en las mismas –dijo Daniel.

–Creo que lo más sensato será hospedarnos en algún lugar a las afueras de la ciudad y regresar a casa cuando todo esto esté controlado.

–Os acerco a donde me digáis.

–Iremos a Tepotzotlán –dijo Javier tras meditarlo unos instantes–. No está muy lejos y conozco un hotel familiar muy acogedor. Es un sitio tranquilo.

–Bien, pero me quedaré con vosotros –respondió Daniel, preocupado por su amigo.

–¿Y eso?

–Si os encuentran, ¿cómo vais a huir desde ahí sin vehículo? Sería una locura. Allí ni tan siquiera podéis contar con un taxi.

–Tiene razón –apuntó Erik.

–Está bien, amigo, ¿pero eres consciente de dónde te estás metiendo?

–Lo sé, estate tranquilo.

–Muchas gracias.

–De nada, compadre, sabes que puedes contar conmigo para lo que necesites. Ahora lo importante es poneros a salvo.

Capítulo 20
La negociación

Nadie tenía ganas de irse a dormir, pero sabían que debían descansar mientras pudiesen hacerlo. Aunque estaban mentalmente agotados y cayeron entre las sábanas como bloques de cemento, tardaron en caer dormidos. La noche pasó en un suspiro. Erik se quedó un rato más en la cama. Javier, en cambio, incapaz de holgazanear, se levantó tan pronto abrió los ojos y salió a dar un paseo; necesitaba que le diese el aire. No fue hasta casi las nueve de la mañana cuando los tres coincidieron en la recepción del hotel.

–¿Qué tal habéis dormido? –preguntó Daniel, que hacía algunos minutos que se había levantado.

–Como una piedra, aunque pocas horas –respondió Javier.

Un somnoliento Erik asintió con la cabeza y añadió:

–Hasta que esto termine no creo que pueda dormir una noche entera.

A diferencia de aquella pensión sórdida donde habían estado alojados, el hotelito donde se habían alojado era limpio, cómodo y muy agradable. Estaba decorado en el más tradicional estilo colonial y poseía una calidez y cercanía en el trato que lo hacían entrañable; se notaba que era un negocio familiar. El hecho de que estuviese alejado de la ciudad hacía que se respirase tranquilidad y le aportaba un encanto especial. Sus paredes blancas, las vigas de madera en los altos techos y el bucólico paisaje convertían aquel hotel en un oasis de paz, y la noche, aunque corta, había sido regeneradora. Por prudencia y con un cierto recelo por parte del recepcionista, cogieron las tres habitaciones a nombre de Daniel. Era preferible no tener que usar sus nombres para nada.

Cuando terminaron su desayuno, y tras leer con tranquilidad la prensa local, con el fin de ganar un poco de tiempo subieron de nuevo a la habitación de Javier, decididos a contactar con Allan. Erik introdujo otra vez su antigua tarjeta dentro de su móvil. Tal y como sospechaba, tenía un mensaje de él esperando a ser leído: «¿Os habéis vuelto locos? Aquí están todos muy alterados y eso no es bueno. ¿Por qué lo habéis hecho? Allan».

–Creo que ahora nos toca llamar a nosotros. Aunque tendremos que hacer llamadas muy cortas para que no puedan localizarnos –propuso Erik–. ¿Alguien tiene idea de en cuánto tiempo se localiza una llamada?

Javier y Daniel encogieron los hombros.

–Bueno, contaré un máximo de un minuto, menos no creo que sea, ¿no?

–Estaba pensando que seguramente no volveremos a sentirnos seguros al cien por cien jamás –aventuró Javier pensativo–. Aunque lleguemos a un acuerdo, ¿vamos a estar toda nuestra vida pendientes de introducir esa maldita clave?, ¿o un día decidiremos desactivar el sistema y asumiremos el riesgo?

–Imagino que los primeros años habrá que seguir con esto y que con el tiempo se olvidarán de vosotros –contestó Daniel.

–Nadie dijo que fuera a ser sencillo, pero ya no hay vuelta atrás –puntualizó Erik.

Erik tomó el teléfono y marcó el número de Allan. La respuesta no se hizo esperar.

–¿Señor Freeman? –dijo una voz ronca que para nada era la de Allan.

–Sí, soy yo.

–He puesto el manos libres para que todos podamos oírle.

–De acuerdo, pero ¿dónde está Allan?

–Eso carece de relevancia –respondió aquella voz seca despertando la inquietud de Erik, que ya sabía cómo se las gastaba aquella gente–. Y ahora vayamos al grano. ¿Por qué han puesto el anuncio?

–Pusimos el anuncio tras ser perseguidos por la policía. O este acoso se detiene o el archivo verá finalmente la luz –dijo este con prisas, sabiendo que estarían tratando de rastrear el número–. Es el último aviso y, como han podido comprobar, esto va en serio. No dudaremos en actuar si es necesario.

–¿Cree que puede amenazarnos?

–¿Con quién estoy hablando?

–James Stanley, subdirector de la CIA.

–Bien, señor Stanley, dígame, ¿están de acuerdo con nuestras condiciones?

–Creemos que sería mejor hablarlo en persona –dijo aquel hombre de voz pausada mientras Javier le indicaba a Erik que disponía de muy poco tiempo antes de colgar–. Seguro que encontramos una solución…

–No, eso no va a ocurrir, ni lo sueñen –interrumpió Erik–. ¿Acaso creen que somos estúpidos? O aceptan, o mañana mismo saldrán todos los *emails*…

–Pero… ¿han pensado realmente en las consecuencias de hacerlo público? Nadie puede saber…

–¿Lo han hecho ustedes? Ese no es nuestro problema –le cortó de nuevo Erik.

Acto seguido colgó el teléfono con decisión, pues ya casi llegaba al minuto de conversación, y sacó la tarjeta de su interior.

–Esto no va a tener un buen final. Nuestra idea es buena, pero me temo que esta gente no atiende a razones. Además, creo que se han cargado a Allan –dijo Erik bastante desanimado.

–¿Estás seguro?

–No se ha puesto al teléfono y al preguntar por él han echado balones fuera… No os lo perdáis, ¡era el subdirector de la CIA!

–¿El subdirector de la CIA? –exclamaron Javier y Daniel al unísono.

–El mismo.

–¿Qué propones que hagamos? –preguntó Javier, que no acababa de verlo claro.

Erik empezó a caminar de un extremo a otro de la habitación tratando de analizar todas sus opciones. La solución no era sencilla.

–Quizás al final tengáis que hacerlo público –dijo Daniel, que era el más objetivo de los tres.

–¿Cómo? –exclamó Javier.

–Pensad un segundo. Si esto sale a la luz serán doscientas familias, junto con la opinión pública y el resto de países, reclamando los cuerpos y una indemnización… ¿Qué van a hacer?, ¿van a cargarse a todos? Aunque quieran, no pueden.

Erik y Javier lo miraron pensativos y con muchas dudas

al respecto. Era evidente que aquella opción era la más atractiva, pero también parecía la más temeraria.

–Ya hemos pasado por esta conversación y la duda que teníamos era… ¿qué les impediría entonces matarnos? –recordó Javier algo alterado.

–Al principio el propio revuelo. Estaréis en el ojo de todos los medios, demasiado visibles. Y después, probablemente nada, pero… ¿de qué les serviría hacerlo para entonces?

–Eso tiene sentido –dijo Erik.

–¿Para qué os iban a matar después? Lo que a buen seguro querrán es que la calle se olvide del tema cuanto antes. Además, imagino que bastante tendrán unos y otros tratando de salvar sus propios culos. No creo que vayan a estar ni más ni menos seguros que de la otra forma.

–¿Os parece si lo reposamos veinticuatro horas? –propuso Erik–. Las decisiones importantes no deben tomarse en caliente.

–Buena idea –dijo Javier, en cuya mente todas aquellas ideas daban vueltas como una peonza.

–¿Volvemos a llamarles o preferís esperar un poco más? –preguntó Daniel, consciente de que ya no había riesgo de localización–. Decidáis lo que decidáis, yo de momento seguiría negociando.

–Ahora les llamo, cuanto antes acabemos con esto mejor –dijo Erik colocando otra vez la tarjeta.

La respuesta tampoco se hizo esperar en esta ocasión.

–¿Diga?

–Vuelvo a ser yo –contestó Erik mirando su reloj con el fin de controlar el tiempo.

–Deben entender que no podemos traer los cuerpos, además de lo especialmente complicado y delicado que resultaría identificar los cadáveres.

–Y ustedes deben entender que si ellas no están aquí en un máximo de una semana no hay trato. ¿Les queda claro? –soltó Erik con un tono seco e imperativo.

De pronto, y en un acto impulsivo, Erik cambió de tema de forma drástica.

–Por cierto..., ¿dónde están Allan y Jason Chase?

Al otro lado se hizo el silencio.

–¿Los han matado? ¡Conteste, malnacido!

El silencio al otro lado de la línea era elocuente.

–*Sons of a damned bitch!* –exclamó Erik con impotencia.

–Este tipo de actos siempre traen consigo daños colaterales, amigo, deberían haberlo pensado antes –replicó aquel hombre con suma frialdad.

–¿Dónde está el cuerpo de Jason? –preguntó Erik completamente abatido.

–Es irrecuperable... Lo siento.

* * *

Erik, destrozado y sin fuerzas para continuar con aquella conversación, pasó el teléfono a Javier sabiendo que si seguía hablando con aquel monstruo tan sólo empeoraría la situación. Mientras Erik permanecía sentado en la cama con los ojos cerrados tratando de contener la rabia, Javier cogió el móvil e insistió por última vez.

–Las condiciones no son negociables. Tienen veinticuatro horas para darnos una respuesta, si no aténganse a las consecuencias.

Luego colgó.

Daniel y Javier miraron a Erik sin valor para reprocharle aquel arranque de ira. ¿Quién no habría hecho lo mismo de estar en su lugar? Saber que jamás podría recuperar el cuerpo de su amigo para devolvérselo a la familia y poder darle un entierro digno era quizás el broche final que faltaba para hundirlo aún más. No tenía ni idea de cómo iba a afrontar la conversación con su familia.

–No quiero negociar, no con esta gente –dijo tras unos instantes–. ¿En verdad crees que nos van a dar lo que pedimos? No respetan nada ni a nadie.

–No sé si accederán, pero habrá que intentarlo, ¿no? Siempre hay tiempo para descubrir el pastel –argumentó Javier.

–Puede que tengas razón. No lo sé, yo ahora… no pienso con claridad, no puedo...

–Lo sé, y no te culpo por ello.

–Quizá no pienses con claridad, pero es posible que tengas razón; no he visto en sus palabras intención alguna de llegar a un acuerdo –intervino Daniel, que se había mantenido hasta aquel instante al margen.

–Si esta noche seguimos sin verlo claro, lo haremos público. ¿Os parece?

–Sí, creo que es una buena solución –dijo Erik cabizbajo.

–Pero si lo hacéis público espero que la primicia la podamos dar en nuestro programa –añadió Daniel tratando de dar una pincelada de humor que rompiese con la tensión del momento.

Javier no pudo evitar sonreír. Él también podía imaginarse la cara de envidia de su competencia más directa si daban semejante bombazo informativo. Esa era una exclusiva por la que muchos medios pagarían verdaderas fortunas.

–De ser así deberíamos grabar una entrevista contigo. Nosotros no podemos ir al programa; tardaría cinco minutos en llenarse de policía. Pero nos interesa ser el eje de la noticia; ese será nuestro seguro de vida –dijo Javier valorando aquella descabellada propuesta.

–De hecho, esa misma entrevista, que grabaríamos también en vídeo, sería la que remitiríamos a todos los medios. Eso sí, una hora más tarde, para no fastidiar tu exclusiva –apuntó Erik con complicidad.

–Os veo bastante decididos. Diría que lo tenéis muy claro –comentó Daniel.

Ambos se miraron y por primera vez en mucho tiempo sonrieron con convicción. Aquello era lo que en realidad les pedía el cuerpo: sacar toda aquella mierda a la luz pública.

–Y, bueno, hasta que lo tengáis claro del todo, ¿podría ver mientras tanto todo el material? –preguntó Daniel deseoso de poder meter mano a las imágenes y leer aquel documento.

Erik le acercó la *tablet*.

–Tienes para un buen rato –informó Javier–. Ya te aviso, tanto el texto como las imágenes son bastante duros.

–Me lo imagino.

Mientras Daniel se iba a su habitación para analizar todo el material, Javier y Erik decidieron darse una vuelta por el lugar. Todavía era temprano y, sin nada que hacer, el tiempo en aquel lugar se les hacía eterno.

Debían de ser cerca de las siete de la tarde cuando, hartos de tanto paseo por el campo, y tras comprobar que no había habido ningún intento posterior de contacto por parte de la CIA, Erik y Javier comenzaron a impacientarse. Daniel, por su parte, tras leer el documento y ver las fotos y los vídeos, estaba más convencido si cabe de que lo mejor que podían hacer era revelar aquella información cuanto antes. Para él, estaba todo tan claro y tan bien documentado que nadie podría cuestionar su veracidad o echarlo por tierra. Entonces, el teléfono de Daniel sonó.

–¿Alo?

–Daniel, soy Luis Enrique. Te llamo porque la policía acaba de llevarse a Emilio.

–¿Cómo?

–Acabo de llegar a la emisora y Emilio estaba aquí probando el equipo para esta noche cuando la policía llegó y se lo llevó sin dar explicaciones.

–Aguántame un segundito... –pidió Daniel.

Javier le miraba con preocupación.

–La policía se ha llevado a Emilio... ¿Hablaste a lo largo del día con él?

–Sí, me llamó tras la visita de Rodrigo.

–Eso quiere decir que están rastreando todos los números de teléfono de la gente con la que habéis hablado estos días, incluido el mío. Si no estoy detenido junto con Emilio es porque no regresé a casa –dijo Daniel.

–Eso parece.

–Esto no va a cesar hasta que hagamos algo –añadió Daniel mirándolos a ambos.

–Dile que traigan una unidad móvil. Grabaremos aquí mismo –respondió Javier mirando a Erik y buscando su aprobación.

–Perfecto –respondió Daniel, que acto seguido pidió a Luis Enrique que fuese para allá con un equipo.

–¿Ir a dónde? –exclamó este, que no entendía lo que estaba pasando.

–Confía en mí. Cuando llegues aquí y veas de qué va esto lo entenderás. –Luego le dio las señas del lugar.

Estaba claro que de algún modo habían rastreado la llamada que le hizo Emilio a Javier justo antes de que este cambiase la tarjeta, no había otra explicación.

–En cuanto colguéis, sacad ambos las tarjetas de vuestros móviles, es mejor que seamos prudentes –pidió Javier a Daniel temiendo que también lo rastreasen.

—Tienes razón —dijo Erik mientras Daniel se lo comentaba a su vez al pobre Luis Enrique, que seguía sin entender nada de lo que estaba pasando.

Llevarse a Emilio había sido la gota que colmaba el vaso. Ahora la respuesta no se iba a hacer esperar, se lo habían ganado a pulso. En cualquier caso, tenían que ser rápidos y estar preparados para las posibles reacciones. Lo tenían claro, iban a abrir la Caja de Pandora pesara a quien le pesase.

—En una hora estarán aquí, poneos guapos que vais a salir hasta en la sopa —dijo Daniel con ironía.

—Antes de seguir con esto debo hacer una llamada —murmuró Erik con el rostro desencajado—. La familia de Jason merece saber de la muerte de su hijo por mí, y no por un informativo.

Daniel y Javier lo miraron con tristeza, aquella iba a ser una de las llamadas más duras que haría en toda su vida. Erik se fue a su habitación y, tras sentarse en la cama, respiró hondo, marcó el número y cerró los ojos con todas sus fuerzas, las mismas que iba a necesitar para decir a unos padres que su hijo estaba muerto y que no podrían darle entierro.

Capítulo 21
La Caja de Pandora

Acababan de dar las ocho cuando la furgoneta de Radio México FM apareció en el hotel. Luis Enrique y los técnicos bajaron del vehículo sin terminar de entender qué hacían allí. Daniel, que les esperaba fuera, los llevó con celeridad hasta la tercera planta, a la habitación de Javier, donde este y Erik les estaban esperando. El personal del establecimiento les miraba con curiosidad sin comprender qué hacían allí todas aquellas cámaras.

Nunca habían tenido que grabar desde una habitación de hotel y aquello les parecía a todos muy extraño. Además, aquella absurda insistencia de que también debían grabar la entrevista en vídeo se les hacía incomprensible. ¿Para qué iban a usar un vídeo en un programa de radio?, se preguntaban los técnicos de sonido que andaban con los preparativos. Luis Enrique, que tampoco entendía lo que estaba ocurriendo, esperaba impaciente a que Daniel acabase de hablar con los técnicos para intentar saber la razón de aquel revuelo.

Mientras tanto, desconocedor de toda la aventura, este se acercó a Javier para pregunarle qué tal le había ido el viaje y si había sido capaz de encontrar alguna pista sobre el paradero de Melanie. Javier, que sabía que la grabación iba a empezar en breves instantes y que no le iba a dar tiempo a extenderse en aquel momento, le recomendó que estuviese atento a la entrevista que iban a hacer si quería enterarse de la historia. Cuando todo estuvo dispuesto, el técnico hizo la señal a Daniel y al equipo para que se prepararan, e inició la cuenta atrás.

–Tres, dos, uno…

–Esta noche, en «Al filo de lo real», tenemos con nosotros a dos invitados muy especiales que van a revelarnos en primicia un caso que les va a conmocionar y del que se va a hablar durante mucho tiempo. Pero antes déjenme ponerles en situación y recordarles el trágico suceso que aconteció hace unos siete meses en mitad de la selva de Perú. Un Boeing 767 de la Caribean Way que viajaba desde México D. F. a Perú se estrellaba por causas desconocidas en mitad del Amazonas sin dejar ningún superviviente, pero… ¿Fue aquello en verdad un accidente?, ¿se supo toda la verdad?

Daniel hizo una señal para que pusiesen unos segundos de música de fondo y luego prosiguió.

–Para hablar de ello hoy tenemos con nosotros a Javier Ugarte, colaborador habitual del programa y padre de una de las niñas que desgraciadamente volaban en aquel avión, y a Erik Freeman, piloto de aviación y marido de una de las azafatas que también iban a bordo. Erik, Javier, bienvenidos a «Al filo de lo real».

–Hola, Daniel, es para nosotros un placer estar aquí con vosotros y poder contaros en primicia la verdadera historia del vuelo CW0764 de la Caribean Way –dijo Javier en nombre de ambos.

–¿Qué queréis decir con la verdadera? ¿Acaso la historia que nos contaron y que vimos en televisión no es la real? –preguntó Daniel dándoles pie a narrar todo lo sucedido.

–No exactamente –intervino Erik.

–La historia que hicieron pública es una gran mentira –soltó Javier.

–Tenemos en nuestro poder documentos oficiales, fotos e incluso un vídeo que demuestran que, al contrario de lo que se dijo, el avión no sufrió ningún accidente, sino que fue obligado a aterrizar en plena selva amazónica –afirmó Erik.

–¿Por qué motivo harían aterrizar a un avión comercial en mitad del Amazonas? –preguntó Daniel.

–Porque había gente muy importante interesada en que lo que transportaba ese avión no llegase jamás a destino –añadió Erik.

–Y... ¿qué transportaba ese avión?

–Un virus desconocido y mortal.

–Podemos demostrar que la CIA dio órdenes expresas de asesinar a sangre fría a todos los ocupantes de la nave y de incinerar sus cuerpos con la intención de ocultarlo todo –apostilló Javier firmemente y en un tono de dureza.

–¿Sabéis que son acusaciones muy serias? Imagino que tendréis pruebas de todo lo que nos estáis contando...

–En estos momentos, todas las familias afectadas y los principales medios de comunicación estarán recibiendo por correo electrónico un dossier completo con todos esos datos, un dossier que incluye, entre otras cosas, el expediente oficial que consta en el Área 51 sobre el caso –prosiguió Javier.

–Les aclaro, señores oyentes, que el Área 51 es una base secreta norteamericana situada en el desierto de Nevada –afirmó Daniel–. Pero vamos a ir paso a paso. Vosotros decidisteis ir a Perú a investigar de primera mano los hechos porque os llegó cierta información que os hizo sospechar que los hechos narrados en el informe oficial eran falsos. ¿Tengo razón?

–Así es, Daniel –dijo Erik–. Gracias a un amigo, Jason Chase de la Administración Federal de Aviación, supe que en el informe oficial habían grandes incongruencias y que nos ocultaban la verdad.

Durante cuarenta intensos minutos Erik y Javier contaron de nuevo toda la historia, desde su estancia en Perú y el hallazgo de los cuerpos, pasando por su visita a Rachel y al Área 51, hasta el secuestro de Jorge en Perú o el de Emilio por parte de la policía mexicana.

–Entonces sería acertado decir que estáis en peligro –afirmó Daniel, forzando así a que nadie tratara de acabar con ellos–. ¿Os persiguen? –añadió.

–Sí, a nosotros o a cualquiera que nos esté ayudando. Todos estamos en peligro –apuntó Erik–. De hecho, mi amigo, el hombre que me pasó los primeros datos sobre el tema, Jason Chase, ha sido asesinado hace unos días por los responsables de toda esta trama. No sienten ningún respeto por la vida ajena.

–También creemos que han asesinado al hombre que nos ayudó a acceder al Área, un tal Allan Patterson –especuló Javier.

–¿Y ahora? –preguntó Daniel

–Por este motivo hemos decidido que la mejor forma de hacer justicia y de revelar a las familias la verdad es hacerlo público –recalcó Javier–. Ahora, si nos pasa algo, todo el mundo sabrá que ha sido la CIA la verdadera responsable de esta tragedia, que va mucho más allá del accidente del avión y de las muertes que han provocado.

–Desde aquí, y en nombre de todas las víctimas y de sus familias, exigimos que se depuren responsabilidades, además de que se repatrien los cadáveres y se dé una indemnización acorde a las circunstancias a todas las familias afectadas –añadió Erik.

–Y respecto al otro gran tema que nos ocupa…, en el informe queda claro algo que cambiará para siempre nuestra percepción del papel de los servicios de inteligencia norteamericanos y del papel de su gobierno en el mundo –dijo Daniel.

–Efectivamente –confirmó Javier.

–Según yo mismo he podido leer, en el documento se afirma que el gobierno norteamericano está experimentando con seres humanos en el Área 51. ¿Es esto así?

–Por supuesto –corroboró Javier–. En el informe se habla de forma explícita de los experimentos que llevaron a cabo con un mendigo con el fin de crear un virus letal para la humanidad.

–¿Y cuál sería el fin de tal atrocidad?

–Controlar la sobrepoblación mundial –respondió Erik–. Juegan a ser Dios y, lo que es peor, según el informe eso ya ha ocurrido antes. Fruto de este tipo de experimentos nacieron en su momento el VIH y el ébola.

–En el supuesto de que el planeta no pudiese albergarnos a todos, ¿tiene alguien derecho a decidir quién vive y quién muere? –planteó Daniel abriendo el debate en directo–. Como cada noche, aquí, desde Radio México FM, dándoles paso a ustedes, los oyentes. Son las dos y media de la madrugada, y abrimos una vez más su sección. Llamen y cuéntenos qué opinan aquí, en «Al filo de lo real» –concluyó haciéndole una señal al técnico para que cortase.

Mientras los tres comentaban satisfechos la entrevista, Luis Enrique y el resto del equipo les observaban atónitos.

–Pero… esto… ¿esto va en serio? –les interrumpió Luis Enrique, que, perplejo, apenas conseguía cerrar la boca.

Los técnicos les miraban pasmados sin atreverse ni a pronunciar una palabra.

–Sí, de hecho ahora intercalaremos imágenes, fotos y trozos de los vídeos, y mandaremos un montaje adaptado de esta entrevista a todos los medios para que puedan emitirla –respondió Daniel orgulloso del trabajo realizado.

–¿Pero de veras crees que nos dejarán emitir esto? –apuntó Luis Enrique.

–Lo emitiremos y punto. No voy a pedir autorización a la cadena ni al gobierno, como puedes imaginar. Aunque nadie ha dicho que tengamos que hacerlo desde el estudio. Sé que la policía se personaría allí en diez minutos.

–¿Y desde dónde emitiremos?

–Al tener la entrevista grabada, da igual el lugar. Haremos la primera parte del programa desde el estudio y esto lo emitiremos desde el exterior. Desde una unidad móvil. Piensa que en cuanto lo reciban los otros medios la noticia correrá como la pólvora. No lo podrán parar aunque quieran.

–¿Y cómo creen que reaccionarán? –preguntó Luis Enrique, que no salía de su asombro–. ¿Saben que no van a quedarse impasibles, no?

–Reaccionarán mal, seguro, pero con la información en manos de todo el mundo… ¿Qué van a hacer?, ¿matarnos a todos? –respondió Erik, que cada vez tenía más claro que habían hecho lo correcto.

–Imagino que harán como siempre en estos casos. Buscarán una cabeza de turco y harán que pague por todo. Luego tratarán de desmentir el tema de la experimentación con humanos y los virus arrojando informaciones falsas que distorsionen la credibilidad del informe –añadió Daniel–. Todo un clásico.

–Por cierto, deberíamos enviar los *emails* –recordó Javier–. Yo esperaría justo hasta el inicio de la sección, de modo que el programa pueda dar la primicia.

–Tendremos que avisar a Rodrigo para que active el código especial –dijo Erik.

–Ahora mismo le aviso y le digo a qué hora debe hacerlo. Otra cosa..., hasta que la situación se calme nadie debe saber que estamos aquí alojados –recomendó Javier, consciente de que intentarían dar con ellos.

–Sí, pero... ¿no os dais cuenta de que en cuanto aparezcan vuestras caras por televisión el propio personal del hotel puede delataros? –apuntó Luis Enrique.

Los tres se miraron con preocupación sabiendo que Luis Enrique estaba en lo cierto. Algo nerviosos, trataron de pensar qué podían hacer.

–Si queréis, tengo una casita en Tula que heredé de mis padres. No es gran cosa, pero allí nadie os buscará –añadió intentando ayudarles–. Está demasiado en tierra de nadie como para que alguien se moleste en buscar ahí. Además, no está ni tan siquiera a mi nombre, todavía está registrada al de mi madre.

–No sabes cuánto te lo agradecemos –dijo Javier sabiendo que aquello era idóneo.

–Deberéis aguardarme aquí un rato mientras me acerco a casa a por las llaves. Como puedes imaginar no las llevo encima.

–Muchas gracias, te debemos una –le agradeció Javier.

–Bueno, pues yo me iré con el resto del equipo a la emisora para organizar lo de esta noche. Esperemos que nadie me esté esperando. Si todo va bien, nos vemos después del programa en Tula –apuntó Daniel mirando a Luis Enrique–. Creo que hasta que pase un poco el revuelo inicial todos deberíamos quedarnos ahí unos días. Estaremos en el ojo del huracán.

–Puede que tengas razón. A falta de dar con nosotros tratarán de presionar al equipo –remarcó Erik.

–Cogeré un par de sacos de dormir de casa. En Tula no hay tantas camas –puntualizó Luis Enrique mientras se iba–. Habrá que avisar a José.

–Yo me encargo de eso. Imagino que estará a punto de salir hacia la emisora –respondió Daniel.

–Nos vemos entonces en unas horas –dijo Javier mirando a Daniel–. Y contigo en un rato –añadió dirigiéndose a Luis Enrique.

–Y vosotros nunca habéis estado aquí, ¿entendido? –ordenó Daniel dirigiéndose a los dos técnicos–. Si alguien os pregunta, el que hizo la grabación fue Emilio justo antes de que se lo llevasen.

Los dos asintieron, algo asustados.

–Id con mucho cuidado –añadió Javier mientras abandonaban la habitación con todo el equipo.

–Más vale que a partir de las dos no conectes tu viejo número de móvil, puede arder a llamadas –recomendó Erik a su compañero cuando todos se hubieron marchado.

–No me gustaría estar en el lugar de esos capullos. Imagino que les espera una noche movidita.

–Bueno, recojamos todo y paguemos el hotel. Tu compañero no tardará mucho en regresar.

* * *

Tal y como les había prometido, Luis Enrique no tardó demasiado en volver al hotel para llevarles a Tula. Previniendo las noches que les aguardaban, había cargado el coche de comida, sacos y otros enseres que les podían hacer falta.

–La casa está sin casi nada, no la he vuelto a abrir desde que mi padre murió hace casi un año.

–No te preocupes, sobreviviremos –respondió Erik–. Después de estar durmiendo en la selva esto será como estar en un *resort* de lujo –añadió guiñándole un ojo a Javier.

–No te imaginas la tienda de acampada, último modelo, que nos trajo el menda –replicó Javier, que sabía que Luis Enrique se hubiese partido de la risa de haber estado allí–. En vez de estar en plena selva parecía que estábamos en una versión pija de los *boy scouts*.

–Ya veo que pese a todo no lo pasasteis nada mal…

–Bueno, hubo momentos –puntualizó Erik.

–Sí, en especial el momento shushupe, ¿no? –apuntó Javier con sorna.

–¿Tropezasteis con una? –preguntó Luis Enrique, que adoraba los reptiles.

–Digamos que me llevé un buen susto –respondió Erik con una sonrisa al recordar su ridícula huida.

–Las shushupes son unos bellísimos animales –explicó Luis Enrique.

–Disculpa si no comparto tu visión. Los reptiles y yo no somos muy buenos amigos. Diría que por lo general detesto los bichos –concluyó el norteamericano.

* * *

Tula, a unos ochenta kilómetros al norte del distrito federal, había sido la antigua capital de los indígenas toltecas, y en ella todavía se podían apreciar los restos de hermosos palacios y diversas construcciones. En su momento, Tula había sido un gran centro cultural y de comercio, y era una población famosa también por su agricultura.

Desde Tepotzotlán, donde estaban alojados, tan sólo tenían por delante un trayecto de una media hora. Al llegar a la población, Luis Enrique les señaló con orgullo la casa, que ya se podía apreciar a lo lejos. Era una hermosa casita de dos plantas, de gruesas y sólidas paredes rebozadas de blanco. Al abrir la puerta, un aroma a humedad les invadió. El haberla tenido cerrada durante casi un año había propiciado que se generase aquel olor. Tal y como Luis Enrique les había avisado, la casa estaba bastante descuidada y algo llena de polvo. Era evidente que nadie había puesto un pie allí desde hacía mucho. Sin dudarlo, Luis Enrique se apresuró a abrir todas las ventanas de par en par con el fin de airearla. Luego, Erik y Javier le ayudaron a vaciar el coche y a colocar la comida y demás enseres en su interior.

–Si nos dices dónde hay una escoba y un trapo aprovecharemos para adecentarla un poco antes de que volváis –se ofreció Javier, dándose cuenta de que a menos que limpiasen lo más gordo iban a dormir y a comer envueltos en una nube de polvo.

–Enseguida os digo dónde está todo, pero primero dejadme que ponga la comida en la nevera y que os enseñe la casa –contestó el anfitrión mientras se acercaba a la cocina.

En la primera planta había un salón, la cocina y un aseo, y en la planta superior un par de habitaciones y otro baño no demasiado grande. Estaba claro que allí tan sólo había dos camas y un sofá. Algunos deberían dormir con los sacos en el suelo. Pero aun así a Javier y a Erik les pareció un refugio perfecto. La que se iba a desatar cuando la entrevista se emitiese sería de órdago, y más valía que todos estuvieran salvaguardados en ese refugio ignoto.

Capítulo 22
Una noche intensa

La espera se les hizo eterna. Tras limpiar por encima la casa y dejar las dos camas hechas, ambos se sentaron en el sofá para escuchar el programa en un transistor que encontraron en una de las habitaciones. Aquel aparato debía de tener tantísimos años que no desmerecería en el escaparate de algún anticuario. El programa empezó como siempre, pero a los oídos de Javier era evidente que, tras la primera parte, Daniel había insertado varias piezas de publicidad y unas cuantas canciones de más para que les diese tiempo a montarse en la unidad móvil y transmitir el resto desde allí. La verdad es que cuando ambos se oyeron en la radio, fueron más conscientes que nunca de que se había iniciado la cuenta atrás. Nada de lo que pasara a partir de ese momento era predecible. Su suerte estaba echada. Javier no dejaba de preguntarse cuánto tiempo debía de haber tardado la policía en irrumpir en la emisora en cuanto se empezó a emitir su entrevista.

Serían cerca de las tres de la madrugada cuando la unidad móvil con Daniel, José, Luis Enrique y Sebastián, uno de los técnicos que había estado antes grabando en el hotel, llegó a Tula. Mientras el técnico y Daniel permanecían un rato más en el interior del vehículo con el fin de controlar los últimos comentarios de los oyentes y concluir correctamente la emisión del programa, José y Luis Enrique, hartos de aquel claustrofóbico lugar, bajaron de la furgoneta y entraron en la casa. José, que todavía andaba impactado por las recientes noticias, abrazó al entrar a Javier con todas sus fuerzas. Acababa de enterarse de todo al mismo tiempo que oía la emisión y aún no había sido capaz de asimilar la odisea por la que había pasado su amigo. Daniel, que prefirió pecar de prudente, no quiso decirle nada por teléfono por miedo a que estuviese interceptado y para que el programa transcurriese con la máxima normalidad posible. Sólo le había pedido que se llevase una muda y un saco de dormir porque al terminar el programa se iban a ir de acampada a un enclave cercano donde afirmaban que estaba habiendo avistamientos. José, por su parte, había sido siempre tan obediente y crédulo que en ningún caso se cuestionó la veracidad de aquella información.

En la casa, Erik, sentado en un decrépito sofá *vintage*, escuchaba atento en la radio las intervenciones de los oyentes que todavía llamaban alucinados con el notición de la noche. La gente estaba bastante alterada y muy indignada por las mentiras y los asesinatos de tantos inocentes. La audiencia iba a alcanzar niveles históricos.

–¡Menuda aventura, compadre! –exclamó José mientras con la vista buscaba el mando del anticuado televisor que había sobre la mesilla del fondo del salón–. Cuando empecé a oír la entrevista pensé que se trataba de una broma.

–Como has podido ver, no hemos tenido tiempo para aburrirnos –respondió Javier.

–Siento mucho lo de Melanie –añadió José muy apenado por su amigo.

–Lo sé. Gracias. Por cierto, te presento a mi compañero de viaje, Erik.

–Un placer, Erik –dijo José estrechando su mano–. Gracias por traerlo sano y salvo.

–Bueno, no sé quién ha traído sano y salvo a quién –replicó Erik recordando algunos episodios de su periplo.

–Imagino que todos tenéis los móviles desconectados, ¿no? –interrumpió Javier temiendo que hubiesen sido rastreados.

–Daniel nos avisó antes de salir –apuntó Luis Enrique consciente del riesgo que corrían–. Estate tranquilo.

Conocedores de que en cualquier momento, a pesar de las altas horas de la madrugada en las que se encontraban, las principales cadenas mundiales se harían eco de aquel bombazo informativo, todos se dispusieron a sentarse en el sofá frente al televisor. Seguro que para entonces más de un alto cargo militar y más de un político habrían sido despertados en medio de la noche con una llamada telefónica intempestiva.

–¿Os apetecen unas cervecitas y unas papas? –preguntó Luis Enrique, que se había ocupado de rellenar la nevera y la despensa a tope.

–Bien visto –dijo José sentándose en el sofá, junto al resto, sin quitar ojo de la pantalla.

–Me preguntó qué estará pasando con Emilio –recordó Javier bastante preocupado por su compañero–. Espero que lo suelten pronto.

–Llamé a la policía nada más llegar a la emisora, pero lo único que me dijeron es que estaba bien. Que lo habían llevado para un interrogatorio rutinario y que no tardarían en soltarlo –aclaró Daniel entrando en la casa con Sebastián.

–Espero que todo esto no empeore su situación.

–¡Miren! –exclamó Luis Enrique emocionado mientras dejaba las cervezas sobre la mesa–. Ya empieza el revuelo. Nuestros amigos de Univisión han sido los primeros en sacar el tema.

–Los demás no tardarán en hacerlo –intervino Javier, que al igual que el resto escuchaba las noticias con expectación.

–Me pregunto cómo lo estarán viviendo en Rachel –interrumpió Erik.

–Me temo que estarán todos muy nerviosos. Me juego algo a que alguno perderá algo más que el trabajo esta noche –respondió Javier–. ¿Qué crees que ha debido de pensar Amber de todo esto? –añadió acordándose por un segundo de ella.

–¿Amber? ¿Quién demonios es Amber? –preguntó José, que aunque siempre parecía ausente no se perdía detalle de las conversaciones ajenas.

–Una de las jefas del Área, a la que tu amigo se ligó en cuestión de media hora –contestó Erik sonrojando a Javier–. Aquí donde lo veis, me la levantó en cuestión de cinco minutos.

–¡Será pendejo! –exclamó Daniel ansioso por saber más–. Esa parte de la historia no me la había contado... Ya estás tardando en darnos detalles.

–No fue para tanto, sólo coqueteamos mientras trataba de entretenerla en el bar para que Erik tuviese tiempo de entrar en su ordenador –respondió Javier intentando quitarle importancia al tema.

–¡Ah!, que ahora a meterle la lengua hasta la garganta en un par de ocasiones se le llama coquetear –añadió Erik riéndose de su cara de circunstancias.

–¡Qué calladito que lo tenía el chavo! –exclamó Luis Enrique–. Y luego me dicen que soy yo el que va por ahí rompiendo el corazón de las pibitas.

Mientras Javier, rojo como un pimiento, no sabía dónde meterse y Erik disfrutaba de la situación como un niño, en la televisión prácticamente todas las cadenas daban aquella noticia a bombo y platillo.

Por unos instantes, aquello pareció algo así como una reunión de viejos amigos dispuestos a ver un partido de fútbol. Las bromas, las cervezas, las patatas fritas…

–Quizá debería conectar un momento el móvil y comprobar cuál ha sido su primera reacción. ¿Qué opinas? –le dijo Erik a Javier rompiendo el ambiente festivo.

–Bien, conectémoslo unos instantes.

Nada más encenderlo, en la pantalla pudieron ver que había varias llamadas perdidas y un mensaje.

«No saben lo que han hecho.»

Aquella era la confirmación de que habían hecho lo mejor que podían hacer. Ahora tan sólo debían tener paciencia y esperar. Todavía quedaban por ver las reacciones de las familias afectadas y del resto de gobiernos implicados. Dada la hora que era, buena parte parte de la población no se enteraría hasta la mañana siguiente.

–¿Podemos coger alguna cadena europea? –preguntó Javier, interesado por la agitación que aquello estaría causando al otro lado del charco. Allí, la noticia habría llegado en *prime time* y por tanto las reacciones serían bastante más acusadas.

–Me temo que este viejo aparato y la antena no den para eso –dijo Luis Enrique.

–Esta no, pero la de la unidad móvil seguro que sí –respondió Sebastián invitando a todos a salir de la casa.

Sin dudarlo, todos salieron y se subieron a la furgoneta ávidos de comprobar el revuelo que se estaba organizando. Tal y como Javier sospechaba, todos los noticiarios y los programas de actualidad o de debate de Europa eran un auténtico hervidero. De hecho, Erik recordó que entre el pasaje había algunas personas de origen alemán, francés y probablemente italiano.

–Esto desencadenará también una delicada guerra diplomática. A partir de mañana veremos a gobiernos de varios países pidiendo explicaciones a Estados Unidos –añadió Luis Enrique–. Va a ser de lo más entretenido.

–Veremos cómo reacciona el gobierno estadounidense... Tiene por delante unos días bastante complicados –dijo Erik–. La diplomacia en estos casos no es su fuerte.

–Harán lo de siempre, un par de dimisiones, algunas declaraciones contradictorias y a dejar que el tiempo enfríe el asunto –intervino Daniel, que estaba hastiado de ver como nunca pasaba nada.

–Esperemos que al menos sirva para repatriar los cuerpos –dijo Javier, que no podía quitarse de la cabeza la imagen del cuerpo de su pequeña.

Sin darse apenas cuenta, entre bebidas, aperitivos y una animada e interesante conversación, les dieron las cinco de la mañana frente al televisor. Javier, que ya empezaba a acusar el cansancio en sus huesos, se levantó del sofá.

–Yo creo que deberíamos descansar unas horas, yo al menos estoy doblado. Mañana va a ser un día de locos.

–Nuestras caras van a aparecer en todos lados, como si fuéramos delincuentes –especuló Erik.

–Y a mí Oswaldo me va a coser a llamadas –dijo Daniel, refiriéndose al director de la cadena de radio–. Ya puedo pensar en qué voy a decirle respecto a la retransmisión especial de esta noche. Imagino que habría preferido que le hubiera pedido autorización.

–Si la policía ha ido a la emisora, que es lo más probable, lo raro es que seguridad no le haya llamado a casa y él a ti –interrumpió Luis Enrique.

–Apagué el teléfono por si las moscas... –aclaró Daniel sonriendo con picardía–. Me temía lo peor, así que opté por evitar la posible llamada.

–¡Que le jodan a ese pinche cabrón! –exclamó José, que no le tenía en gran estima–. Sólo falta que se queje. Le has regalado la primicia del año… ¡Qué digo del año!, ¡del siglo!... ¡Debería estarte muy agradecido!

–Bueno, señores, ¿cómo nos repartimos? –preguntó Javier, deseoso de poder pegar una cabezada.

–Quedaos vosotros con las camas, que lleváis varios días de trajín y necesitáis descansar más que el resto. Nosotros ya dormiremos aquí abajo como podamos, no os preocupéis –dijo Luis Enrique.

–Sí, así podemos continuar viendo este circo televisivo –apuntó José, que, sin gota de sueño, parecía estar entusiasmado con todo aquello–. Por una vez que pasan cosas interesantes de verdad no pienso irme a dormir.

–Pues yo, con vuestro permiso, me pido tumbarme en el sofá –dijo Daniel–. Mi espalda hace tiempo que dejó de ser lo que era y si duermo esta noche sobre el firme mañana no habrá quien me levante.

–Si no tienen inconveniente, yo me tumbaré en la parte trasera de la furgoneta. Siempre llevamos un colchón para imprevistos –dijo Sebastián para envidia del resto.

–Las mejores mulas sin manta –se lamentó en broma Luis Enrique, refiriéndose a José y a él.

–Por mí no te preocupes, que con una cervecita, una silla, los cascos y el televisor voy servido –respondió José, que con los ojos pegados al televisor no perdía comba.

–Buenas noches a todos y gracias por cedernos las camas –dijo Erik mientras subía las escaleras hasta la habitación.

–Buenas noches –respondió el resto.

Capítulo 23
Reacciones que no se hacen esperar

A la mañana siguiente, todos los medios de comunicación echaban chispas. Algunos, que habían amanecido con los archivos ya en sus bandejas de entrada, se apresuraron a preparar piezas especiales. La prensa escrita había tenido que realizar nuevos tirajes añadiendo la noticia y la gente en la calle estaba muy alterada con todo aquello. José, que al final no había dormido en toda la noche enganchado a las noticias, aprovechó para preparar café para todos antes de despertarlos. Fuera, el sol empezaba a levantarse asomándose tímidamente por las ventanas del salón.

–¡Así da gusto levantarse! –exclamó Daniel, que desde el sofá olió el aroma del café recién hecho.

–En el armario de arriba guardé una bolsa con bollos –dijo Luis Enrique mientras se desperezaba.

–Iré a avisar a Sebastián –añadió Daniel incorporándose para salir de la casa.

–¿Al final no has dormido ni una hora? –preguntó Luis Enrique, viendo las ojeras que lucía su compañero.

–Entre que sufro de insomnio y lo enganchado que estaba ayer oyendo los debates en la televisión no he pegado ojo.

–Yo si no duermo una noche no valgo para nada.

Javier y Erik, que desde arriba oyeron las voces, no tardaron en bajar. Aunque todavía era temprano para declaraciones por parte de los gobiernos, todas las cadenas, tanto de radio como de televisión, hablaban del suceso. Aquella se estaba convirtiendo en la noticia con mayor seguimiento por parte de los oyentes después del 11-S. Javier, que todavía estaba algo dormido, se sentó a la mesa y agarró el mando del televisor. Lo suyo aquella mañana era ir cambiando de cadena. A medida que avanzase el día la polémica se iría animando todavía más.

–A buen seguro que en las calles y en las oficinas hoy no se hablará de otra cosa –dijo Erik, que, de pie junto al sofá, observaba atento el televisor.

Hasta en los programas matutinos, en los que habitualmente sólo comentaban asuntos del corazón, música, o recetas de cocina, se hablaba del accidente del Boeing 767. Parecía que todo el mundo se sentía capacitado para emitir juicios de valor respecto a lo ocurrido. También era muy curioso ver a personajes de todos los ámbitos debatiendo sobre un tema tan poco común como las conspiraciones, las plagas o la experimentación con humanos. Aquello no tenía desperdicio.

Ahora sólo faltaba ver cómo afrontaría la Casa Blanca aquel escándalo sin precedentes, pero eso sería sin duda el plato fuerte de los informativos del mediodía. El gobierno estaría ahora depurando internamente responsabilidades y pensando cómo salir del atolladero con el menor número posible de rasguños.

–¿Cuándo creéis que será aconsejable salir de aquí? –preguntó Erik, que no era capaz de ver el final de aquel encierro.

–Imagino que en cuanto el gobierno se posicione y empiece a haber dimisiones –respondió Daniel–. Hay que esperar a que todo se tranquilice un poco.

–Por cierto, deberíamos ver qué ha pasado con Emilio –añadió Javier–. Esperemos que este bombazo haya servido como mínimo para que lo liberen.

–Voy a encender mi teléfono y voy a llamarle, a ver si ya lo coge –contestó Daniel, que se sentía como un padre para el muchacho–. Espero que ya lo hayan soltado.

Nada más conectar el móvil le saltaron en el buzón varias llamadas perdidas de Oswaldo de la noche anterior y una de Emilio de primera hora de la mañana.

Marcó su número y al tercer tono Emilio respondió.

–¿Bueno?

–¿Emilio?

–Hola, Daniel, ¿dónde andan todos? –preguntó.

–Estamos en una casa fuera de la capital, por seguridad. ¿Y tú? ¿Cómo andas tras lo de anoche?

–Bien, bien. Pero... ¡Vaya lío que han organizado! Cuando esta mañana puse la radio sólo hablaban de ustedes. No se les puede dejar solos.

–Sí, bueno, había que hacer algo. No te trataría mal esa panda de inútiles. ¿Estás bien?

–Nomás se pusieron un poco pesados tratando de saber dónde estaban Javier y Erik, pero esta mañana estaban todos alterados y me dejaron marchar. En cuanto oí las noticias entendí a qué había venido tanto revuelo.

–Carajo de policías que no hacen más que chingarla todo el día... –exclamó Daniel.

–¿Cómo van a grabar el programa esta noche?

–Lo haremos desde la unidad móvil, más vale prevenir. No podemos arriesgarnos a ir a la emisora. Tú quédate en casa, mejor no vayas al estudio. Te diría dónde estamos, pero no me fío de que las líneas no estén pinchadas. De hecho tenemos previsto emitir con la unidad en marcha y lo más lejos posible del lugar donde estamos, por si las moscas.

–Vayan con mucho ojo y cualquier cosa ya saben dónde localizarme –dijo Emilio.

–Hasta pronto.

Todos miraban aliviados a Daniel. Por fin una buena noticia.

–Y ahora, vamos a llamar al jefe...

En este caso todos le miraron cómo dándole el pésame; era evidente, y más conociendo el genio que gastaba Oswaldo, que la bronca iba a ser sonada.

Oswaldo era un hombre con mucho carácter, un empresario hecho a sí mismo que rara vez daba su brazo a torcer ante las adversidades. Era un hombre de aspecto algo rudo y desaliñado, y de dudosa formación universitaria, aunque él defendía tenerla. Pero, pese a su inexistente saber estar, aquel hombre fornido había sido capaz de levantar la cadena de la nada y convertirla en todo un referente.

Todos esperaron atentos a ver cómo se desarrollaba aquella conversación. De hecho, tan pronto como Oswaldo le cogió el teléfono Daniel tuvo que separar el auricular de su oreja para no quedarse sordo. Los gritos se oyeron por toda la casa. Daniel aguantó estoicamente el chaparrón en silencio. Poco a poco el tono de la conversación fue rebajándose, hasta llegar a un comedido «felicidades por la primicia» que no le quedó más remedio que soltar. Tras algunos minutos, Daniel colgó el teléfono y suspiró algo más relajado.

–No fue para tanto –comentó sonriendo–. Ahora al menos tenemos permiso para seguir con esto.

–Pudo ser peor –añadió Luis Enrique con sorna.

Tan sólo quedaba ya esperar a que los políticos empezasen a mover ficha, y eso no tardaría en pasar. Era obvio que tenían que rodar algunas cabezas si querían salir más o menos airosos de ese escándalo.

La mañana se hizo bastante larga; allí no había mucho que hacer y no fue hasta el mediodía cuando los medios volvieron a echar humo con las declaraciones de la Casa Blanca. Tal y como Daniel suponía, trataron de echar balones fuera y de justificar las acciones bajo el paraguas de la seguridad nacional. El director de la CIA, convertido en una marioneta política, intentó, sin demasiado éxito, justificar aquella atrocidad: «No podíamos dejar que un virus letal infectase a toda la población. Sentimos mucho lo ocurrido con los pasajeros del vuelo CW0764, pero la seguridad nacional debe estar por encima de los individuos. En cualquier caso, se revisarán los protocolos de actuación, que han demostrado ser inapropiados».

Por otro lado, David Davenport, director del Área 51, procuró desacreditar la veracidad del documento extraído, alegando que había sido manipulado y que en ningún caso se habían realizado experimentos con humanos en aquella base. También negó de forma categórica cualquier relación con la aparición o creación de virus como el VIH o el ébola: «En el supuesto de que la información recogida en esos documentos fuese cierta, ¿creen ustedes que sería de tan fácil acceso? El Área 51 es uno de los lugares con mayores medidas de seguridad de todo el planeta. Además, en el Área jamás hemos tenido conocimiento de la existencia de tales experimentaciones con seres vivos. ¿Acaso creen que somos unos monstruos?».

Por su parte, los familiares de las víctimas, muchos de los cuales se habían puesto en contacto entre ellos a lo largo de la mañana gracias al listado de nombres y teléfonos adjuntos al archivo que se les había hecho llegar, habían decidido formar un frente común y que un bufete de abogados les representase. Pretendían interponer una demanda millonaria contra los Estados Unidos, al igual que los accionistas de la Caribean Way, que, indignados, reclamaban el pago del avión siniestrado, más los daños y perjuicios derivados de la pérdida de credibilidad e imagen frente a la opinión pública tras el siniestro.

Sobre las cinco de la tarde llegaron a los medios las filtraciones sobre las primeras reacciones de los gobiernos de otros países cuyos ciudadanos habían muerto en el trágico suceso. Todos ellos exigieron también explicaciones a la Casa Blanca sobre lo acontecido. Los medios de comunicación no daban abasto para cubrir todo lo que estaba ocurriendo en el panorama mundial.

Aquella noche y la siguiente, los programas de «Al filo de lo real», que se emitieron con carácter excepcional desde la unidad móvil con el visto bueno de Oswaldo, superaron con creces todos los ratios históricos de audiencia. Sólo ellos tenían a los protagonistas de aquella increíble aventura.

Ahora sólo les quedaba armarse de paciencia y esperar. Era evidente que tarde o temprano el gobierno y la propia CIA deberían ofrecer a la opinión pública algo más que aquellas inverosímiles y ridículas justificaciones. La presión tanto por parte de la calle como por parte de la compañía aérea y del resto de gobiernos afectados por aquella tragedia no iba a cesar hasta que la Casa Blanca ofreciese públicamente la cabeza de los culpables. Además, también deberían dar respuesta a las demandas de las familias de las víctimas. Tendrían que afrontar el tema de la repatriación de los cuerpos, así como las famosas indemnizaciones.

Como era de esperar, el gobierno norteamericano se tomó su tiempo y no fue hasta dos días más tarde cuando, para satisfacción de todos, se hizo pública tanto la dimisión de Carter Freeman como la de James Stanley, director y subdirector de la CIA respectivamente. Horas más tarde también se comunicó públicamente la renuncia de David Davenport, director del Área 51, que, al igual que los anteriores, pasó a disposición judicial como corresponsable e imputado por la masacre. Aquella fue la forma con que la Casa Blanca decidió limpiar su imagen de un plumazo, dándole al pueblo tres cabezas de turco y alegando la total falta de conocimiento de los hechos. Por otro lado, no les quedó más remedio que abrir una investigación sobre el origen real del virus que infectó al pasaje, que en ningún caso se clasificó como arma bacteriológica, una investigación que todos sabían que no llegaría a buen puerto. Además, se comprometieron a repatriar todos los cuerpos enterrados en la selva amazónica y a revisar, una por una, todas las indemnizaciones destinadas a las familias de la tripulación y los pasajeros, a cambio de que estas retirasen los cargos que tenían interpuestos contra el Estado.

Por fin parecía que las aguas iban regresando a su cauce y que aquello era el principio del fin para aquel encierro; ahora ya podían empezar a pensar en salir a la luz y recuperar sus vidas. Estaba claro que muchos de los culpables de aquello quedarían en la más absoluta de las impunidades, pero ese era el menor de los males.

Aquella misma tarde, todos empezaron a recoger sus pertenencias. Ya no había razón para seguir aislados en aquella casita de Tula.

–Hay que reconocer que como experiencia ha estado bien –dijo José, que se había tomado aquel encierro como una acampada entre amigos.

–La compañía ha sido agradable, pero, puestos a elegir, prefiero estar en mi casa –respondió Luis Enrique, que tras dormir tres noches en el suelo soñaba con abrazar su almohada.

–¿Sabes? –le dijo Erik a Javier mientras se subía a la furgoneta–. Te voy a echar un poquito de menos, y mira que me caíste mal cuando nos conocimos.

–Y yo a ti, cabronazo, que sólo te faltaba ir de Armani a la selva –contestó Javier sonriendo–. Prométeme que no perderemos el contacto.

–Te lo juro, Javier. Es más, avísame cuando llegue el cuerpo de tu pequeña, no me perdonaría no asistir a su entierro.

–Primero tendré que hablar con Jorge para que la desentierre lo antes posible y la lleve junto con los demás cuerpos; si no, no la repatriarán.

–Más vale que lo haga antes de que el gobierno dé la orden de excavar la zona, o volverá a meterse en problemas.

Ambos se fundieron en un largo abrazo.

–Bueno, y dime qué ha pasado con tu trabajo en cuanto regreses a casa.

–Imagino que habrán visto las noticias y espero que sean conscientes de lo excepcional de la situación –replicó Erik convencido de que no pasaría nada.

* * *

Durante los siguientes quince días se realizaron cientos de gestiones para recuperar los cadáveres de las víctimas y proceder, en aquellos casos en que el estado del cuerpo lo permitiese, a su posterior identificación gracias a las muestras de ADN que sus familiares habían facilitado. Identificar más de doscientos cuerpos supuso un arduo e interminable trabajo para las autoridades locales. Para ello tuvieron que habilitar durante semanas un hangar de la base de Iquitos. El tema de las indemnizaciones, como todos imaginaban, se retrasó bastante más.

A nivel mediático, el asunto estuvo todavía unos días en activo, pero, como era de prever, meses más tarde se fue diluyendo poco a poco. Una gran parte de aquella noticia, sobre todo en lo referente a los experimentos con humanos y animales, quedaría archivada en el imaginario popular como si de una leyenda urbana se tratase. El gobierno puso especial esmero en que no se le diese excesiva credibilidad al tema.

Por su parte, Erik regresó a Manhattan. Tal y como imaginaba, tras hablar con su superior y explicarle todo lo vivido durante aquellos días, conservó su trabajo y el periodo que había dedicado a aquella investigación no se le descontó de las vacaciones. Esto le facilitó en gran medida que un mes más tarde pudiese tomarse unos días para viajar a México y acudir al entierro de Melanie, tal y como le había prometido a su amigo. Los restos de su mujer, a diferencia de otros muchos que debido al grado de calcinación no pudieron ser identificados, le fueron enviados casi un mes más tarde. Tan pronto como repatriaron su cadáver, Erik decidió incinerarlo, siguiendo las últimas voluntades de su mujer. Luego optó por esparcir sus cenizas, acompañado de sus suegros y de Javier, en el lago de Central Park, frente a su casa, esa casa en la que ella siempre quiso vivir y en la que fue feliz.

Para ambos, aquel capítulo suponía pasar página a una parte muy dolorosa de sus respectivas vidas y poder seguir adelante. Sin embargo, también había significado el principio de una nueva y sólida amistad.

Javier siguió en la radio junto con sus compañeros, aunque, por fin, tras casi un año, desenterró sus antiguos estudios de los polvorientos cajones de su despacho para proseguir con ellos. Aquello le abrió de nuevo las puertas de la universidad y la posibilidad de recuperar sus clases. Poco a poco parecía que las cosas regresaban al lugar de donde nunca debieron moverse.

Capítulo 24
De vuelta a la normalidad

Daniel llegó sudando a la emisora. Por primera vez en su vida lo hacía cinco minutos tarde, algo impensable conociendo su puntualidad británica. Parecía como si aquel episodio los hubiera cambiado a todos de alguna forma. Emilio, que ya era gato viejo, rellenó aquel pequeño *gap* con piezas musicales. Nadie salvo los presentes se percataría del retraso.

–Lo siento –dijo Daniel azorado–. He tenido un problemilla con el coche. Ya sabéis que yo jamás llego tarde –añadió tratando de disculparse.

Sin ni tan siquiera quitarse la chaqueta, tomó el micro y comenzó a hablar mientras José le reprendía por su retraso en tono irónico, señalándole el reloj. Como cada noche, Luis Enrique había sacado su café de la máquina y dormitaba sentado en la mesa, mientras Javier seguía enfrascado revisando sus apuntes sobre el tema del que iba a hablar aquella noche: los Ooparts u objetos fuera de su tiempo.

Una noche más, Daniel empezó el programa con su ya conocida disertación sobre un tema de actualidad, para dar paso después a cada uno de los colaboradores con sus respectivas secciones. Por último, llegaría la parte más informal del programa y la más amena del mismo, la mesa redonda abierta al público.

Como de costumbre, Luis Enrique, José y Javier esperaban atentos a que les pasaran las primeras preguntas de los oyentes.

–Y como cada noche, aquí, desde Radio México FM, dándoles paso a ustedes, los oyentes. Son las dos y media de la madrugada, y abrimos una vez más su sección. Llamen y cuéntenos sus experiencias, les escuchamos. Leyendas, fantasmas, misterios, premoniciones, casas embrujadas, visiones, todo tiene cabida en «Al filo de lo real» –dijo Daniel haciendo la señal a Emilio para que introdujese durante unos segundos la banda musical que abría la sección y comenzase a dar paso a las llamadas.

Tras una larga hora de preguntas y de debate con los oyentes, el programa llegó a su fin y todos empezaron a recoger sus cosas para marcharse. Entonces, cuando ya estaban a punto de abandonar el estudio, Emilio salió de la cabina como una exhalación en busca de Javier.

–¡Javier! ¡Lo tenemos! ¡Por fin lo han conseguido!

Todos le miraron sin saber a qué se refería.

–Los informáticos me acaban de llamar. Por lo visto, consiguieron averiguar el origen de la llamada. Aunque ocultaron el número, estos pinches cabrones han conseguido dar con él.

–¿La llamada? –preguntó Javier.

–Sí, la supuesta llamada de tu hija, la que hizo que te fueses a Perú a buscarla.

–¿Cómo? –exclamó él quedándose helado ante la noticia. Tanto tiempo esperando una explicación coherente y ahora, cuando parecía estar a punto de recibirla, no tenía claro si quería saber la verdad. Una extraña sensación de angustia recorrió su cuerpo en cuestión de un instante.

Todos miraron a Emilio en silencio y muertos de curiosidad.

–Es extraño porque el teléfono no es de aquí, pertenece al estado de Nuevo México, a una pequeña población, a Rachel para ser más exactos –informó Emilio.

–¿Rachel? ¡No jodas! –exclamó Javier sorprendido.

–Sí, sí..., Rachel. ¿De qué conoces ese pueblo? –preguntó Emilio, que en la vida lo había oído mencionar.

El resto, que sí sabían de la estancia de Javier y Erik en aquel lugar, lo miraron expectantes.

–Eso ahora no importa. ¿Sabes algo más? ¿Sabemos a nombre de quién está ese teléfono?

–Costó bastante, pero lo tenemos. El número está a nombre de una mujer, una tal Amber Crabbs –apuntó Emilio sin entender la reacción de sorpresa que aquel nombre había ocasionado entre los presentes.

Javier y todo el equipo se quedaron paralizados durante unos segundos, pero después empezaron a intercambiar opiniones y a hacer cábalas tratando de entender la lógica de lo sucedido. ¿Qué sentido tenía todo aquello? ¿Por qué iba Amber a llamar a la emisora fingiendo ser la hija de Javier? Aquello no era razonable. Mientras él, descolocado, enmudecía nuevamente, todos le miraban con expectación esperando aclarar a dónde les llevaba aquello.

–Javier..., ¿me has escuchado? –preguntó Emilio viendo que su compañero estaba como ausente.

–Sí, sí, sólo es que todo esto es muy extraño. ¿Tienes también su dirección y su número?

–Sí, claro, eso fue lo más sencillo. La dirección es Fletcher Avenue 5, y ahora te doy el número desde el que llamó..., pero tengo la sensación de que me estoy perdiendo algo –añadió este, que no sabía nada de la historia de Javier y Amber.

Sin prestarle atención Javier preguntó:

–¿Qué hora es ahora en Nuevo México?

–Pues una hora menos, es decir, las dos y diez de la madrugada –dijo Daniel–. ¿Vas a llamarla?

–¿A ti qué te parece? –respondió él con la expresión desencajada.

–Medita esta noche lo que le vas a decir y llámala mañana, con calma –le recomendó José, que gracias a la edad solía ver las cosas con más calma que el resto.

–Quizá tengas razón.

–La tiene –añadió Luis Enrique, que, pese a ser normalmente bastante impulsivo, era consciente de lo delicado de la situación–. ¿Cómo vas a afrontar la conversación? –preguntó, temiéndose que su amigo perdiera los papeles.

–No lo sé. Pero os haré caso y llamaré mañana, aunque no creo que pueda dormir demasiado después de esto –dijo mientras se dirigía hacia el exterior del edificio en busca de su coche.

–¿Alguien me va a contar de qué va todo esto? –reclamó Emilio algo molesto.

–Ahora te lo cuento yo –dijo José sonriendo mientras el resto salía de la emisora.

* * *

De camino a casa, Javier recordó el trayecto de la otra vez, el trayecto que, llorando y destrozado tras aquella llamada, recorrió hacía varios meses. ¿Por qué?, se preguntaba sin llegar a entender qué habría llevado a Amber a hacer aquello. Incapaz de hallar una explicación coherente, decidió armarse de paciencia y esperar al día siguiente. La llamaría por la tarde, si la llamaba por la mañana era muy posible que la pillase a punto de irse a la base y no tuviera tiempo suficiente para hablar con calma. Sabía que iba a ser una conversación larga y complicada.

* * *

Como cada día, Amber llegó a casa sobre las ocho de la tarde y, tras coger una cerveza bien fría de la nevera, se tumbó cansada en el sofá tratando de relajarse. Trabajar tantas horas frente a aquella pantalla hacía que a última hora del día le llorasen los ojos, incluso a veces le provocaba un tremendo dolor de cabeza. Al estar sola, muchas noches ni tan siquiera cenaba; le podía el cansancio y se quedaba adormilada frente al televisor. Por esa razón, empezó a dejar el despertador en el salón, sobre la mesilla lateral del sofá. Así al menos si se dormía allí y no iba a la cama no corría el riesgo de llegar tarde a trabajar.

Su casa era pequeña y muy funcional. A diferencia de otras mujeres, ella no tenía tiempo ni ganas de andarse con florituras. De diseño minimalista y con los muebles imprescindibles, aquella casa cumplía con las necesidades básicas para poder vivir. Su día a día era bastante ordenado, incluso algo aburrido. Antes, cuando Sheila trabajaba también en el Área, al menos tenía una amiga cerca para hablar y salir de copas. Desde que el ejército destinó a Jeff, su marido, a Carolina del Norte, Amber se había quedado bastante sola en aquel triste pueblo. El resto de mujeres del Área no tenían nada que ver con ella, en absoluto. La mayoría se dedicaban a la limpieza o trabajaban en el restaurante. Su conversación era hueca, intrascendente, y a ella no le parecía demasiado interesante.

Cuando se disponía a encender el televisor sonó el teléfono fijo que había sobre la mesita. Sorprendida, porque rara vez recibía llamadas, se incorporó con urgencia y lo agarró pensando que quizá le habría pasado algo a su madre.

–¿Diga? ¿Eres tú, mamá?

Al otro lado, Javier inspiró profundamente, como cogiendo fuerza y valor para comenzar a hablar.

–Hola, Amber.

–¿Quién es?

–¿No me reconoces?

–Pues ahora no caigo, la verdad.

–¿Te dice algo el nombre de Javier Ugarte? ¿O prefieres quizás el de Mike?

Por un instante se hizo el silencio más absoluto. Tras unos segundos, la voz titubeante de Amber volvió a sonar.

–¿Có… cómo…? –murmuró, sintiendo que le temblaban hasta las piernas.

–¿Que cómo he dado con tu número? ¿Acaso no recuerdas que me llamaste a la emisora? ¡Qué mala memoria!

–Pero…

–¿Pero qué?

–Se suponía que el número…

–Sí, la verdad es que nos ha costado un poco averiguarlo, pero tenemos un equipo de informáticos brillantes. Incluso los números ocultos se pueden averiguar. A ver si vas a pensar que sólo en el Área hay gente brillante.

–¿Qué quieres? –dijo con voz seca recobrando la serenidad.

–La verdad, Amber, sólo la verdad. ¿No crees que merezco una explicación?

–Toda la verdad estaba en los archivos que os llevasteis. ¿Qué más quieres?

–Toda no. ¿Qué me dices de tu fantástica llamada a la emisora? Te lo debiste de pasar de miedo haciéndome creer que Melanie estaba todavía... ¡Quiero y exijo una explicación! –gritó Javier con los ojos enrojecidos.

Amber se quedó muda, sin saber qué responder. En su cabeza se mezclaban los sentimientos, y las imágenes de ambos besándose tras la máquina de bebidas afloraban en su mente haciéndola sentir aún peor. En su momento creyó que estaba obrando con corrección, pero ahora lo empezaba a dudar.

–No quise hacer daño, lo prometo. Fue un montaje por una buena causa.

–¿Un montaje por una buena causa? Como no te expliques mejor...

–Es una historia muy larga.

–Pues por mí puedes empezar, porque tengo todo el tiempo del mundo.

–Está bien, tranquilo, te lo contaré –dijo recabando el valor suficiente.

Javier esperó con interés aquella explicación.

–Yo estaba en el equipo especial que fue a Perú tras el incidente con el Boeing a «limpiar». Mi labor era recoger y archivar las pertenencias del pasaje o cualquier prueba tangible que quedase sobre el terreno. No podíamos avisar a nadie de fuera y tampoco podíamos involucrar a cualquiera, así que fuimos sólo los del Área y rechazamos la ayuda local. Debíamos ser muy minuciosos.

–¡Qué trabajo tan agradable!

–En absoluto.

–¿Y qué tiene que ver eso con la llamada?

–Todo. Cuando vi aquello... Los cuerpos calcinados, restos, niños... Aquello me superó. Nunca en todos estos años había visto un acto de crueldad tan grande –relató con voz compungida–. Sé que a veces la seguridad nacional conlleva tomar decisiones duras, pero aquello... Aquello no tenía justificación. No para mí. No recuerdo haber llorado tanto en muchos años.

Su voz se hizo algo más débil y quebradiza; se detuvo unos segundos como tratando de recuperar el aliento.

–Entonces encontré aquel hermoso bolsito de fieltro con flores rojas estampadas. Aquel pedazo de color, de luz, destacaba entre toda aquella barbarie. Era como una pincelada de vida en mitad de la destrucción más absoluta.

Javier sabía que hablaba del bolso que llevaba su pequeña el día que se fue.

–Lo abrí para ver a quién pertenecía y vi el pasaporte de tu hija y el papel que llevaba junto a él con tus datos, para casos de urgencia. Enseguida supe quién eras.

Javier tragó saliva y preguntó:

–¿Cómo es posible eso?

–Aunque ahora no venga al caso, yo sigo vuestro programa desde hace mucho tiempo..., soy una verdadera fan. Sabía perfectamente quién eras.

–Sigue por favor –dijo Javier con un nudo en la garganta y los ojos empañados.

–Recogí sus cosas, como tantas otras, pero en este caso en vez de archivarlas en los camiones para su posterior destrucción me las llevé a mi casa. No debí hacerlo, lo sé, pero algo en mi interior me empujaba a querer saber más de su propietaria, de esa pobre niña, de ti... Algo me decía que tenía que hacer algo, algo más que enterrar aquella locura.

Javier cerró los ojos con rabia y dolor mientras Amber seguía hablando.

–En el bolso también estaba su teléfono móvil, y tras oír varias veces el mensaje grabado con su voz en el contestador se me ocurrió una idea. Pensé que si conseguía que algún técnico informático manipulase todas aquellas palabras, si conseguía crear con trozos de ellas un mensaje nuevo con su misma voz, un mensaje con el que tú creyeses que estaba viva... Sabía que técnicamente ya se habían hecho cosas así, que no era imposible...

–¡Dios mío! –exclamó Javier.

–No fue sencillo, pero se pudo hacer. Un técnico amigo de la base me ayudó a manipular aquel audio hasta fabricar un mensaje creíble, un mensaje pensado para hacerte reaccionar e ir en busca de la verdad. Cuando oí por primera vez el resultado, no pude evitar romper a llorar como una niña. Era tan real, tan creíble... Y supe que irías a por ella. De hecho, dudé varios días sobre si hacer aquello o no, pero al final creí que el fin justificaría los medios.

Tras una breve pausa prosiguió.

–Pensé que quizás así conseguiría que la buscaras, que averiguases cosas, que se supiera la verdad, que el horror que yo había presenciado no quedase oculto... –dijo con la voz rota por la emoción–. ¿Quién mejor que alguien vinculado a un medio de comunicación para dar a conocer esa barbarie? Piénsalo, lo tenías todo para ser la persona idónea.

–¡Joder! –bramó Javier lleno de rabia–. ¿Idónea? ¿Pensaste en algún instante en el dolor que sentí al creer que estaba viva, para descubrir después que no era así?

–Lo siento, lo siento muchísimo..., sólo intentaba que la verdad saliese a la luz. Sé que debí pensar en ti, pero en caliente... Ahora me doy cuenta de que el fin no justificaba lo que te hice sentir. Lo siento, lo siento tantísimo...

–También podrías haberlo hecho tú, ¿no? Podrías haberlo hecho público tú sola en vez de meternos a otros...

–Cuando todo esto pasó estuvimos muy vigilados, era impensable, imposible... Ojalá yo...

Amber rompió a llorar. Durante unos instantes ambos se quedaron mudos, absortos, inmersos en el desasosiego que aquella conversación estaba provocando en ambos.

–Y por curiosidad... ¿Quién puso allí restos de un Boeing 747 en vez de los de un 676? –preguntó Javier cambiando de tercio.

–¿Cómo?

–Que quien reconstruyó el accidente se equivocó de avión. Deberían haber volado en un 747, pero al haber menos pasaje lo hicieron en un modelo inferior. ¿Nadie se fijó en ese pequeño e importante detalle?

–Imagino que de eso se ocuparía la autoridad local, los militares destinados en Iquitos. Nosotros sólo limpiamos la zona.

–Pues menudos lumbreras... Pusieron piezas del avión equivocado –añadió Javier indignado–. Y dime una cosa más: cuando estuve en el Área sabías perfectamente quién era yo, ¿no?

Otro incómodo silencio rompió la conversación. Javier deseaba que su respuesta fuese negativa, pero por desgracia temía que no iba a ser así.

–Sí, lo sabía. Al que no conocía era a tu amigo, por eso le contesté de aquella forma tan abrupta. Pero a ti te reconocí al instante, cómo no hacerlo.

–Entonces, lo de acompañarme al bar, nuestra conversación, el beso... Yo de ti me presentaba a los Óscar –le espetó Javier bastante dolido.

–Sabía que tu compañero estaría buscando el informe y os dejé tiempo. No sabía cómo habíais conseguido entrar, pero sabía que mi llamada había surtido el efecto deseado. Yo quería que la verdad se supiese, sólo eso.

–Ya –dijo bastante resentido al comprobar que lo que por unos momentos creyó que era real había sido tan sólo un espejismo–. ¿Y el fin justifica los medios? Eso es lo que os enseñan ahí, ¿no? ¿En qué te diferencias de ellos? Mientes, manipulas y engañas igual de bien que el resto.

–Lo siento... –repitió entre lágrimas–. Pero cuando te conocí no esperaba sentir lo que sentí –afirmó ella haciendo que el corazón de Javier diese un vuelco–. En eso no te mentí, me gustaste, y mucho. No puedo cambiar las cosas, aunque créeme si te digo que el segundo beso te lo di porque me apeteció.

–¿Por qué debería creerte?

–Porque tú también sentiste lo mismo que yo...

A pesar de todo, Javier trató de guardar la distancia. No iba a fiarse nunca más de ella, lo tenía muy claro. Debía dejar lo que su corazón le dictaba al margen, así que se despidió de forma fría. No volvería a pensar en aquella mujer, para él Amber Crabbs estaba muerta.

–Espero que haya merecido la pena. Hasta nunca, Amber Crabbs –dijo Javier colgando el teléfono.

Amber se sentó de nuevo en el sofá con la cabeza entre sus rodillas, destrozada, llorando y sintiéndose fatal por todo lo sucedido. Aunque nunca imaginó que Javier terminase atando cabos, en el fondo estaba convencida de que era lo mejor que podía haber pasado. Javier merecía saber la verdad, era un buen hombre y no merecía más sufrimiento. Aunque sabía que esa verdad había barrido de un plumazo para siempre la posibilidad de que terminase pasando algo entre ellos dos, merecía saberla. Pese a que en ningún momento quiso hacerle daño, ahora sabía que sí se lo había causado, y mayor del que jamás hubiese podido imaginar. Posiblemente Javier no carecía de razón cuando afirmaba que ella había hecho en parte lo mismo que los demás, había hecho primar el fin sobre los medios. Se había comportado de forma egoísta. Sin embargo, oírlo de su boca la había hecho sentir despreciable y sucia. Quizá, si las cosas hubiesen pasado de otra manera, si lo hubiera conocido en otro lugar, en otra situación…

Tras colgar, Javier sacó una cerveza de la nevera y se sentó en la cocina, sobre la mesa. ¿Por qué, pese a tener todos los argumentos para odiar a aquella mujer y querer borrarla para siempre de sus recuerdos, no podía dejar de pensar en ella? ¿Cómo había sido capaz de jugar de aquel modo con los sentimientos de los demás, con sus heridas? En su pecho, un volcán de sensaciones se debatía por salir a gritos al exterior. Una mezcla entre rabia, dolor y odio compartía el mismo espacio en su interior que esa atracción irracional hacia ella. Lo único positivo era que saber la verdad sobre aquella misteriosa llamada había liberado al final esa parte de angustia que no conseguía sacar de su alma. Ahora al menos podía seguir con su vida sin pensar que quizá su hija, o lo que quedase de ella, continuaba anclada junto a él, sola, en las sombras, en una realidad cercana pero inaccesible. Prefería pensar que Melanie estaba feliz en otro plano, junto a su madre.

Capítulo 25
Nada ocurre por casualidad

Llegó como cada mañana a la universidad, con el tiempo justo para tomarse un café bien cargado antes de empezar su clase de las doce. Aparcó el coche en el parking reservado para profesores y se dirigió a la cafetería. Tras hacer la cola en la barra y pedir su desayuno, se sentó como siempre al fondo, en aquella vieja mesa de madera llena de garabatos e inscripciones que los alumnos de otros años habían dejado para la memoria, aquella mesa que parecía estar reservada para ellos. Carlos Vargas, el profesor de Paleografía y Diplomática, y la simpática señorita Rosa Belmonte, que en los últimos años se había convertido en un comodín a la hora de suplir a otros profesores, charlaban de forma relajada cuando él se sentó dispuesto a desayunar.

–Buenos días –saludó Javier dejando su café sobre la mesa–. Parece que hoy se ha levantado el día algo nublado, ¿no?

–Todo será que termine lloviendo –respondió Rosa mirando a través de los ventanales las oscuras nubes que a lo lejos parecían querer atraparlos.

–Bueno, para estar aquí encerrados, ¿qué más da el día que haga ahí afuera? –añadió Carlos, que a sus setenta y tres años prefería pasar el rato frente a un buen libro en la cafetería que salir a pasear al exterior.

–¿Cómo se te presenta la mañana? –preguntó Rosa a Javier, sin hacer demasiado caso a la negatividad de la que solía hacer gala su colega.

–Hoy sólo tengo un par de clases. Un día tranquilo, la verdad. ¿Y tú? ¿Cómo tienes el día?

–Tengo que hacer las suplencias de Raúl, vuelve a estar con gripe.

–Por cierto –interrumpió Carlos, que parecía inmerso en sus propios pensamientos–, ¿podría pedirte un gran favor?

–Pues depende –dijo Javier temiéndose cualquier cosa.

–Verás, tenía que dar una conferencia la próxima semana en Phoenix, en La Grand Canyon University, pero me ha surgido un contratiempo y me va a ser imposible asistir. Un verdadero desastre.

–Se le casa una nieta y han adelantado la boda por motivos... –dijo Rosa sonriendo e indicando con la mano que la chica estaba embarazada.

–Bueno, eso siempre es una buena noticia –replicó Javier intentando quitarle hierro al asunto.

–Sí, bueno..., depende de cómo se mire –puntualizó Carlos con cara de evidente desagrado. Era obvio que para un hombre de su edad casarse de penalti no era algo para celebrar–. El problema es que tengo que buscar a alguien que me supla en la conferencia, ¿sabes? No puedo dejarles plantados a estas alturas.

–Ya veo.

–Me harías un gran favor si pudieses hacerla tú. Pagan bastante bien, el transporte es en primera y corre a su cargo, y tampoco está tan lejos –añadió tratando de convencerle–. Te lo agradecería muchísimo, de veras.

–¿Yo?, pero la Paleografía y la Diplomática no son mi punto fuerte. De Arqueología lo que quieras, incluso me atrevería con algo de arte prehistórico…, pero tu campo es tan técnico y complejo…

–Eso tiene fácil solución, yo te lo daré todo preparado y en inglés. Sólo tendrás que leer y poco más. De verdad que te necesito, no puedo darles plantón.

–Pero yo no creo que sea capaz, te lo digo en serio –dijo Javier, mirando a Rosa en busca de una posible ayuda.

–A mí no me mires, esa semana estoy fuera y de Paleografía ando peor que tú –murmuró ella por lo bajo.

–Por favor… Ya no sé a quién pedírselo, lo he intentado con casi todo el claustro… Eres mi último recurso –rogó Carlos con claro desespero y ojos de perro abandonado.

–Bien, bueno, veremos qué puedo hacer –respondió sabiendo que le acababan de tender una encerrona.

Aunque él solía dar varias conferencias durante el año y aquella era una actividad bastante rentable y que solía venir bien para el currículum, siempre trataba de hacerlo en la misma capital, a poder ser en su propio idioma y, desde luego, de temas que dominara bien. Eso de tener que dar una conferencia fuera de la ciudad, en inglés y sobre algo de lo que apenas tenía nociones le daba muchísimo respeto. Era tan sencillo que algún alumno aventajado te dejase fuera de juego con cualquier pregunta inoportuna… Sin embargo, a Javier le costaba mucho decir que no, era demasiado buena persona, y más viendo el desespero con el que su viejo compañero se lo estaba pidiendo. Así que al final, pese a todos los inconvenientes de aquella propuesta, accedió.

⋆⋆⋆

El aula magna estaba repleta, apenas quedaban sitios vacíos cuando Javier entró en la sala. En general, los auditorios planos le daban menos respeto que aquellos antiguos anfiteatros de madera. El verse allí abajo y ver de forma tan directa la cara de todos los oyentes era quizá lo que más le incomodaba; no podía evitar sentirse especialmente observado. Después de tantos años uno asumía que aquello debería haberlo superado hacía tiempo, y, sin embargo, siempre que entraba en una estancia tan abarrotada, aquella sensación de inseguridad hacía acto de presencia. Luego, a los pocos minutos de empezar a hablar, se le iba pasando, y para cuando ya se sentía como pez en el agua era el momento de terminar.

A lo largo de los años, había desarrollado diversas técnicas para minimizar aquello, pero la principal era siempre la misma, dejar la vista perdida en un punto indefinido. No fijarse en nadie. De ese modo, podía evitar el contacto visual que tan nervioso le ponía. Aquel era el truco de una famosa actriz de teatro para no quedarse en blanco por la tensión. Lo oyó en una entrevista por la radio. Aun así, ella había afirmado que los focos también ayudaban a no ver al público, y eso, en su caso, no se podía aplicar. Debía ser positivo; había algo bueno en aquellas antiguas aulas; la acústica era perfecta, envidiable.

Avanzó decidido por el pasillo lateral hasta llegar al centro del estrado y, con la ayuda del bedel, conectó su ordenador portátil a la corriente y al cañón de luz. Tras comprobar que todo funcionaba bien, apagó las luces, cogió el micrófono y se dispuso a comenzar la charla. La ventaja de ir con transparencias era poder apagar las luces; eso siempre ayudaba a no ver a nadie. Ni siquiera recordaba cuánto tiempo hacía que no daba una conferencia en inglés; sólo esperaba no sonar demasiado oxidado.

A priori, aquel era un auditorio bastante tranquilo. La mayoría parecía limitarse a tomar notas y poco más. En el fondo, aquello le entristecía porque su experiencia le decía que las mejores conferencias eran aquellas donde la gente preguntaba y participaba activamente. Sin embargo, dado su básico conocimiento de la materia, prefería que fuese así. Sólo le faltaba que alguno saltase con una pregunta de aquellas que incluso hacían dudar a los expertos.

Por suerte, sólo de vez en cuando algún alumno le interrumpía para hacer alguna puntualización o alguna pregunta de mínima relevancia y la conferencia ya estaba tocando a su fin. Contento por cómo había transcurrido todo, encendió las luces y desconectó el proyector. Ya podía relajarse.

–Muchas gracias por su asistencia –dijo Javier dirigiéndose al auditorio mientras empezaba a recoger sus cosas.

Como era habitual, los alumnos le aplaudieron durante unos instantes y luego empezaron poco a poco a vaciar la sala. Entonces, cuando la sala estuvo casi vacía, una voz firme, profunda y dulce, una voz cuyo timbre le resultaba muy familiar, rompió el silencio de la sala haciéndole estremecer.

–Hola, Javier –dijo aquella voz femenina a su espalda, haciendo que se girase en seco.

De pronto la vio allí, sentada, frente a él, tan hermosa como la recordaba. Javier, que no salía de su asombro, la miraba estupefacto, atónito, sin saber qué decir o qué hacer. Contrariado, supuso que ella había estado allí desde el primer instante, lo que le hizo enrojecer. A buen seguro que él, acostumbrado a no mirar al auditorio, ni tan siquiera se había percatado de su presencia. En su interior, un auténtico remolino de emociones y miedos removió todas sus entrañas haciéndolo sentir completamente indefenso, inseguro. Aquellos ojos profundos le miraban fijamente haciéndole palidecer.

–Pero…, ¿qué haces tú…? –balbuceó tratando de no mostrar flaqueza alguna.

–Imagino que la casualidad o el destino han querido reunirnos –respondió Amber, que por primera vez parecía estar bastante nerviosa.

Paralizado frente a ella, Javier parecía incapaz de reaccionar. Los recuerdos de todo lo ocurrido en el Área regresaron a él como una daga afilada e hiriente. Agarró nervioso el botellín de agua que le solían dejar sobre la mesa y bebió lo que quedaba de un sorbo, tratando, sin demasiado éxito, de deshacer el desagradable nudo que se había instalado en su garganta impidiéndole expresarse con soltura.

–Vine a Phoenix por trabajo y oí en la radio del coche al catedrático de Historia de la universidad comentando que ibas a dar una conferencia aquí. Quizá no debería haber venido, pero no pude resistirme… Tenía que verte. Lo he intentado todo y no dejo de pensar en ti.

–No, no deberías haberlo hecho –respondió él con aparente frialdad, sabiendo sin embargo que en su interior se estaba librando una extenuante batalla entre el sentimiento y la razón.

–¿Tanto me odias? –dijo ella con aquella voz cálida y sensual que perturbaba sus sentidos. Con los ojos llorosos, insistió–: Te juro que nunca quise hacerte daño, y es evidente que me equivoqué en muchas cosas, lo siento. Pero, ¿sabes algo? Si pudiese volver atrás no cambiaría nada de lo que hice, porque de no haber hecho lo que hice jamás te habría llegado a conocer.

Tras un tenso e incómodo silencio, Javier, que sintió que por un instante había sido capaz de retomar el pulso de la situación, respondió:

–Tengo que irme.

–Está bien, lo entiendo –dijo ella con un hilo de voz–. Sé que te hice mucho daño, y lo siento en el alma. Pero lo hice de buena fe, te lo aseguro. Sin embargo, si eso es lo que de verdad quieres, me marcharé y no volverás a saber de mí. Sólo quiero que me perdones, y salir por la puerta sin que me odies. Me duele mucho tu dolor.

En ese instante Javier bajó la mirada, como temiendo no ser capaz de hablar si seguía mirándola. Aquellas palabras habían hecho tambalearse sus defensas de nuevo.

–Ojalá pudiese odiarte, porque olvidarte sería mucho más sencillo –respondió con voz temblorosa.

–¿Y no sería más fácil perdonarme que odiarme y no poderme olvidar? –dijo ella acercándose hasta él y tomando sus manos entre las suyas–. Porque yo no consigo arrancarte de mi cabeza.

Sin poder evitarlo, Javier alzó la vista sintiendo que todas sus defensas habían sido abatidas por el contacto con su piel. Indefenso, sintió como el vello de su cuerpo se erizaba rebelándose contra los dictados de su razón. No tenía ni idea de a dónde iba a llevarle aquella locura que sin permiso le recorría por dentro, pero resistirse había dejado de ser una opción. Javier la tomó por la cintura estrechándola entre sus brazos y la besó. Seguir luchando de aquella forma contra él mismo era tan difícil como querer seguir viviendo sin respirar. Y ya había sufrido bastante.

Capítulo 26
Regreso a casa

Tras despedirse de Amber, tomó un taxi con destino al aeropuerto. Cuando aceptó viajar a Phoenix, nunca imaginó que el destino fuese a reunirle de nuevo con ella. Todavía tendría que darle las gracias a Carlos por haber pensado en él para aquella charla. Parecía como si la vida se empeñase en llenar aquel terrible vacío que tenía en su interior. Amber era sin duda una mujer hermosa, inteligente, una mujer de la que era fácil enamorarse. Pese a que todavía le costaba pensar en ella y no sentirse dolido por todo lo que había sucedido, sabía que sin quererlo ya la llevaba bajo su piel. De momento, prefería ir poco a poco, sin prisa, viendo cómo encajar sus complicadas vidas y la distancia que les separaba. Sin embargo, era innegable que con sólo verla su corazón latía con una fuerza inusual. Sentía que Amber era su última oportunidad de ser feliz y que si dejaba pasar ese tren, si no lo tomaba, iba a arrepentirse el resto de sus días.

Ya en el avión, no pudo evitar fantasear sobre cómo hubiese sido su vida con Amber si Melanie aún estuviese a su lado. Seguro que se habrían llevado bien, seguro que habría sido una gran madre, pensó. Una extraña mezcla de alegría y tristeza se instaló en su interior. Sabía que tarde o temprano llegaría el tiempo en que acordarse de su pequeña no le doliese tanto como entonces y que tan sólo recordaría los buenos momentos vividos con ella. Por unos instantes, vino a su memoria el aroma inconfundible de su hija, el olor que desprendía su suave y tersa piel. Rememoró, como si la hubiese visto cinco minutos atrás, la inocencia de su sonrisa. En su cabeza evocó sin poder evitarlo las noches leyendo cuentos junto a ella en la cama hasta que caía dormida, aquellas ridículas canciones infantiles que a ella tanto le gustaba escuchar. Desenterró uno a uno muchos de los recuerdos que por miedo al dolor había ido sepultando durante todos aquellos agónicos meses. Tomó aire, como tratando de apartar de una vez aquel sentimiento amargo, corrosivo y tan doloroso de su interior, aquella pesadumbre que no le dejaba apenas respirar.

Con ánimos renovados, levantó poco a poco la vista dispuesto a observar por la ventana las nubes que les acompañaban durante su recorrido. De pronto, el cristal pareció empañarse, como si él hubiese echado el aliento sobre su superficie. Extrañado, se apartó ligeramente de él y lo miró con curiosidad y extrañeza, sin terminar de entender qué estaba ocurriendo. Entonces, como si un dedo invisible lo acariciase, un conjunto de letras empezó a dibujarse sobre el cristal. Atónito, comprobó cómo los caracteres se encadenaban caprichosamente uno tras otro hasta escribir un mensaje tan claro como imposible, tan increíble como real, un mensaje que jamás podría olvidar y que de nuevo sacudiría las bases de todo su mundo…

Te quiero, papá.

Esta edición de *Última llamada*,
de Laura Falcó Lara
se terminó de imprimir en Liberdúplex,
el 28 de febrero de 2016